www.ingramcontent.com/pod-product-compliance
Lightning Source LLC
Chambersburg PA
CBHW050514160726
48003CB00001B/296

مکرم نیاز

راستے خاموش ہیں

(افسانے)

© Farha Sadia
Raaste Khamosh Hain (*Short Stories*)
by: Mukarram Niyaz
1st Edition: May '2022
Publisher: Farha Sadia, Hyderabad, India.
Printer: Taemeer Publications, Hyderabad.

ISBN 978-93-5620-684-7

9 789356 206847

کتاب	:	راستے خاموش ہیں (افسانے)
مصنف	:	**مکرم نیاز**
ناشر	:	فرح سعدیہ (حیدرآباد، انڈیا)
تزئین را ہتمام	:	تعمیر ویب ڈیولپمنٹ، حیدرآباد
سالِ اشاعت (اول)	:	۲۰۲۲ء
تعداد	:	۵۰۰
طابع	:	تعمیر پبلی کیشنز، حیدرآباد–۲۴
صفحات	:	۱۹۲
سرورق ڈیزائن	:	مکرم نیاز (Woman Portrait: Christian Holzinger, Austria)
سرورق خطاطی	:	منور کاتب

ملنے کے پتے :

(۱) تعمیر پبلی کیشنز، نیو ملک پیٹ، حیدرآباد۔ فون: 08096961731
(۲) نوبل انفوٹیک، لکڑی کا پل، حیدرآباد۔ فون: 09248900856
(۳) مرشد پبلی کیشن، نئی دہلی۔ فون: 09990674503
(۴) پاریکھ بک ڈپو، لکھنؤ۔ فون: 09839456786
(۵) مرزا ورلڈ بک ہاؤس، اورنگ آباد، مہاراشٹر۔ فون: 09325203227

اپنے اولین اساتذہ کی نذر

کہ جن کی رہنمائی، حوصلہ افزائی، شفقتیں اور یادیں سرمایۂ حیات ہے اور۔۔۔

جن کے بغیر شاید مجھ میں شعر و ادب کو پڑھنے، لکھنے اور برتنے کا سلیقہ نہ ہوتا!

والد مرحوم   رؤف خلشؔ

پھوپھا مرحوم   پروفیسر غیاث متینؔ

اسی سے دل کی سیرابی ہے لوگو
نکل کر آنکھ سے دریا نہ جائے

(غیاث متین)

اس رونے کو کیا نام دوں؟
جب آنکھ میں آنسو نہیں آتے!

(رؤف خلش)

انتساب

ان تین خواتین کے نام
زندگی کے مختلف دَور میں جن کا فیض حاصل رہا

والدہ (مرحومہ)   سیدہ عارفہ بیگم

بڑی پھوپھو (مرحومہ)   سیدہ حمیرا بانو

رفیقۂ حیات   سیدہ فرح سعدیہ

سوانحی خاکہ

نام	: سید مکرم نیاز
والد	: سید رؤف خلش (مرحوم)
تاریخ پیدائش	: ۱۳؍ مئی ۱۹۶۸ء (حیدرآباد، تلنگانہ)
تعلیمی لیاقت	: بی۔ای، سول انجینئرنگ (عثمانیہ یونیورسٹی، ۱۹۸۹ء)
ملازمت	: اسسٹنٹ ایگزیکیٹیو انجینئر (محکمہ عمارات و شوارع، حکومت تلنگانہ، حیدرآباد۔)
	هامات العقاریہ، ریاض، سعودی عرب (۲۰۰۵ تا ۲۰۱۶)
	دیگر ملازمتیں، ریاض، سعودی عرب (۱۹۹۵ تا ۲۰۰۵)
پہلی تخلیق	: آزمائش (افسانہ)، ماہنامہ بتول، رامپور (۱۹۸۷)
تصنیف	: راستے خاموش ہیں (افسانوں کا مجموعہ)
زیرِ ترتیب	: (۱) انشائیوں کا مجموعہ
	(۲) جدید حیدرآباد (تعارفی / تحقیقی مضامین)
انٹرنیٹ پر فروغِ اردو	:٭ اردو کارٹون ویب سائٹ (اولین کارٹون کامکس اردو ویب سائٹ)

[www.urdukidzcartoon.com]

٭ تعمیر نیوز (علمی ادبی ثقافتی اردو ویب پورٹل) [www.taemeernews.com]

٭ بالی ووڈ اردو فلمی نغمے [www.songsinurdu.blogspot.com]

رہائش	: H.No. 16-8-544, New Malakpet, Hyderabad, Telangana. – 500024
رابطہ	: ای-میل؛ taemeernews@gmail.com
	موبائل؛ 08096961731

فہرست

کرب چاہے کسی قسم کا ہو، زندگی سے نکل جائے تو فن مر جاتا ہے!

(کرشن چندر)

جو کہا نہیں وہ سنا کرو

مکرم نیاز

کھٹ۔۔۔ کھٹ۔۔۔ کھٹ۔۔۔

ذہن کے کسی گوشے میں تھر تھر اہٹ گو نجی تو محسوس ہوا جیسے ڈرائینگ روم کا دروازہ کسی نے ہلکے سے کھٹکھٹایا ہو۔ اٹھنا چاہا تھا کہ یکایک بجلی چلی گئی۔ فلیش لائٹ کے واسطے اندھوں کی طرح ٹٹول ٹٹول کر موبائل فون ڈھونڈنے کی کوشش کی۔ رات کے پچھلے پہر کھڑکی سے اندر آتی چاند کی مدھم سی روشنی میں یوں لگا جیسے سرمئی دھویں کی لکیر کسی ایلین [alien] کی شکل اختیار کرنے لگی ہو، کچھ عجیب سی خوشبو قوتِ شامہ سے ٹکرائی اور اسی پل اچانک سرگوشی گو نجی:

"آدمی کا المیہ یہ ہے کہ وہ درونِ ذات کی دستک کا جواز ڈھونڈنے بیرون تلاش میں نکلتا ہے"

میں نے آنکھیں پھاڑ کر مخاطب کو دیکھنے کی کوشش کی۔ صوفے پر کوئی ہیولیٰ سا نظر آیا، جیسے کسی بوسیدہ سے گرد آلود آئینے میں کوئی شناساسی شبیہ۔ اس کے ہونٹوں میں لاپروائی سے دبے سگریٹ کے دھویں کی تتلی سی لکیر بل کھا کر کسی ایسے طوفان کی شکل اختیار کر رہی تھی جسے چھوٹی سی بوتل میں بند کر دیا گیا ہو۔

"تم۔۔۔؟"

"ہاں مَیں! یہ بتانے آیا ہوں کہ وقت آ چکا ہے دنیا کے سامنے اپنا فن یا اپنا باطن ظاہر کر دیا جائے۔ کیا پتا کل ہونہ ہو۔۔۔"

"اتنے برسوں بعد یہ نادر یہ خیال آیا کیسے۔۔۔؟" میرے ذہن میں سوال نے ابھی لفظوں کی شکل اختیار کرنا چاہی تھی کہ اس کے چہرے پر کسی قدر طنزیہ مسکراہٹ پھوٹی:

"کوئی ادیب ہو یا فنکار، محض تعریف و ستائش، انعام و اعزاز کے سہارے اپنی ساری زندگی بسر نہیں

کر سکتا۔ کیونکہ ان سب سے بھوک کا پیٹ نہیں بھرتا۔ بھوک کا تنور تو اناج مانگتا ہے، دولت چاہتا ہے، عزت کا طلبگار ہے، بشری تقاضوں کی تکمیل کی خاطر جنسِ مخالف کی ضرورت محسوس کرتا ہے۔۔۔ پھر ان سب کے لیے جو بھاگ دوڑ کرنا پڑتی ہے وہی زندگی کی تلخ سچائی ہے اور اولین فرض بھی۔ اور بسا اوقات مصروفیت کا یہ گورکھ دھندا کسی دوسرے کام میں تاخیر کا سبب تک بن جاتا ہے۔ جو کام چوتھائی صدی قبل ہو جانا چاہیے تھا، اسی تاخیر کا شکار ہوا ہے۔"

میں نے پوچھنا چاہا کہ اس سے ہوگا کیا؟ کیا دنیا بدل جائے گی یا آدمی سدھر جائے گا؟ مگر عجیب بات تھی کہ میرے ذہن میں جیسے ہی کوئی سوال ابھرتا، اس کے چہرے سے عیاں ہوتی تیکھی مسکراہٹ بتاتی کہ سوال اس نے میرے ذہن سے براہِ راست پڑھ لیا ہے۔

"دنیا میں تبدیلی نہ آئے یا آدمی نہ بدلے، ایک دستاویزی ثبوت کم از کم باقی رہ جائے گا کہ وہ امانت جو خالق نے قلم کے ذریعے عطا کی، اس کا فریضہ اپنی مقدور بھر استطاعت سے ہم نے انجام دے دیا۔۔۔ اب چاہے یہ دستاویز کسی جامعہ یا کتب خانے کی الماری کی زینت بنے یا کسی ہوشمند باشعور قاری کے کمپیوٹر ڈیسک یا بستر کے سرہانے کی رونق"۔

اس نے بجھتے ہوئے سگریٹ سے نیا سگریٹ جلا لیا تھا۔ کھوئے کھوئے سے لہجے میں کہنے لگا:

"تمہارے ذہن میں مقصدیت کا سوال ابھرنے کو بیتاب ہے۔ تم بھی جانتے ہو ہماری تربیت و تشکیل کے پس پشت اس معروف تہذیب کا بڑا ہاتھ ہے، کہ جس کا آج نوحہ پڑھتے ہوئے دل آزردگی کا شکار ہے۔ میرے نزدیک تو افسانہ نام ہی با مقصد تخلیق کا ہے۔ آؤ تمہیں اپنے ایک مربی کا تبصرہ یاد دلاؤں۔ جو برسوں قبل مرتضیٰ ساحل تسلیمی نے میرے ہی ایک افسانے کی شرح میں کسی قاری کو لکھا تھا۔"

پھر اس نے اپنی جینس پینٹ کی جیب سے ایک پرانی سی بیاض نکالی اور چند صفحات پلٹتے ہوئے کسی مخصوص صفحہ پر وہ رکا اور وہاں درج اقتباس کو بآوازِ بلند پڑھنا شروع کیا:

"کسی افسانے کو جانچنے کے لیے ہمیں تین چیزوں پر نظر رکھنا اشد ضروری ہے۔ پہلی چیز یہ کہ ہم افسانے میں قلمکار کے واردات اور افکار کو تلاش کرنے کی کوشش کریں اور افسانہ اسی کے زاویۂ نظر پر پرکھیں۔ دوسرے، عام قاری کے ذہن، فہم و ادراک کو سامنے رکھ کر افسانہ کو جانچیں۔ تیسرے یہ کہ خود اپنے استعداد کو روبکار لاکر اپنے ڈھنگ سے افسانہ کو سمجھنے کی کوشش کریں۔ اس طرح بہت ساری چیزوں میں جو چیز کھل کر سامنے آتی ہے وہ ہے 'مقصدیت'۔ افسانہ نام ہی بامقصد تخلیق کا ہے۔

برصغیر کی کہانیاں عموماً معاشرے کے اطراف گھومتی ہیں اور عورت معاشرے کا ایک جزلاینفک ہے۔ برصغیر کی تقریباً ہر کہانی میں عورت کا کردار، بھلے ہی وہ کسی نوعیت کا ہو، بھرپور اہمیت کا حامل ہوتا ہے"۔

اس نے ایش ٹرے میں راکھ جھاڑتے ہوئے آگے کہا:

"عورت کے تو کئی روپ ہیں۔ ماں، بیوی، دادی، بیٹی، بہن، محبوبہ، معشوقہ، دوشیزہ۔۔۔ میرے افسانوں میں یہ کسی نہ کسی حوالے سے در آتے ہیں تو اس میں خرابی کیا ہے؟ ہاں یہ ضرور ہے کہ ان کا کوئی نام نہیں ہے۔۔۔ بلکہ عورت ہی کیوں، کسی کردار کا کوئی نام نہیں۔ نام ایک بڑی کمزوری ہے، جیسے ہی کردار کوئی نام اوڑھے گا، اس کے ساتھ ہی قاری کے کچھ نہ کچھ تحفظات بھی اس کردار سے وابستہ ہو جائیں گے۔

پھر ایک وقت جب میرا قلم چند ہی مخصوص کرداروں کے ارد گرد آنکھ مچولی کھیل رہا تھا تو میرے ایک عزیز دوست کا تعریفی تبصرہ مجھے گویا تنقیدی تازیانہ محسوس ہوا۔ میرے مجی جاوید نہال حشمی نے لکھا تھا۔۔۔"

اس نے اسی پرانی بیاض کا کوئی اور ورق پلٹ کر سنانا شروع کیا:

"ایک مصنف اگر کسی موضوع کو خود اچھی طرح سے نہیں سمجھتا اور کسی کے جذبات و احساسات کو گہرائی سے محسوس نہیں کر پاتا تو وہ قاری کو بھی نہ کچھ اچھی طرح سمجھا سکتا ہے اور نہ ہی متاثر کن انداز میں کسی کے جذبات کا احساس کروا سکتا ہے۔ لہذا ہم کسی کے درد کو، کسی کی پریشانی اور کسی کے

کسی مسئلے کو جتنی شدت سے محسوس کریں گے، ہمارے الفاظ میں، ہماری تحریروں میں اتنی ہی جان ہو گی، اتنا ہی تاثر اور اتنا ہی درد ہو گا۔ تم نے چونکہ کالج کے ماحول کا بہت گہرائی سے مطالعہ کیا ہے اس لیے اس ماحول کا صحیح نقشہ پیش کرنے میں صد فیصد کامیاب ہو"۔

میرے ذہن میں سوال الفاظ کے پر باندھ رہا تھا کہ اس نے سگریٹ کو ہونٹوں کے ایک گوشے سے دوسرے گوشے میں منتقل کرتے ہوئے وہی طنزیہ مسکراہٹ میری جانب اچھالی:

"ہاں، وہ کامیابی نہیں، کمزوری تھی۔ برسوں پہلے پریم چند کہہ گئے کہ ہمیں اپنے حسن کا معیار بدلنا ہو گا، حسن و عشق کے موضوعات کو چھوڑ کر، غم جاناں کے مقابلے میں غم دوراں کے ذکر کے ذریعے زندگی کے دیگر مسائل کو اجاگر کرنا ہے، سوال قائم کرنا ہیں، وجود کی ظاہری خوبصورتی کے ساتھ باطنی سفاکی کو بھی بیان کرنا ہے"۔

میں نے کہنا چاہا کہ لکھنے والا پھر تخلیق کار نہ ہو کر اشتراکیت کی راہ پر چل نکلتا ہے، ناصح و مبلغ بن جاتا ہے۔ شاید اس نے حسب عادت میرا سوال براہ راست میرے ذہن سے پڑھ لیا تھا، اگلا سگریٹ سلگا کر دھویں کے مرغولوں کو چند لمحے وہ گھورتا رہا، پھر کہنے لگا:

"ادیب کو اپنے مشاہدے اور تجربے کی اساس پر ادب کی تخلیق کرنی چاہئے نہ کہ کسی اشتراکی ہدایت ناموں کا اشتہار بن کر ڈھنڈورچی بن جائے۔ ادب کو کسی مخصوص نظریئے کا پابند نہیں ہونا چاہئے۔ بلکہ انکشاف ذات اور اپنی داخلی کیفیات کے اظہار کو نمایاں کرنا چاہئے۔ یہی سبب ہے کہ جب میرے افسانوں سے روایتی کہانی اور اس کے فارمولے ترتیب، تھیم، کلائمکس، کنکلوژن معدوم ہوئے تو ایک اور عزیز قلمکار دوست نے استفسار کیا کہ میرے افسانوں سے کہانی پن کیوں غائب ہو گیا ہے؟"

اس نے ٹانگ پر ٹانگ چڑھائی اور صوفے پر مزید آرام سے پسرتے ہوئے کہا:

"ویسے یہ کہانی پن کیا ہے؟ ہمارے عہد کے مشہور ناقد و محقق مغنی تبسم نے کبھی کہا تھا: آج کہانی کسی بندھے ٹکے فارمولے پر لکھی نہیں جاتی۔ تجربات اور مشاہدات جب احساس میں ڈھل

جاتے ہیں تو ان کا موثر اظہار واقعات اور حادثات کے بیان سے آگے نکل جاتا ہے۔"

میرے ذہن میں شور مچاتے سوالات کو محسوس کرتے ہوئے اس نے جلدی سے بات کو آگے بڑھایا:

"تخلیق کار تو تخلیقی سطح پر افسانہ لکھ دیتا ہے، یہ اس کا کام نہیں کہ وہ قاری کی سوچ یا ناقد کے اصولوں کے طے شدہ جیومیٹری اشکال پر اپنا فن استوار کرے۔ یہ کہنا بھی محض لفاظی ہے کہ تخلیق میں کہانی پن نہیں یا افسانہ غائب ہے۔ جب جوگندر پال کی دو سطروں میں تمہیں کہانی نظر آ جاتی ہے تو کئی پیراگراف پر مبنی تخلیق اگر کہانی نہیں تو کیا چائنیز نوڈلز ہے؟

بات تو صرف اتنی ہے کہ جدید افسانے میں داخلی منظر ناموں کی کثرت سے تاثراتی ربط خلق کیا گیا ہے جو کہانی پن کا ہی حصہ ہے۔ اس لیے پروفیسر شافع قدوائی نے اپنے ایک حالیہ مضمون 'کہانی پن کی واپسی: متھ یا حقیقت' میں لکھا ہے:

کہانی پن، کہانی کی اساسی صفت ہے جو اس کی زیریں ساخت میں ہمہ وقت موجود رہتی ہے۔ کہانی پن بھی ایک ہمہ جہت اور پہلو دار عمل ہے اور اس کا بنیادی تفاعل کہانی کو ایک نامیاتی کل کے طور پر پیش کرنا ہے۔ اکثر بدیہات کو معرض التوا میں رکھ کر اسٹوری لائن تشکیل دی جاتی ہے"۔

میرے ذہن میں جیسے ہی ایک سوال اٹھنے کو بیتاب ہوا ویسے ہی اس کے چہرے کے تاثرات بدل گئے۔ اس نے سگریٹ کو ہونٹوں سے ایک ہاتھ کی انگلیوں کے درمیان منتقل کیا اور دوسرے ہاتھ کو نفی کے انداز میں ہلاتے ہوئے کہا:

"نہیں، نہیں۔ میں نے کسی زمانے کے خارجی حالات یا ہنگامی واقعات پر افسانے نہیں لکھے بلکہ فرد کے اندر اتر کر انسانی نفسیات، جذبات، احساسات اور داخلی محرکات کو پینٹ کرنے کی کوشش کی ہے اور اگر کہیں کہیں کسی زمانے کے واقعات (بوسنیا، چیچنیا، روانڈا، یا بو فورس یا شوگر اسکینڈل) کی طرف اشارہ کیا ہے تو وہ دراصل اُس دور کے میلانات ورجحانات کی عکاسی ہے۔ فسادات ہوں یا بربریں ڈرین یا یوں کہو ہجرت کا کرب، اس پر میرے تین چار افسانے اسی مصوری کی مثال ہیں، کسی واقعہ کی رپورٹ نہیں۔"

اس نے دوبارہ ادھ جلے سگریٹ کو ہونٹوں کی گرفت میں لے لیا۔

"تو تم پوچھنا چاہتے ہو کہ افسانہ جب کسی واقعے کی رپورٹ نہیں تو راوی کیوں بار بار گھسا آتا ہے؟ تو سنو، ہمارے عہد کے ناقد عتیق اللہ کے کسی قول کا مفہوم ہے:

راوی مصنف کا خلق کردہ ہوتا ہے اور افسانوی تکنیک میں راوی بھی ایک فنی تدبیر کا حکم رکھتا ہے۔ اور ممتاز ناول نگار عزیز احمد کے نزدیک بیانیہ کے دوران راوی کا نمایاں ہونا یا پوشیدہ رہنا کوئی لازمی امر نہیں بلکہ یہ تو اپنی اپنی ضرورت پر منحصر ہے۔ پھر پروفیسر خالد سعید (مرحوم) نے عزیز احمد کی تائید میں کہا ہے: تخلیقی بیانیہ کے دوران راوی کا پوشیدہ رہنا یا نمایاں ہونا (مداخلت کرنا) کوئی ہنر ہے اور نہ کوئی عیب۔ بلکہ ضرورت کے لحاظ سے بیک وقت دونوں طرزہائے بیان اختیار کیے جاسکتے ہیں۔ ہماری قدیم بیانیہ اصناف کی روایات نے تو اس کی اجازت دے رکھی ہے۔"

ایش ٹرے سگریٹ کے ٹوٹوں سے بھر چلا تھا۔ میں نے چاہا کہ ایش ٹرے کا غبار ڈسٹ بن میں منتقل کر دوں، اس نے ہاتھ اٹھا کر روک دیا:

"نہیں، رہنے دو۔ یہ آخری ہے۔ اور ایک بار پھر دہرا دوں کہ میں فکشن میں مقصدیت کا قائل ہوں۔ جس کی مثال کے طور پر مجھے وقار عظیم کا یہ قول متاثر کن لگتا ہے"۔

اس نے اپنی بوسیدہ ڈائری کا ایک اور ورق الٹا۔

"ہم فطرت انسانی کی بلند حقیقتوں، جذبات اور احساسات کی نازک کشمکشوں، خیالات اور تحریکات کے مختلف اضطراب اثر اور ہیجان پرور صداقتوں کو اپنے افسانہ کا بہترین موضوع بنا سکتے ہیں۔ جب ہم نفسیات اور سائنٹفک حقیقتوں کے پابند رہنے کے بعد بھی اخلاق کی حدود میں رہ سکتے ہیں پھر کیا وجہ ہے کہ ان حدوں کو چھوڑ کر پستی کی طرف مائل ہوں؟ بے شک افسانہ میں حقیقت اور صداقت کا ہونا لازمی ہے۔ لیکن اس کے ساتھ ساتھ یہ خیال رکھنا بھی بے حد ضروری ہے کہ حقیقت، فن کی پابند رہے"۔

اس نے دوبارہ میرے ذہن کے سوال کو اپنی گرفت میں لے لیا:

"ہاں بالکل۔ ان موضوعات پر لکھا اس لیے جاتا ہے کہ قارئین پڑھیں بھی۔ میں تو مصنف کے

ساتھ ناقد، مبصر اور قاری کی اہمیت کا بھی قائل ہوں۔ ان کے الفاظ تخلیق کے متوازی نہ سہی مگر بہرحال وزن رکھتے ہیں۔ یہی سبب ہے کہ کتاب میں جہاں معزز و موقر تجزیہ نگار و ناقدین کے تجزیوں کی شمولیت کو ضروری سمجھا ہے وہیں ہم عصر قلمکار و قارئین کے تبصروں کو بھی شامل کیا ہے۔ یعنی وہ مختصر تبصرے جو فیس بک کے چند ادبی گروپوں کی افسانہ نشستوں میں پیش کیے گئے میرے کچھ افسانوں پر ان اراکین نے کیے جن میں ممتاز ادیب و قلمکار بھی شامل ہیں، نقاد بھی اور عام قاری بھی۔ میں ان مبصرین کی دل سے قدر کرتا ہوں۔ اور علامہ اعجاز فرخ، محمد حمید شاہد، نعیم بیگ، عشرت معین سیما، ڈاکٹر ارشد عبدالحمید اور پروفیسر شافع قدوائی کا شکریہ ادا کرنے کے لیے تو میرے پاس الفاظ ہی نہیں۔ ونیز اپنے عزیز اور قربی دوست احباب پروفیسر فضل اللہ مکرم، جاوید نہال حشمی، عظیم قریشی، سہیل عظیم، مجید عارف نظام آبادی، ڈاکٹر علیم خان فلکی، اشعر نجمی، احمد ارشد حسین، ڈاکٹر ابو مظہر خالد صدیقی اور یحییٰ خان کی محبتوں، عنایتوں اور مخلصانہ و بیش قیمت آراء و مشوروں کا تہ دل سے ممنون بھی ہوں۔۔۔"

اس کے لہجے سے تشکر آمیزی جھلک رہی تھی کہ پھر اچانک آواز میں کچھ نمی سی گھل گئی۔۔۔

"۔۔۔ ہاں ایک احساسِ محرومی رہا ہے تو یہ کہ چند مشفق اساتذہ اور بزرگوں سے اپنے فن پر رائے حاصل کرنے کی وقت نے مہلت نہیں دی۔ مثلاً رسالہ 'دوشیزہ' کراچی کے سرپرست اعلیٰ محترم سہام مرزا جنہوں نے میری قلمی حوصلہ افزائی میں کوئی کسر اٹھا نہ رکھی مگر ۲۰۰۲ء میں وہ وداع ہوئے۔ اپنے مربی و مکرمی استاذ پروفیسر بیگ احساس جو ستمبر ۲۰۲۱ء میں اپنے تمام شاگردان کو سوگوار چھوڑ گئے۔ ادارہ الحسنات رامپور کے رسائل کے مدیر اور ترتیب کار مرتضیٰ ساحل تسلیمی جنہوں نے میری ادبی جدوجہد کو جہاں پروان چڑھایا وہیں اسے بے راہ روی سے بچایا بھی مگر اگست ۲۰۲۰ء میں یہ بھی راہی ملکِ عدم ہوئے۔ ان تینوں نے ایک وقت مجھے اپنے افسانوں کے مجموعہ کی اشاعت کی ترغیب بھی دلائی تھی اور کتاب کے لیے تقریظ لکھ کر دینے کا وعدہ بھی کیا تھا، مگر۔۔۔"

مجھے لگا جیسے اس کی آواز آہستہ آہستہ مدھم ہو رہی ہو، دھویں کا ہیولیٰ منتشر ہو کر بکھرنے لگا تھا:

"زندگی کیا ہے؟ بس ایک پل! اگل ہو نہ ہو۔۔۔"

وہ روشن ساہیولیٰ اب دھویں کی مہین سی لکیر میں تبدیل ہو چکا تھا۔ پھر غضب یہ ہوا کہ وہ لکیر سیدھے میری آنکھوں میں تیر کی طرح لگی اور آنکھوں کے راستے میرے وجود میں مدغم ہونے لگی۔ میں نے تڑپ کر آنکھوں کو بری طرح سے رگڑ ڈالا۔ مجھے لگا جیسے آنکھوں سے میری بینائی قطرہ قطرہ ہو کر ٹپک رہی ہو۔ کسی تیز رو آندھی میں حروف گویا لاپرواہ طیور کی مانند اڑ رہے تھے، ایک دوسرے سے ٹکراتے تو لفظ بنتے۔۔۔ الفاظ کا شور دائرہ در دائرہ گھومتا تو فقرے وجود میں آتے۔۔۔ جملوں کا طوفان گویا گرد باب کی شکل اختیار کر رہا تھا۔ میں نے اندھوں کی طرح ٹٹول کر دیوار کا سہارا لینا چاہا تھا کہ کتابوں کے ریک سے ہاتھ جا ٹکرایا اور اسی وقت کئی باتیں ایک ساتھ وقوع پذیر ہوئیں۔

ریک سے کوئی کتاب گرتے گرتے میرے ہاتھ میں تھم گئی، شناسا ہیولیٰ بشکل دھویں کی لکیر چشمِ تر میں ڈوبتے ڈوبتے میری سماعت میں سرگوشی انڈیل گیا تھا:

"فقرہ شناس نہیں، نکتہ شناس بنو۔ فقرہ شناسی تو تمہارے ذخیرۂ الفاظ میں اضافے کا موجب بنے گی جبکہ نکتہ شناسی تمہیں حیات انسانی کے ان رموز سے بہرہ ور کرے گی جو زندگی کو آسان، خوشگوار اور کامیاب بنائیں گے"۔

معاً بجلی کمرے میں لوٹ آئی، اندھیرا چھٹا تو میں نے کتاب پر نظر دوڑائی، سرورق پر عنوان جگمگا رہا تھا:

راستے خاموش ہیں!!

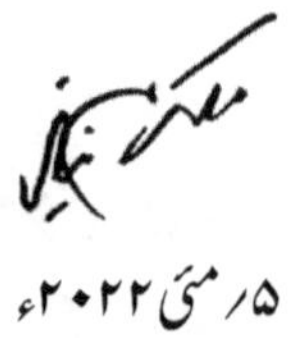

۵؍ مئی ۲۰۲۲ء

خاموش راستوں کا مسافر: مکرم نیاز

علامہ اعجاز فرخ (حیدرآباد دکن)

تمام مخلوقات میں انسان ایک ایسی مخلوق ہے جس میں تفوق ذات، حبِ ذات اور انبساطِ ذات کا جذبہ فزوں تر پایا جاتا ہے جس کے تئیں اس میں ذوقِ خود بینی، خود آرائی کے ساتھ صنعت قد آوری بھی پرورش پا گئی۔ اسی کے نتیجے میں آئینہ وجود میں آیا۔ آئینہ اگر علامت یا استعارہ ہو جائے تو قصہ، کہانی، افسانہ سب آئنے ہی کی صورتیں ہیں بلکہ اس سے کچھ سوا مصوری، سنگتراشی، مجسمہ سازی سب کچھ نفس اور نفسیاتِ انسان کے آئنے ہی قرار پائیں گے، جس میں انسان اپنے "اندر کے آدمی" کی چھبی دکھا دیتا ہے۔

ادب دراصل ایک ایسا ہی آئینہ ہے جس میں بڑی حد تک ہمہ گری ہے۔ قصے میں آدمی خوب جھلکتا ہے۔ کہیں اندر سے کہیں بیرونی مشاہدات سے جو بڑی حد تک رد و قبول کی صورت گری ہے۔ انوکھی کیفیت یہ ہے کہ کہیں قصے میں انسان کی زندگی کے عکس ہوتے ہیں تو کہیں خواب کے تانے بانے۔ خواہش، آرزو، تمنا کے خوش رنگ زاویے، کہیں مایوسیوں، اداسیوں، دل شکن، ہمت شکن حوادث و تجربات کی حقیقت بیانی۔ کہیں سیاہ رات کی اتھاہ گہرائی اور کہیں نویدِ سحر کی امید۔ قصے اور کہانیوں میں کہیں نادمیدہ حسرتوں کا تذکرہ ہوتا ہے تو کبھی ان حسرتوں کو ہٹا کر ان آسائشوں اور عشرت کے ارمانوں کو بھی بیان کر دیا جاتا ہے جو میسر تو نہیں آئیں لیکن: "گر نہیں وصل تو حسرت ہی سہی" کی صورت گری ہو جائے۔

قصہ، کہانی کے نقطۂ آغاز پر ادب نواز حضرات کی یہ آراء بھی ملاحظہ فرمالیں کہ قصہ اور کہانی انسان کے وجود کے ساتھ ساتھ ہیں۔ ایک یہ رائے بھی ہے کہ کہانی پہلے سے موجود تھی، انسان تو اس کہانی

کا ایک کردار ہے۔ ان مباحث سے قطع نظر میں صرف یہ عرض کروں کہ بے انتظار بارشوں کے بعد جب خس و خاشاک بہہ نکلے، دریاؤں نے روانی پائی تب سبزہ نے اپنی بساط بچھائی، پیڑ پودوں نے اپنی چوپال ڈال دی۔ زمین نے انسان کے قدم بوسی کی خواہش پائی تو سبزہ پر مانگ کی صورت ایک پگڈنڈی سی بن گئی۔ قدرت نے انسان کو بڑی کٹھن آزمائشوں سے گزار کر ہر مصیبت میں ثابت قدمی کی صلاحیت عطا کی۔ غذا کا مسئلہ، چھت کا مسئلہ، آفات سماوی کو سہنے کا تحمل، خطرات سے کھیلنے کا حوصلہ۔ درندوں اور دیو ہیکل جانوروں سے مقابلہ آرائی، اس مہم جوئی سے نمٹنے کے بعد اس کی یہ خواہش کہ وہ بیتے احوال کو سنائے۔ کم از کم اس سے تو داد پائے جس نے اپناسب کچھ سپرد کر دیا ہو تو یہ خواہش کوئی بے جا بھی نہیں تھی۔ انسان نے یہ سب کچھ کیا بھی۔ اس کے پاس آواز تو تھی لیکن آہنگ کا سلیقہ نہیں تھا۔ رفتہ رفتہ ان ہی آوازوں نے جب آہنگ کی صورت اختیار کی، اس میں تربیت کا قرینہ آیا تو بیان کی صورت قرار پائی۔ یہی تکلم کا چہرہ ہے۔ اس چہرے کی رعنائی قصہ بھی ہے، کہانی بھی ہے، افسانہ بھی، داستان بھی، شعر بھی، نغمہ بھی، گیت بھی، موسیقی بھی، رنگ بھی، راگ بھی، الاپ بھی، سُر بھی، تال بھی، زبان بھی، ادب بھی۔ تکلم کا یہی سنولایا ہوا معصوم چہرہ مکرم نیاز کے افسانوں کا مجموعہ "راستے خاموش ہیں" کی صورت ہمارے ہاتھوں میں ہے۔ راستوں کی اس خاموشی کو غور سے سنیے تو اس میں ایک مدھم لے سی سنائی دیتی ہے۔ اس لیے کہ خاموشی کی بھی آواز ہوتی ہے جو آواز کے سناٹوں پر اپنا نار سوخ رکھتی ہے۔

یونانی فلسفی ارسطو کا یہ خیال ہے کہ تصور و تخیل کی مقیاس سے تراشیدہ فن کا شاہکار اپنے جلو میں ایک صداقت رکھتا ہے اس پر کار کا دائرہ فطرت انسان کے اطراف محیط ہوتا ہے۔ اس لیے یہ حقیقت سے زیادہ قریب تر بھی ہوتا ہے۔ یہی اس کی آفاقیت کی وجہ ہے جو ہر دور میں قبولیت رکھتی ہے۔ لیکن انسان تاریخ اور کہانی دونوں ہی راہوں کا مسافر ہے۔ کہانی، افسانہ یا قصے میں سوائے نام کے بیشتر باتیں صحیح ہوتی ہیں جبکہ تاریخ میں سوائے نام کے بیشتر باتیں غلط ہوتی ہیں۔ انسان کی خود بھی تاریخ ہوتی ہے لیکن وہ تاریخ کی رہگذر پر بعد میں سفر کرتا ہے۔ کہانی اسے بچپن سے گھیرے ہوئے

ہوتی ہے۔ کہانی اسے خواب کی وادیوں کی سیر کرواتی ہے۔ نئی دنیا کی سیر، نئے رنگوں سے آشنائی، ان دیکھے چمن زاروں میں گلگشت۔ کبھی زمین قدم بوس اور کبھی آسمان زیر قدم۔ کہانی خود بھی سفر کرتی رہتی ہے۔ زمینی سرحدوں سے ماورا۔ زمانوں کی قید و بند سے آزاد۔ کبھی انسان کو ہجرت آمادہ کرے کبھی خود ہجرت نصیب ہو جائے۔ صدیوں بعد پھر لوٹ کر اپنے وطن واپس ہو تو یوں کہ چہرہ مہرہ، خد و خال، حلیہ، لباس، نقوش سب بدلے بدلے سے ہوں۔

بچپن میں نانی دادی سے سنی پریوں کی کہانی، لڑکپن میں بزرگوں سے سنی ہوئی کہانی حکایت کے روپ میں، جوانی اپنے جلو میں خود کئی کہانیاں سمیٹے ہوئے، کبھی یاد بن کر، کبھی خواب کی صورت، کبھی دل کو آباد کرتی ہوئی کبھی خانہ برباد کرتی ہوئی۔ کبھی تہذیبوں کے کئی رنگ روپ، بہاریں اپنے دامن میں سمیٹے ہوئے، کبھی حشر سامانیوں سے آتش شوق کو ہوا دیتے ہوئے، کبھی خود سوگوار ہو کر اداس کرتی ہوئی، کبھی ساون بھادوں میں آنکھوں سے جھڑی لگاتی ہوئی۔

میں نہ قلمکار نہ کہانی کار صرف ایک راہ نورد۔ کبھی لڑکپن اور جوانی کے درمیان ایک تلگو کہانی پڑھی تھی بہت مختصر۔ ایک لڑکی کی کہانی جسے بچپن میں اس کا باپ پو پھٹنے سے پہلے جگا دیتا تھا جب وہ خواب دیکھ رہی ہوتی تھی۔ جب وہ اسکول جانے لگی تورات کے پچھلے پہر جگا دیا جاتا تھا کہ اس وقت سبق یاد ہو جاتا ہے۔ دیپ جلا کر۔ بڑی ہوئی تو ماں کے ساتھ جاگ پڑی۔ بیاہ کر سسرال گئی تو کبھی نیند بھر سو نہ سکی۔ پھر بچوں نے سونے نہ دیا۔ بچے بڑے ہو گئے تو اس نے نیند کی گولیوں کی پوری شیشی کو نگل کر اپنے پتی کے نام چٹھی چھوڑ گئی:

"اے جی! اسے خودکشی نہ سمجھنا، میں جیون بھر نیند پوری نہ کر سکی، اب سونے جا رہی ہوں۔"

مکرم نیاز کی کہانیاں اپنے اندر ایسا ہی گداز سمیٹے ہوئے ہیں۔ اس گداز آشنائی میں ان کی کتنی راتیں بے خواب ہوئیں، کتنے خوابوں کی کرچیاں پلکوں تلے چبھتی رہیں جنہیں چننے میں ان کی انگلیاں ایک عمر سے زخمی ہیں، اس کا اندازہ ان کہانیوں میں پوشیدہ کرب سے ہو جاتا ہے۔ انہیں الفاظ کو برتنے کا ہنر آشنا ہو نا ہی چاہیے تھا۔ یہ ہنر انہیں کچھ تو ورثے میں ملا ہے۔ پدری ورثہ کہ مشہور شاعر جناب

رؤف خلش کے فرزند ہیں اور پھر پروفیسر غیاث متین ان کے پھوپھا تھے۔ کچھ اس سے ملتا جلتا تفاخر جاوید اختر کو بھی میسر ہے۔ لیکن مکرم نیاز نے اپنے لیے روشِ شاعری کی بجائے راہِ نثر اختیار کی اور یوں افسانہ نگاری میں اپنے ایک مقام پر فائز ہوئے جہاں ان کی تحریروں کی دلپذیری سرحدوں کی اسیر نہیں ہے۔ دراصل اس کے درپردہ ایک رازیوں بھی ہے۔ جب ہم کسی سے یہ کہتے ہیں کہ "میں تم سے بہت محبت کرتا ہوں" تو دراصل اس کے معنی یہ ہوتے ہیں کہ "میں تمہیں بہت سوچتا ہوں"۔ مکرم نیاز کی کہانیوں میں یہ بات برملا سامنے آتی ہے کہ وہ اپنی کہانی کو بہت سوچتے ہیں۔ ان کی کہانیوں کے کرداروں تراشیدہ ہوتے ہیں جیسے ایک سنگتراش اپنے تصور میں بسی کہانی کے کردار کو سپرد سنگ کیا چاہتا ہو۔ کسی چٹان کے انتخاب سے پہلے اسے پتہ ہو کہ کہاں سے کہاں تک پتھر ہے اور کہاں موم۔ اس کی سنگینی اور گداختگی کے اسرار سے آشنا ہو، اور بڑی محنت و عرق ریزی سے اس نے اس مجسمے کو تراش کر خود نظر بھر کر دیکھا ہو اور پھر یہ خواہش کی ہو کہ اس میں زندگی کی رمق جھلک جائے۔ اس محنت کے بعد مکرم کی کہانی کے کردار کا ہر پہلو قاری کی نظر میں ہوتا ہے۔ ایسا نہیں کہ مجسمہ تو چٹان میں پہلے سے موجود تھا۔ سنگتراش نے صرف اس کے فاضل حصوں کو نکال دیا ہو اور مجسمہ خود جھلک اٹھا ہو۔

میں ان کی تمام کہانیوں کا تعارف کروانے کے موقف میں نہیں ہوں۔ اس سے کہانی کا لطف جاتا رہتا ہے اور قاری ایک محدود نقطۂ نگاہ سے اسے پڑھے۔ قاری کی وسعت نظر، مطالعہ، ذوق اس کہانی سے کیا برآمد کرتا ہے، اسی کی بلند نگاہی اور خورد بینی کے سپرد کیا چاہتا ہوں۔ زیر نظر کتاب میں دو کہانیاں "زمین" اور "سوکھی باولی" خاصہ کی چیزیں ہیں۔ کچھ فصل کے ساتھ دونوں کا مرکز و محور "تغیرات" ہیں۔ دونوں کہانیوں کے کردار گذشتہ نسل اور نئی نسل کے درمیان کشاکش کا اظہار ہیں۔ جدید افسانوں کی خوبی یہ ہے کہ وہ خیال و خواب کی دنیا کے بجائے مشاہدات اور محسوسات کو سموئے ہوئے ہے۔ کہانی کار کے لیے اس کہانی کا تانا بانا ریشم اور سوت سے بنتا ہوتا ہے۔ اس احتیاط سے کہ جب ریشم کے تار کو چھوٹے تو ریشم انگلیوں کے لمس کو محسوس کرے اور سوت

کے دھاگے کو نکالنا چاہے تو انگلیاں سوت کے لمس کو محسوس کریں۔ ایسے میں قاری کو تسلسل کو یوں منظر نامے میں پیوست کرے کہ پیوند نہ لگے۔ یہ فنکاری الفاظ سے مصوری کہلاتی ہے۔ یہاں مکرم نیاز کی نظر اور موئے قلم کی داد دینی پڑتی ہے کہ انہوں نے دونوں عہد کے جذبات، ضرورتوں، خیالات اور اندازِ فکر کے ساتھ ساتھ مجبوریوں اور تغیرات یا بدلاؤ کا پورا خیال رکھا ہے۔ دراصل تغیر دہر کا خاصہ ہے۔ ہر گھڑی، ہر لمحہ، ہر پل زمانہ کروٹیں بدلتا ہے۔ تقدیر کا ایک مفہوم یوں بھی ہے کہ وہ انسان کو اس مقام پر پہنچا دیتی ہے جہاں وہ جانا نہیں چاہتا اور جہاں سے واپس لوٹنا اس کے لیے مشکل ہو جائے کہ وقت نے اسے پا بہ زنجیر کر دیا ہے۔ گذشتہ نسل اور نئی نسل کے اس تصادم سے نمٹنے میں مکرم نیاز کتنے کامیاب رہے ہیں اس کا فیصلہ آپ کریں۔

مکرم نیاز کی زبان و بیان پر میں اس لیے کوئی تبصرہ نہیں کر سکتا کہ کسی ادیب یا شاعر نے آج تک یہ نہیں کہا کہ یہ اس کی اپنی زبان ہے۔ سب نے یہی کہا کہ یہ ان کے گھر کی زبان ہے، تو یہ کلیہ مکرم نیاز پر بھی صادق آتا ہے۔ ان کے اندر کا آدمی جہاں جہاں جھلکتا ہے، مخلص، بے ریا، محبت سے معمور، خوش باش، بذلہ سنج، شرافت اور روایات کا امین دکھائی دیتا ہے۔ خدا ان کی فکر و قلم کو عروج عطا فرمائے۔ ایک ایسے وقت میں مکرم نے مجھ سے کچھ لکھنے کی خواہش کی کہ شوقِ پرواز ٹوٹے ہوئے پر میں رہ گیا ہے۔ خدا ان کی عمر دراز کرے۔ ان کے آنگن میں ہمیشہ خوشیوں کا شامیانہ نصب رہے۔

عظمیٰ منہ

☆ ☆ ☆

مکرم نیاز کے افسانے: ایک ڈیڑھ بات

محمد حمید شاہد (اسلام آباد)

یہ تقسیم سے کوئی چھ سات برس پہلے کا واقعہ رہا ہو گا کہ فیض احمد فیض نے آل انڈیا ریڈیو لاہور سے نشر ہونے والی ایک گفتگو میں منشی پریم چند کی حقیقت نگاری کے تصور کو بہت محدود قرار دیا تھا۔ ان کا کہنا تھا کہ حقیقت ایک جامع چیز ہوتی ہے اور اس کی وضاحت وہی شخص کر سکتا ہے جس کے ذہن میں سماج کا مجموعی تصور موجود ہو جبکہ پریم چند کے ذہن میں یہ تصور موجود ہی نہیں تھا۔ بہ قول فیض، پریم چند صرف ایک ہی طبقے کی زندگی کو نمایاں کرکے دکھانے کے قابل تھے اور وہی طبقہ انہوں نے اپنے افسانوں میں دکھایا۔

اس گفتگو میں فیض صاحب نے یہاں تک کہہ دیا تھا کہ پریم چند زندگی کے بہت سے پہلوؤں کے متعلق نہ صرف خاموش رہتے تھے بلکہ ان سے دانستہ چشم پوشی کرکے گزر جاتے اور پھر صاف صاف لفظوں میں کہا: پریم چند اور جو کچھ بھی ہوں حقیقت نگار ہرگز نہیں تھے۔

خیر، یہ ضروری نہیں ہے کہ ہم بھی فیض صاحب کے تتبع میں منشی پریم چند کو حقیقت نگار ماننے سے منکر ہو جائیں۔ یہاں، کہنا یہ ہے کہ ایک زمانہ تھا جب حقیقت نگاری، ترقی پسندی، جدیدیت وغیرہ کے مباحث سے ادبی ماحول میں خوب گرما گرمی پیدا کی جاتی تھی۔ ہمارے تخلیق کار ان مباحث سے بہت کچھ اخذ کرتے تھے۔ یوں ایک مجموعی رجحان ممکن ہو جاتا تھا۔ تب درست یا نادرست اعلیٰ ادب کو آنکنے کے یہی پیمانے سمجھے جانے لگے تھے۔

پھر یہ ہوا کہ وقت نے کروٹ لی اور یہ سب کچھ متروک ہو گیا۔ مابعد جدیدیت اور تھیوری وغیرہ کا اردو کی ادبی دنیا میں زوروں سے داخلہ ہوا۔ دھڑا دھڑ بہت کچھ ترجمہ یا تلخیص ہو کر تنقید کے طور پر رواج دیا جانے لگا۔ اس سے پہلے کہ ہمارا تخلیق کار اس نئی صورت حال سے مانوس ہو تا یا ان کاوشوں

سے کچھ نکال کر ہماری ادبی روایت کا حصہ ہوتا یہ مباحث ہی گرم انجن کی طرح دھواں چھوڑ گئے۔ اب جو مڑ کر دیکھتے ہیں تو یوں لگتا ہے جیسے تخلیق اور تنقید دونوں اپنے آپ میں مست فاصلے پر پڑی ہیں۔ تخلیق کاروں کو اس نئی تنقید سے کوئی واسطہ نہیں اور تھیورائی ہوئی نئی تنقید فن پاروں کی تعیین قدر کے منصب کو سرے سے قبول ہی نہیں کر رہی۔ اللہ اللہ خیر صلا۔

ایسے میں مکرم نیاز کے افسانوں کا مجموعہ میرے سامنے ہے اور لگ بھگ اس مجموعے کے آخر میں ایک ایسا بے ضرر سا افسانہ پڑھنے کو ملا جس سے یہ میرا دھیان مذکورہ صورت حال کی طرف چلا گیا ہے۔ یوں تو اس مجموعے میں دو ایسے افسانے ہیں جن میں مکرم نیاز نے اپنا آپ ایک افسانہ نگار کردار کے وجود میں داخل کر دیا ہے۔ ہو بہ ہو نہ سہی، لگ بھگ ویسا سہی۔

افسانہ لکھتے ہوئے تخلیق کار کو آزادی ہوتی ہے کہ وہ اپنے کردار میں کچھ حک و اضافہ کر لے اور یقیناً ایسا یہاں بھی کیا گیا ہو گا۔ کہانی کہنے کا جو چلن مکرم نیاز کو خوش آیا ہے یہ لگ بھگ وہی سماجی حقیقت نگاری والا ہے جس کے حوالے سے اوپر فیض کا کہا مقتبس کر آیا ہوں۔ جن دو افسانوں کے بنیادی کردار افسانہ نگار ہیں ان میں سے ایک افسانہ "بے حس" ہے۔ اس کا بنیادی کردار افسانہ نگار کا ہے۔ ایسا افسانہ نگار جس کا تعلق ملک کے اقلیتی فرقے سے ہے اور اسی سبب اُس کے اندر ایک خوف اور سہم سمایا ہوا ہے۔ مکرم نیاز نے اس سہمے ہوئے شخص کی بے حسی کو بھی نشان زد کیا ہے۔ انسان کو وہ حیات کے بیداری کے ساتھ ہی شناخت دیتے ہیں۔ یہ ان کا محبوب موضوع ہے جس پر آگے چل کر بات ہو گی۔

یہاں کہنا یہ چاہتا ہوں کہ جس طرح اس افسانے کے مرکزی کردار کی حیات افسانے کے آخر میں بیدار ہوئی ہیں؛ لگ بھگ اس سطح پر حیسات کی بیداری انہیں افسانہ نگاروں کے ہاں بھی چاہیے۔ سماج کے ایسے طبقوں کے ساتھ جڑی ہوئی حیسات جو کچلے جا رہے ہوں، ان رشتوں سے بندھی ہوئی حیسات جو بوسیدہ ہو کر متروک ہو رہے ہوں اور اپنی مثبت روایات، اپنی زمین کی مہک سے وابستہ حیسات بھی۔ یہ مکرم نیاز کے بہت اچھے افسانوں میں سے نہیں ہے۔ اس سے کہیں اچھے افسانے

آپ کو اسی کتاب میں پڑھنے کو ملیں گے۔ اس کا ذکر یہاں یوں کر رہا ہوں تا کہ ایک تخلیق کار کی حیثیت سے ان کا مسئلہ اور محرک سامنے آجائے۔

جب کوئی تخلیق کار اس سطح پر سوچتا ہے اور اپنی تخلیقی ترجیحات کیوں ترتیب دیتا ہے، تو ان سارے تجربات اور حیلوں کو ایک طرف رکھنے پر مجبور ہوتا ہے جو اب تک اس صنف میں ہوتے رہے ہیں کہ یہاں بنیادی قرینہ حقیقت نگاری والا ہے؛ جی، سماجی اور ایک حد تک نفسیاتی حقیقت نگاری والا۔ مکرم نیاز اس باب میں کسی اُلجھن یا مخمصے میں نہیں پڑے اور انہوں نے اپنے ایک اور افسانے "درد لا دوا" میں افسانہ نگار راوی کے ذریعے صاف صاف بتار کھا ہے:

"لوگ کہتے ہیں کہ میں افسانہ نگار ہوں، نئی نسل نئے زمانے کا نمائندہ۔ پیار و محبت سے لبریز دل گداز، سبق آموز کہانیوں کی تخلیق کرنے والا۔ حالانکہ میں الفاظ کے توتا مینا نہیں اڑاتا کہ مفہوم کا آئینہ ٹکڑوں میں بٹ جائے۔ اور نہ ہی گنجلک علامات و استعارات کا اینٹ گارا جوڑتا ہوں کہ کوئی اسے بدعنوان سیاستدان کا عالیشان محل سمجھے تو کوئی کسی مذہبی پیشوا کی متبرک خانقاہ۔ میں نے تو بس جذبات و احساسات سے دن بدن بے گانہ ہوتی اس اندھیری دنیا میں محبت، الفت، اپنائیت اور یگانگت کا چھوٹا سا دیا جلانے کی کوشش کی ہے۔"

پچھلے دو تین مہینوں میں مجھے نئے افسانہ نگاروں کے افسانوں کے جو مجموعے دیکھنے کو ملے ہیں ان سب کے ہاں لکھنے کی ترجیحات مختلف ہیں۔ ان میں سے زیادہ تر کے ہاں موضوعات اہم رہے ہیں؛ گھر دری زبان میں لکھے گئے آج کے چیختے چنگھاڑتے موضوعات؛ ایسے میں توجہ کہانی کی طرف رہے تو کیسے؟ ایک شاعر افسانہ نگاری کی طرف آیا تو اس کے لیے زبان اہم ہو گئی ہے۔ اچھی زبان کسے اچھی نہیں لگتی۔ سو کہانی بھی ٹھٹھک ٹھہر کر اس زبان کا لطف لینے لگتی ہے۔ ایک افسانچوں کا مجموعہ ہے؛ یہاں زمان و مکان سے معاملہ ہی نہیں کیا گیا ہے تو فکشن کارنگ کیسے جمتا؟ یہ بھی دیکھا گیا ہے کہ کوئی بھی ساٹھ اور ستر کی دہائی میں رواج پانے والے علامت اور تجرید کے وسیلوں کی طرف نہیں گیا۔ مکرم

نیاز بھی قصداً اس طرف نہیں گئے ہیں۔ کیوں؟ اس کی وضاحت اوپر ہو چکی۔ انہوں نے اپنی کہانیوں میں جو کہنا چاہا ہے کوشش کی ہے کہ وہ صاف ستھری زبان میں عین میں قاری تک منتقل ہو اور لطف یہ ہے کہ اس کی ترسیل کسی رخنے کے بغیر ہو جاتی ہے۔

میں اوپر کہہ آیا ہوں کہ مکرم نیاز کا تخلیقی موضوع درد دِل رکھنے والا انسان ہے؛ جی وہ انسان جس کے ہاں مشینی اخلاقیات نہ ہوں۔ مکرم نیاز خود ایک انجینئر ہیں، ان کا واسطہ مشینوں سے پڑتا رہتا ہے۔ مشین جو انسان سے بہتر کار کردگی دکھا سکتی ہے اور اس حکم کی پابند ہے جو اسے مالک دیتا ہے۔ مشین جو نئے عہد میں بہت اہم ہو گئی ہے۔ اتنی اہم کہ اس نے انسان کو کائنات کے مرکز سے دھکیل کر حاشیے پر پھینک دیا ہے۔ مشین جو اس لیے تخلیق ہوئی تھی کہ وہ کمزور انسان کا بوجھ بانٹتی مگر اس نے انسان کو ہی اپنے منصب سے معزول کر کے اسے بے کار کر دیا ہے۔ وہ اس مشین کی اصلیت کو پہچان گئے ہیں، اس مشین کو جو سرمایہ دار نے ہتھیار رکھی ہے۔ یہی سبب ہے کہ ان کے ہاں مشین کا ذکر قدرے حقارت سے آیا ہے۔

ایک افسانے میں انہیں ایسے رشتوں کی تلاش رہتی ہے جو بے غرض اور بے ریا ہوتے ہیں؛ مشینی اور ادلے بدلے کے دنیاوی مفاد پر انحصار کرنے والے رشتے نہیں ہوتے۔ ایک اور افسانے میں ایک کردار جھلا کر کہتا نظر آتا ہے: "ارے تم لوگ انسان ہو یا مشین"۔ کہیں پڑھ لکھ کر آدمی کے آدمی نہ رہنے کی بات ہوتی ہے جو اخلاقیات کی مشین بن جاتا ہے اور کہیں وہ صاف صاف کہتے نظر آتے ہیں کہ: "اگر ہم انسانی حیثیت سے خالی ہوتے تو ہم میں اور مشین میں کیا فرق رہ جاتا / انسانی ضرورتوں اور انسانی تقاضوں کو پورا کیے بغیر روح کی جانب فرار دراصل فطرت سے گریز کے مترادف ہے۔"

مکرم نیاز کو فطرت سے گریز پسند ہے نہ فطرت کا قیدی ہو کر سماجی تشکیل میں ناروا رخنے ڈالنا۔ سو اپنی فکر کے اس چراغ کی روشنی کو اپنے قاری تک پہچانے کے لیے وہ ایسی کہانی لکھتے ہیں جس میں فطری

بہاؤ قائم رہتا ہے حتیٰ کہ وہاں بھی جہاں جست لگا کر آگے بڑھا جا سکتا تھا وہ جست نہیں لگاتے۔ ایسا نہیں ہے کہ جہاں وقت کی سیدھی لکیر پر چلنا ممکن نہ رہا ہو وہاں بھی وہ ناک کی سیدھ میں چلے ہوں۔ ایسے میں کہیں طلسمی آئینہ آیا ہے، کہیں خواب اور کہیں فلیش بیک کی تکنیک نے انہیں کمک پہنچائی ہے؛ کچھ یوں کہ کہانی کٹی پھٹی نظر آنے کی بہ جائے مربوط ہو گئی ہے۔

مجموعی طور پر دیکھیں تو موضوع کی سطح پر اپنی تہذیب، اپنے ثقافتی چلن اور اخلاص کی سطح پر قائم ہونے والے سماجی رشتے انہیں محبوب رہتے ہیں۔ اسلوب اور تکنیک سے زیادہ اُن کی توجہ معنیاتی ترسیل پر رہتی ہے۔ حقیقت نگاری اور وہ بھی صاف ستھری اور رواں دواں زبان میں، کہیں کہیں سطروں کو فکشن کی دانش سے منور کرتے ہوئے؛ یہ مکرم نیاز کے فن کا اختصاص ہے۔ مجھے یقین ہے کہ ہمارے اس افسانہ نگار کی یہ کہانیاں اپنے قارئین میں بہت مقبول ہوں گی۔

☆ ☆ ☆

مکرم نیاز: علامتوں کے حصار میں
نعیم بیگ (لاہور)

مکرم نیاز کو سب سے پہلے فیس بک پر پڑھنے کا موقع ملا۔ اس کے بعد گاہے بگاہے ان کے نثری فن پارے سامنے آتے رہے۔ اس بار ان کے مجوزہ افسانوی مجموعے "راستے خاموش ہیں" کے مطالعے کا موقع ملا۔ میں نے پہلے تین افسانے 'تیری تلاش میں'، 'آگہی' اور 'خلیج' ایک ہی نشست میں پڑھے۔ میرا خیال ہے کہ کسی بھی افسانوی مجموعے کے ابتدائی افسانے اس مجموعے کی سچائی کی طرف جستجو کے ادبی سفر اور حقیقت کو منکشف کرتے ہیں۔

مکرم کا فنکارانہ شعور اور مشاہدے کی قوت سیماب صفت ہے۔ علامتوں اور استعاروں کی زبان ان کا پہناوا ہے۔ جسے بیانیہ کی تیکنیک پر اثر بنا دیتی ہے۔ سماج میں حیرت ناک مادی اور فکری ترقی نے کائنات کی عقدہ کشائی اب آسان کر دی ہے تاہم اس کے ساتھ ساتھ فنکارانہ فہم و ادراک انسانی وجود کے اندر کا سفر کرتا ہوا الہو رونے اور رلانے میں مصروف رہتا ہے۔ وجودیت کے اس پار سب کچھ درست دکھائی نہیں دیتا۔

احساس و اظہار کی بنت فکشن کا حسن ہوتے ہوئے بھی منقسم تہذیبوں کا تعاقب اگر افسانوں میں افکار و اعمال کی سمتیں مقرر نہیں کرتا ہے تو اس ادبی کاوش کو ہم آفاقیت سے دوری تو گردان سکتے ہیں تاہم یک جنبش قلم اسے رد نہیں کر سکتے ہیں۔ یہ ادب پارہ اپنی پوری توانائیوں سے جمالیاتی سطح پر اتنا ہی اثر انگیز ہے۔ یہ کہا جا سکتا ہے کہ نثری علامات، شاعرانہ فضا کتنا بھی پر اثر اور متنوع ہو قاری کی فکری، جذباتی احساساتی اور سیاسی بصیرت کو اگر اگنیٹ [ignite] نہیں کرتی تو افسانے کی فسوں کاری سے پُرنثری پیرائے میں فن کی ساخت، اظہار کا نیا پن اور علامتوں کی نئی تشریحات بے کار ہیں جو قاری کے قریب سے گزر جاتی ہیں۔ میرا خیال ہے کہ مکرم نیاز بڑی خوبصورتی اور عمدگی سے ان تمام

پہلوؤں سے نبر د آزما ہوئے ہیں۔

یہ بھی عرض کرنا ضروری ہے کہ کہانی کے بنیادی سٹرکچر اور عنصر میں اس کے فسوں کار وجود کے اسرار و رموز کا منکشف ہونا لازم ہے ورنہ خواب، اندیشے، امکانات زندگی کے ان تمام پہلوؤں سے ناآشنا ہی گزر جاتے ہیں جہاں کہانی کار جدید فکر کی روشنی میں انسان کے ذہنی سفر کو پا لینے کی سعی لا حاصل میں مصروف ہے۔

مکرم نیاز لفظوں سے تصویریں بنانے کا ہنر پوری طرح جانتے ہیں تاہم موضوعاتی سطح پر منغض دور کا ایک تسلسل ہے جو انہیں ایک مخصوص دائرے میں گھیرے میں رکھتا ہے۔ مکرم نیاز کا نثری فن، عمدہ اور شفاف اردو، حسیاتی کیفیات سے مزین ایک جہان نو پیدا کرتا ہے تاہم مرصع سازی گنجینہ معنی کا طلسم بڑی سے بڑی کاوش کا ہمیشہ منتظر رہتا ہے۔

یہ بھی عرض کرنا ضروری ہے کہ مکرم نیاز آج کی نوجوان نسل کے ان چند لکھنے والوں میں شامل ہیں جنہوں نے فکری اور سماجی مد و جزر کو خام شکل میں پیش نہیں کیا۔ وہ نثری ساخت و ہیئت اور اس کی شاعرانہ لطافت سے بخوبی آشنا ہیں۔ وہ اپنے عہد کی ایک نمناک آواز ہیں جو شاید اس افسانوی مجموعے کو دور تلک لے جائے گی۔

☆ ☆ ☆

مکرم نیاز: اردو افسانہ نگاری کے خاموش راستوں کا مسافر

عشرت معین سیما (جرمنی)

دنیا کی بیشتر زبانوں کے ادب میں کہانی نویسی کو جو اہمیت حاصل ہے اس سے انکار نہیں لیکن جو کہانیاں اپنے عہد کے مسائل اور تاریخی معاملات کے ساتھ مربوط ہیں وہ اس معاشرے کی عکاس بھی ہیں جہاں انہوں نے جنم لیا ہے اور اس ہی معاشرے کی نباض بھی ہیں جہاں یہ کہانیاں سماج کی دکھن دور کرنے کے لیے ذہنوں میں برسوں سے سوالات جگار ہی ہیں۔

ایسی ہی کچھ کہانیوں پر مبنی افسانوں کے مجموعے کا مسودہ مجھے مکرم نیاز صاحب نے تبصرے کے لیے بھیجا تو یہ دیکھ کر بہت خوشی ہوئی کہ اس مجموعے کے حوالے سے بھی اردو افسانہ اپنی روایت پر قائم ہے، اپنے آغاز سے لے کر موجودہ دور تک نت نئے تجربات کرتا ہوا بخوبی اپنی منزل کی طرف گامزن ہے۔ مکرم نیاز کے نمائندہ افسانے روایتی افسانہ نگاری کے تجربات سے مزین اپنی شناخت اور وسعت میں یقینی طور پر بہتر اضافہ کر رہے ہیں اور جدید طرز پر افسانے کو اپنے عہد اور اس کے مسائل و فکر سے جوڑے ہوئے ہیں۔

اردو افسانے کی تاریخ اپنے تجربات کی بنا پر مختلف زمانے میں مختلف ناموں سے تقسیم کر دی گئی ہے۔ اردو افسانے کو آغاز سے لے کر ترقی پسند تحریک کا سفر طے کر کے جدید دور تک بہت سارے تجربات کا سامنا کرنا پڑا۔ اس حوالے سے اگر دیکھا جائے تو بین الا قوامی ادب میں اردو افسانہ تجربات کا مرکز بنا ہوا نظر آتا ہے اور آج بھی اردو افسانے کو مختلف تجربوں سے ہو کر گذرنا پڑ رہا ہے۔ اگر افسانے کا بیانیہ سادہ و سلیس ہو اور فکر کے اس پہلو کو اپنی گرفت میں لینے کی کوشش کر رہا ہو جس پر سماج میں بے چینی، تبدیلی یا سماج کے نظام پر چوٹ شامل ہو، وہ افسانہ قارئین کو برسوں یاد رہتا ہے۔

اسی لیے ہمیں تاریخی سطح پر زمانے کا فکشن، حالات، مسائل، موضوع، تکنیک، اسلوب، کردار، زبان، بیان، فن اور فکشن نگار وغیرہ مختلف نظر آتا ہے۔

مکرم نیاز کے افسانے پڑھ کر بھی ایسا محسوس ہوتا ہے کہ اتنی کم مدت میں اردو افسانے میں یہ تبدیلی کا سفر جاری ہے اور یہ بات افسانے میں موضوعات اور اسلوب نگارش کی وسعت اور افسانہ نگار کے ذہن و فکر کی بالیدگی کو ظاہر کرتا ہے کہ ہر زمانے میں مختلف فکشن نگار نئے نئے تجربات، چاہے وہ موضوع، مسائل، تکنیک، اسلوب، کردار، زبان و بیان اور فن وغیرہ کے اعتبار سے کیوں نہ ہوں مسلسل کر رہے ہیں۔ مکرم نیاز صاحب کے یہاں بھی یہ تجربات اردو افسانے میں لازم و ملزوم نظر آتے ہیں۔

مذکورہ افسانے کے مجموعے میں کل تیرہ (۱۳) افسانے شامل ہیں جو کہ ہندوستان و پاکستان کے اہم ادبی رسائل کی زینت بن چکے ہیں جن میں بیسویں صدی دہلی، پرواز ادب پنجاب اور دوشیزہ کراچی جیسے بیش قدر جرائد شامل ہیں۔ مکرم نیاز کا قلم افسانے کے میدان میں کئی دہائیاں سر کر چکا ہے۔ ان کی تحریر کی پختگی یقینی طور پر اس طویل سفر کا تجربہ ہے لیکن ساتھ ساتھ اس بات سے بھی انکار نہیں ہے کہ مکرم نیاز صاحب کو یہ تحفہ ورثے میں اپنے والد محترم جناب سید رؤف خلش صاحب سے بھی عطا ہوا ہے جو کہ خود ادبی دنیا کی تحریک جدید کے نمائندہ شاعر مانے جاتے ہیں اور اپنے چار شعری مجموعوں اور دو نثری مجموعوں کے باعث اردو ادب میں ایک نمایاں مقام رکھتے ہیں۔

مکرم نیاز کے افسانے اپنے عہد سے مطابقت رکھنے کے ساتھ ساتھ اس عہد کے مسائل اور انسانی جذبات و احساسات کے بھی عکاس ہیں اور اہم بات یہ ہے کہ وہ جدیدیت کی مد میں اس عہد کے بہترین افسانے پیش کر رہے ہیں۔ ان کا یہ خاص اسلوب نگارش قاری سے بھی ذہنی و فکری جدوجہد کا مطالبہ کرتا ہے۔ مجھے یقین ہے کہ ان کا سادہ اندازِ بیان اور گہری فکر بیک وقت ہم آہنگ ہو کر جدید اردو افسانے میں وہ رنگ بھریں گے جو زبان کی خوبصورتی کے ساتھ ساتھ فکر کے آہنگ کو بھی بلند

کریں گے۔ مجھے ان کے جن افسانوں نے بے حد متاثر کیا ان میں "راستے خاموش ہیں" اور "زمین" ہیں۔ ان افسانوں کی خاص بات یہ ہے کہ ان افسانوں میں کہانی اپنے روایتی انداز بیاں سے انحراف کرنے کے باوجود بہت خوبصورتی سے افسانے کے قالب میں ڈھالی گئی ہے۔ لسانی سطح پر بھی افسانے میں افسانے کا اسٹر یکچر خوب پیش کیا گیا ہے۔ ایسے میں قاری کہیں انور سجاد کو یاد کرتا ہے اور کہیں احمد ہمیش کے افسانوں کا انداز اسے ان پیش کردہ افسانوں میں نظر آتا ہے۔ لیکن اس کے باوجود مکرم نیاز کا اپنا طرزِ فکر اور انداز ان کی تخلیقات کا خاصہ ہے۔

مجھے خوشی ہے کہ اردو افسانوی ادب میں ایک بیش قدر مجموعے کا اضافہ ہونے جا رہا ہے اور ساتھ ہی امید بھی ہے کہ یہ مجموعہ نہ صرف ہندوستان و پاکستان بلکہ دنیا کے ہر اس خطے میں پہنچ کر تحسین حاصل کرے گا جہاں اردو زبان و ادب کے شیدائی موجود ہیں۔ افسانے اور خاص طور پر جدید افسانے کے شائقین و قارئین اس کی ستائش کا حق ادا کرنے کے لیے منتظر ہیں۔ مکرم نیاز صاحب کو مبارک ہو کہ انہوں نے اردو افسانے کے افق پر ہمارے افسانوی ادب کو ایک اور درخشان ستارہ عطا کیا ہے جس کی تابناک کرنیں افسانے کے سفر کو روشن امکانات دے رہی ہیں اور جدیدیت کی مد میں پرانی روایت سے مکمل انحراف نہ کرنے کے باوجود نئی روایات کو شامل کر کے اردو افسانے کے اس تجرباتی دور میں کامیاب تجربے کی نوید دے رہی ہیں۔

☆ ☆ ☆

افسانہ " خلیج": ایک تجزیہ

ڈاکٹر ارشد عبدالحمید (ٹونک، راجستھان)

افسانے کا عنوان ہے " خلیج"۔

افسانے کے متن سے واضح ہے کہ یہ خلیج باپ اور بیٹے کے درمیان کی خلیج ہے۔ موضوع اہم بھی ہے اور عصریت کا حامل بھی۔ باپ اور بیٹے کے کردار کافی حد تک اچھے لکھے گئے ہیں لیکن اس خلیج کو جس طرح ایک طوائف کے کوٹھے سے منسلک کیا گیا ہے، اس کا جواز سمجھ میں نہیں آتا۔ افسانہ پڑھتے ہوئے بار بار احساس ہوتا ہے کہ کہانی اور مسئلے کی ترسیل کسی اور ذریعے سے کی جانی چاہیے تھی۔ مثال کے لیے اگر ماں کو ذریعہ بنایا جاتا تو مسئلے کا تناؤ بہت۔۔۔ بہت زیادہ بڑھ جاتا اور ایک جذباتی کشمکش کا اضافہ بھی ہوتا۔ کسی بیانیہ میں مناسبات کا بھی اپنا ایک تقاضہ ہوتا ہے۔ اس افسانے میں جنریشن گیپ کی کشمکش تو ہے، اس حوالے سے جذباتی کشمکش، جو پلاٹ کا فطری تقاضا تھی، اس کا فقدان ہے۔

میں اکثر کہا کرتا ہوں کہ فکری تناؤ ایک چیز ہے اور جذباتی تناؤ دوسری۔ ان میں سے کسی ایک تناؤ کو برتنے سے بھی افسانے کا کام بخوبی چل جاتا ہے لیکن بعض موضوعات فکر اور جذبے کی یکجائی کے متقاضی ہوتے ہیں۔۔۔ اور باپ بیٹے یا اسی طرح کے کسی اور رشتے کی کشمکش دکھانا درپیش ہو تو فکر کے ساتھ جذبے کی کشمکش بھی اس کی بنیادی ضرورتوں میں سے ایک ہے۔

خیر۔۔۔ ہم فن کے تقاضے کی نشاندہی کر سکتے ہیں، کسی کو ڈکٹیٹ نہیں کر سکتے لہٰذا افسانہ جیسا ہے، اسے ویسا ہی پڑھنا ہو گا۔

افسانہ ایک کوٹھے پر، ایک طوائف سے گفتگو کے ساتھ شروع ہوتا ہے۔ پہلا جملہ اور پہلا سوال ہے۔۔۔

"سنو! پڑھتی ہو تم۔"

آغاز اچھا ہے۔۔۔اس مناسبت سے کہ بات تعلیم کی ہو رہی ہے۔ لیکن بیانیہ میں جو جھول ہے وہ جلد ہی سامنے آجاتا ہے۔ لڑکی نے اختیاری مضمون "سائیکالوجی" بتایا۔۔ لڑکے نے کہا "نفسیات"۔۔ اب یہاں راوی کا بیان ہے کہ "لڑکی کا کہا گیا لفظ دہراتے ہوئے وہ ہولے سے مسکرایا۔" لڑکے نے لڑکی کا کہا لفظ کہاں دہرایا حضور؟ لڑکی نے تو سائیکالوجی کہا تھا۔۔ نفسیات نہیں کہا۔ لڑکے نے ترجمہ کیا۔۔ لفظ نہیں دہرایا۔

بیانیہ کی ایک اور کمزوری افسانے کے مختلف حصوں میں تاثر کے اختلاف سے متعلق ہے۔ ابتدائی گفتگو میں لڑکے کا کردار اور اس کے مزاج کی الجھن نیز اس کی ترجیحات تو بخوبی مترشح ہوتی ہیں لیکن لڑکی کے جو ردعمل راوی نے بیان کیے ہیں وہ اس وقت غلط ثابت ہو جاتے ہیں جب آگے چل کر قاری کو معلوم ہوتا ہے کہ لڑکی دراصل ایک جسم فروش ہے۔ مثال کے لیے۔۔۔"بستر کے تکیے سے ٹیک لگائے، سر جھکا کر بیٹھی لڑکی"۔۔ کیا لڑکی کے لیے جسم فروشی کا یہ پہلا موقع تھا؟ نہیں۔ تو پھر لڑکی اس طرح سمٹی ہوئی سر جھکا کر کیوں بیٹھی تھی؟

آگے چلیے۔۔۔ راوی کا بیان ہے "لڑکی کی آنکھیں حیرت سے پھیل گئی تھیں۔"۔۔ کس بات پر؟ اس بات پر کہ "انھیں ذرا چھیڑ کر دیکھو۔۔ ان کی کڑوی سوچیں پلک جھپکتے میں دماغ سے زبان تک آ جائیں گی۔"۔۔۔ارے حضور۔۔۔ وہ جسم فروش لڑکی ہے۔۔ کیا وہ نہیں جانتی کہ لڑکوں کی اصلیت زبان ہی پر نہیں، کہیں اور تک بھی آ سکتی ہے۔۔ پھر اس کی آنکھیں محض اس کے ذکر پر حیرت سے کیوں پھیل جائیں گی؟

اسی طرح مزید ایک ردعمل دیکھیے۔ لڑکے نے جدید نظام تعلیم کو برا بھلا کہتے ہوئے ایک گالی دی۔۔۔ اور لڑکی نے چونک کر سر اٹھایا۔ جس لڑکی کا سابقہ ہر روز عملی گالی سے پڑتا ہو، وہ زبان کی گالی پر کیوں چونکے گی بھلا؟

واضح ہو کہ یہ لڑکے اور لڑکی کی پہلی ملاقات ہے۔ اس ملاقات میں ذرا سی گفتگو کے بعد راوی لکھتا ہے کہ :

"اس کے پر فکر مگر تلخ اور متضاد الفاظ کے سہارے بنا گیا لڑکی کا تصوراتی محل پل بھر میں مسمار ہو گیا۔"۔۔ ایک تو محل کے لیے بنانا کا فعل ویسے ہی قبیح ہے لیکن بنیادی بات یہ ہے کہ پہلی ملاقات اور پہلی گفتگو میں لڑکی نے اس طرح کا محل کب تعمیر کر لیا؟ اور وہ ذرا سی گفتگو سے ٹوٹ بھی گیا۔

یہ ٹھیک ہے کہ لڑکی کی خواہش تھی کہ اس کے گاہکوں میں مہذب اور باشعور لوگ ہی شامل ہوں۔۔ غالباً اس لیے کہ لڑکی زیر تعلیم تھی۔۔ لیکن لڑکی تھی تو ایک کوٹھے کی پیداوار۔۔ بچپن سے جس ماحول کو اس نے دیکھا۔۔ اور پھر اسی پیشے کو مجبوراً ہی سہی۔۔ اپنالیا۔۔ تو اب اس طرح کے اس کے رد عمل افسانے میں بیان شدہ صورت حالات سے میل نہیں کھاتے۔

جیسا کہ مذکور ہوا۔۔ افسانے کا عنوان اور موضوع باپ بیٹے کی خلیج ہے۔ لیکن تقریباً نصف افسانے تک موضوع سے متعلق کوئی بات نہیں ہوئی، کوئی ذکر نہیں آیا۔ جب افسانہ آدھا گزر جائے تو یہی لگتا ہے کہ موضوع ایک نوجوان لڑکے اور طوائف لڑکی کی درمیانی خلیج پر مبنی ہے۔۔ لیکن پھر باپ کا قصہ شروع ہوتا ہے۔۔ یہ پیراڈائم شفٹ بیانیہ کے تناسب کو بگاڑ رہا ہے۔ ہم اس دولخت افسانے کو یہ سمجھ کر آگے پڑھتے ہیں کہ چلیے باپ بیٹے کی یہ خلیج آخر آخر طوائف سے شادی وغیرہ کے کسی سوال پر ٹکراؤ کا سبب بنے گی۔۔۔ لیکن اصل مسئلہ طوائف کا ہے ہی نہیں۔۔۔ اصل مسئلہ پرانی اور نئی نسل کے رویے کا ہے۔

باپ شرافت سے کام لینے کا عادی ہے۔ خواہ لاکھوں کا خسارہ ہو، عزیزوں کی ناانصافی ہو یا اور کوئی مسئلہ۔۔۔ باپ شرافت اور صبر و تحمل کا دامن ہاتھ سے جانے نہیں دیتا۔ اس کے برعکس لڑکے کو بجا طور پر محسوس ہوتا ہے کہ ظلم ہو رہا ہے اور ظلم کو خاموشی سے جھیلنا بھی ظلم ہی ہے۔۔ لہذا احتجاج ہی نہیں ہونا چاہیے بلکہ اپنا حق چھین کر حاصل کر لینا چاہیے۔۔ لڑکے کا یہ رویہ باپ کو منظور نہیں لہذا خلیج کا پیدا ہو جانا قطعی فطری ہے۔

میں ذرا توقف کے ساتھ یہ عرض کرنا چاہتا ہوں کہ لڑکے کا کردار اس افسانے کی سب سے بڑی خوبی ہے۔ نئی نسل کے جس رویے اور جس نظریے کو پیش کیا گیا ہے وہ واقعی متاثر کن ہے۔ خاص طور پر

لڑکے کے جو تضادات بتائے گئے ہیں وہ عصر حاضر کی نئی نسل میں عموماً دیکھے جا سکتے ہیں۔ اس اعتبار سے لڑکے کا کردار بخوبی ابھر کر سامنے آتا ہے۔ مسئلہ یہ ہے کہ باپ کا کردار اہم ہونے کے باوجود، براہ راست ایکشن میں نہیں ہے اور اس کا سارا کا سارا بیان یا تو راوی کے ذریعے ہوا ہے یا لڑکے کی زبانی واضح کیا گیا ہے۔

یہ طریقہ بھی ٹھیک ہے لیکن کیا یہ احسن نہ ہوتا کہ لڑکے اور طوائف کی طرح باپ کو بھی عملی طور پر مرکز میں رکھا جاتا اور یوں اس کی اہمیت دو چند ہو جاتی۔ اس تقاضے کا سبب یہ ہے کہ افسانے کے موضوع کا تمام تر دار و مدار نیز لڑکے کے کردار اور عمل کی تمام تر بنیاد باپ سے اختلاف پر مبنی ہے۔ ولن یا مد مقابل جتنا فعال اور سامنے ہو گا، کہانی کی فکری کشمکش اتنی ہی شدت اختیار کرے گی۔ کہنے کی ضرورت نہیں کہ کشمکش جتنی شدید ہو گی، بیانیہ اتنا ہی موثر ہو گا۔

کرداروں ہی کا ذکر چل رہا ہے تو یہ بھی عرض کروں کہ لڑکی پہلے جملے سے آخری جملے تک افسانے میں پوری طرح موجود ہے۔۔ افسانے کا انجام بھی اسی پر ہوتا ہے۔۔ تو ظاہر ہے کہ اس کی حیثیت قطعی طور پر مرکزی ہے۔۔ لیکن کیا بطور موضوع بھی وہی مرکز میں ہے؟ میرا خیال ہے کہ نہیں۔ وہ موضوع کے مرکز میں تو نہیں ہے۔۔

مرکز میں تو باپ اور بیٹے کی خلیج ہے۔۔ تو لڑکی کی تمام تر کردار نگاری، اس کی خواہشیں، رویے اور افعال و اذکار۔۔ سب کے سب موضوع سے کیا تعلق رکھتے ہیں؟ اس بات کو میں دوسرے الفاظ میں یوں کہوں کہ باپ کے رویے کا کیا نتیجہ نکلتا ہے؟ لڑکے کے مسائل کا کیا حل نکلتا ہے اور لڑکی کا مسئلہ کس طرح طے ہوتا ہے؟ اگر ان تینوں کے مسائل حل ہوتے ہیں۔۔ یعنی افسانہ اپنے انجام کے ساتھ ان تینوں کے مسائل کو بھی انجام تک پہنچاتا ہے تو یقیناً قابل قدر ہے۔۔۔۔ تو آئیے چلتے ہیں انجام کی طرف۔

مجھے کہنا چاہیے کہ افسانے کا انجام صاف ستھرانہ سہی لیکن دل چسپ ضرور ہے۔ صاف ستھرانہ ماننے

کی وجہ صرف یہ ہے کہ انجام سے قبل تک کا افسانہ خالص بیانیہ یعنی وضاحتی اسلوب میں ہے جب کہ انجام میں کچھ فلسفیانہ اور کچھ ڈرامائی اسلوب اختیار کیا گیا ہے۔ فلسفیانہ اس طرح کہ باپ زندہ ہو کر بھی مرے ہوئے کے برابر ہے اور لڑکا نوجوان ہو کر بھی ایک بچے کی طرح ہے۔۔۔ وغیرہ۔ ڈرامہ یہ کہ ایک تصویر اور ایک وزٹنگ کارڈ سے بات شروع ہوتی ہے اور باپ کے ساتھ لڑکی کی کیا گفتگو ہوئی اس کی تفاصیل فراہم نہیں کی گئی ہیں۔ پھر بستر ایک پل میں بدل جاتا ہے اور یہ پل ٹوٹ جاتا ہے۔۔ اور یہ سب۔۔ یعنی انجام کا پورا بیانیہ لڑکی کے زاویۂ نظر سے لکھا گیا ہے۔ یہی وجہ ہے کہ انجام کے بیانیہ میں وہ صفائی نہیں ہے جو قبل کے متن میں رہی ہے۔

لیکن جیسا کہ میں نے عرض کیا، انجام دل چسپ ضرور ہے۔ اس دل چسپی کا ایک پہلو تو وہ ڈرامہ ہے جس کا ذکر ہوا لیکن مزید دل چسپی اس لیے پیدا ہوئی کہ ایک بچے کا ذکر بھی آ گیا۔۔ یہ بچہ علامتی بھی ہو سکتا ہے۔۔ جیسا کہ بیان ہوا کہ ایک پل کے ایک سرے پر ایک ننھا سا بچہ کسی مانوس ہمدرد سہارے کی تلاش میں دونوں ہاتھ پھیلائے چلا چلا کر رو رہا تھا۔۔۔ اب اس علامت کا اطلاق نوجوان پر بھی ہو سکتا ہے کہ جس طرح باپ زندہ ہو کر بھی اس کے لیے مرے سمان تھا اسی طرح لڑکی نوجوان کو بچے کے روپ میں بلکتا متصور کر رہی تھی۔۔ لیکن اس علامت کا اطلاق لڑکے کے اس بیان سے بھی وابستہ ہوتا ہے جس بیان میں لڑکا کہتا ہے کہ۔۔ ضرور ملو اس سے۔۔ کہہ دینا کہ تم اس کے پوتے کی ماں بننے والی ہو۔۔۔۔

بہر حال۔۔ انجام دلچسپ ضرور ہے لیکن بنیادی سوال وہی ہے کہ اس انجام سے حاصل کیا ہوا؟ باپ کی اصول پسندی اور شرافت بہر حال فاتح نظر آئی۔ لڑکے کا فرسٹریشن جوں کا توں برقرار رہا۔ لڑکی کا تعلق اور مستقبل غیر واضح ہی رہا۔

اگر مذکورہ بچے کو مستقبل کا نوجوان مان لیا جائے اور آج کے نوجوان کو کل کا باپ مان لیا جائے تو بات کچھ بنتی ہے کہ جنریشن گیپ ایک سلسلہ ہے۔۔ اور یہ سلسلہ ختم ہونے والا نہیں ہے۔

۔۔۔ لیکن اگر بچے کو مستقبل کا بچہ نہ مان کر محض آج کے نوجوان کی صورت حال کا استعارہ سمجھا جائے تو بھی افسانہ تو ختم ہو جاتا ہے لیکن مسئلے کا حل بہر حال سامنے نہیں تو آتا۔

ان تمام امور کے بعد ایک اہم سوال یہ باقی رہتا ہے کہ ہم افسانے کو اس طرح کیوں نہ پڑھیں جس طرح خود مصنف نے اسے پڑھوانے کا جتن کیا ہے۔ ظاہر ہے کہ اس کا مصنف اساس جواب تو یہی ہے کہ بے شک افسانہ لکھنے والے کی منشاء کے مطابق ہی پڑھا جانا چاہیے۔

یہاں میں یاد دلانا چاہوں گا کہ افسانہ کم از کم تین طرح پڑھا جا سکتا ہے۔ مصنف اساس قرات، قاری اساس قرات اور متن اساس قرات۔

ذرا غور کریں تو یہ آسانی سے سمجھ میں آتا ہے کہ متن اساس قرات سے بہتر کوئی طریقہ نہیں۔ اس کی وجہ یہ ہے کہ متن سے مصنف بھی پورا کا پورا وابستہ ہے اور قاری بھی۔ متن وہ ذریعہ ہے جو مصنف اور قاری کو ملاتا بھی ہے اور جدا بھی کرتا ہے۔ متن میں مصنف اس طرح شامل ہے کہ وہ متن سازی میں ایسے حربے استعمال کرے کہ قاری صرف اور صرف مصنف کے نظریے سے ہی قرات کرے۔ وہ کچھ اور سوچ ہی نہ پائے۔ اس کے یہ معنی بھی ہیں کہ متن میں اگر مصنف کی منشاء سے الگ کسی اور طرح سے پڑھے جانے کی کوئی گنجائش موجود ہے تو اس کا ذمے دار خود مصنف ہے۔ اسی طرح قاری اساس قرات میں اگر افسانہ قاری سے باہمی تعلق استوار نہیں کرتا ہے تو یہ بھی متن پر ہی موقوف ہے۔ ان امور سے ظاہر ہے کہ قرات کا کوئی بھی طریقہ ہو، اس کا پورا پورا انحصار متن پر ہے۔۔ اور جب انحصار متن پر ہے تو متن کے تقاضے سب سے اہم قرار پاتے ہیں۔ افسانہ "خلیج" کے متن میں قرات کے نظریے سے ایک زبردست کشمکش نظر آتی ہے۔ مصنف کی پوری پوری کوشش ہے کہ افسانہ اس کی نظر سے پڑھا جائے۔ یہی وہ نکتہ ہے جس کی بنیاد پر دعویٰ کیا جا سکتا ہے کہ "خلیج" کا مصنف ایک ایسا قادر الکلام افسانہ نگار ہے جو قاری کو اپنی شرطوں پر مجبور کرنے کا ہنر رکھتا ہے۔ ذرا ان نکات پر غور کریں:

اول:" خلیج" ایک محبت کی کہانی ہے۔ ایک نوجوان اور ایک لڑکی کی پریم کہانی۔ دونوں کے اپنے مسائل ہیں۔ لڑکا باپ کے حوالے سے جنریشن گیپ کا شکار ہے اور لڑکی کا مسئلہ جسم فروشی ہے۔ اور یہ سب پوری طرح واضح ہے لیکن مصنف افسانے کا نام " خلیج" رکھتا ہے اور قاری کی تمام تر توجہ جنریشن گیپ پر مرکوز رکھنے میں کامیاب ہو جاتا ہے۔

دوم: افسانہ نگار انجام کو اس طرح تخلیق کرتا ہے کہ ہیرو کا فرسٹریشن اور ہیروئن کا مستقبل جوں کا توں رہتا ہے اور باپ کی شرافت ہی فاتح نظر آتی ہے۔ اگر مصنف اس افسانے کو عشقیہ کہانی کے طور پر پڑھوانا چاہتا تو پھر انجام یقیناً اس طرح تخلیق نہیں کیا جاتا۔

میں افسانہ نگار کی خدمت میں اس اعتبار سے مبارک باد پیش کرنا چاہتا ہوں کہ انھوں نے کہانی کی فطری تقاضے کے خلاف اسے اپنی مرضی کے مطابق پڑھوانے پر اصرار کیا اور اس میں کامیابی حاصل کی۔

☆ ☆ ☆

(نوٹ: افسانہ 'خلیج' فیس بک گروپ 'عالمی اردو فکشن' کے افسانہ مقابلہ [دسمبر-2018ء] کی شرط کے مطابق مصنف کے نام کے بغیر پیش کیا گیا تھا اور ڈاکٹر ارشد عبدالحمید کا یہ تجزیہ، ان کی اجازت کے ساتھ مذکرہ گروپ سے ہی اخذ کیا گیا ہے۔)

تیری تلاش میں

۔۔۔ اب میں نے ایک طویل مسافت طے کر لی ہے۔ راستے میں مجھے کئی چہرے ملے۔ وہ سبھی میرے احباب اور اقربا تھے۔ مگر افسوس کہ ان تمام کی آنکھوں میں بھی میں اس شئے کو نہ پا سکا جس کی مجھے تلاش تھی، ہے اور رہے گی بھی! سبھی لوگ، اپنے چہرے پر کوئی نہ کوئی خول چڑھائے ملے۔ میں ضرور دھوکہ کھا جاتا اگر ان کی آنکھیں سچ نہ بول دیتیں۔ آنکھوں کو پردہ میں چھپایا نہیں جا سکتا۔ وہ تو وہی کہتی ہیں جو باطن میں چھپا ہوتا ہے اور جس طرح آنکھیں انسان کے ظاہر کی وفادار نہیں ہوتیں اسی طرح اس وسیع و عریض دنیا میں کوئی کسی کا مخلص نہیں ہوتا، نہ کوئی کسی کا وفادار ہوتا ہے اور نہ ہی کوئی کسی کا رشتہ دار۔ یہاں سبھی غرض مند ہوتے ہیں، سب ایک دوسرے سے سودا کرتے ہیں۔ اس ہاتھ دے اس ہاتھ لے۔

میں برسوں سے اس کی تلاش میں ہوں۔ جب سے میں نے ہوش سنبھالا ہے، اسے حاصل کرنے کی کوششوں میں مصروف رہا ہوں۔ مگر آہ! وہ کبھی میرے ہاتھ نہیں آئی، البتہ اس کے بھیس میں سینکڑوں مل کر مجھے دھوکہ ضرور دیتے رہے اور میں جان بوجھ کر دھوکہ کھاتا ہی رہا کہ شاید ایک نہ ایک دن میری لگن ضرور رنگ لائے گی اور میں بالآخر اسے پا جاؤں گا مگر یہ کتنا بڑا المیہ ہے کہ آج تک وہ میری نظروں سے اوجھل ہے۔

نہ جانے اس کی خاطر میں نے عمر کا کتنا بڑا فاصلہ طے کر لیا ہے، میں اپنے پیچھے نظر دوڑاتا ہوں اور مجھے خاردار جھاڑ جھنکاڑ سے پرے وہ طویل راستہ نظر آرہا ہے جس پر کبھی میں نے بچپن میں ایک دفعہ موسم خزاں کے دوران سیر کی تھی۔ قدم قدم پر مجھے ٹھوکر لگتی رہی تھی۔ ایک ایک قدم مجھے سنبھال سنبھال کر رکھنا پڑا اور پھر ایک طویل مسافت طے کرنے کے باوجود میں اس چمکیلے جگنو کو پکڑ نہ سکا، اسے اپنی گرفت میں نہ لے سکا۔ اسے حاصل کرنے سے محروم رہا، وہ میرے آتشِ شوق کو بھڑکا کر نجانے کہاں غائب ہو گیا تھا؟

اور آج عمر کے اس موڑ پر جب میں ایامِ ماضی کی طرف اپنی بے چین نظریں دوڑاتا ہوں تو نجانے کیوں مجھے اس طویل اور سنسان تاریک راہ کی یاد آ گئی ہے۔ میں اس مانوس راہ پر ڈرتے ڈرتے اپنے قدم بڑھاتا ہوں۔ میرے چاروں طرف گھٹا ٹوپ اندھیرا چھایا ہوا ہے۔ میں اندھوں کی طرح ٹٹول ٹٹول کر چند قدم چلتا ہی ہوں کہ اچانک ٹھٹھک کر رک جاتا ہوں۔ اس سنسان راستے کے سنّاٹے میں یہ آواز کیسی؟

میں اس آواز کی طرف اپنے کان لگا دیتا ہوں۔

"کیا تم سمجھتے ہو کہ میں نے یوں ہی پال پوس کر بڑا کیا ہے؟ نہیں، یہ تمہاری خام خیالی ہے، بہت پڑھ لیا ہے تم نے، اب میرے بزنس میں تمہاری شرکت ناگزیر ہو چکی ہے۔ کہاں تک میں اکیلا یہ بوجھ سنبھال سکوں گا۔۔۔ میں نے جہاں تک ہو سکے تمہاری مثالی تربیت کی، تمہاری ایک ایک ضرورت کا خیال رکھا، تمہیں کسی چیز کی کمی نہ ہونے دی، صرف اس لیے کہ وقت آنے پر تم بھی اپنے فرض سے انکار نہ کر سکو۔۔۔ اب میں تھک چکا ہوں۔ اب مجھے آرام کی ضرورت ہے، اب وقت آگیا ہے تم میری جگہ لے لو۔۔۔"

میں مخاطب کو دیکھنا چاہتا ہوں مگر اس گہرے اندھیرے میں یہ ممکن نہیں، میں اس کے قریب جاتا ہوں، قریب اور قریب تر، اور اس ہستی کی صورت مجھ پر آہستہ آہستہ واضح ہوتی چلی گئی ہے۔

اوہ۔۔۔ یہ۔۔۔ یہ تو میرے ابا جان ہیں۔ یہ تو مجھ سے بہت پیار کرتے ہیں۔ اپنی جان سے زیادہ عزیز رکھتے ہیں۔ پھر ان کے ان جملوں کا کیا مطلب ہے؟ نہیں۔۔۔ نہیں، یہ میرے ابا جان نہیں ہو سکتے۔ یہ ان کا چہرہ نہیں ہو سکتا۔

میں غور سے ان کے چہرے کو دیکھنے لگتا ہوں، ان کی آنکھوں میں اس شئے کو ڈھونڈنا چاہتا ہوں جس کی مجھے ہمیشہ سے تلاش رہی ہے، مگر مجھے وہ شئے تو کیا اس کی جھلک تک نظر نہیں آرہی ہے۔ اچانک میرے ابا جان کا چہرہ دھندلا پڑنے لگا ہے، ان کے چہرے کے نقوش مٹنے لگے ہیں۔ میں حیرت و استعجاب سے انہیں تک رہا ہوں۔ اب ان کے چہرے کی جگہ محلے کے دکاندار کے چہرے نے لے لی ہے۔ وہ دکاندار جس کے پاس میں بچپن میں سودا سلف لانے کی خاطر جایا کرتا تھا اور وہ ہمیشہ ہی اپنے ایک ہاتھ سے مجھے سودا تھماتے ہوئے دوسرا ہاتھ پیسوں کے لیے آگے پھیلا دیا کرتا تھا۔

میں عجب مخمصے میں گرفتار ہو گیا ہوں۔ تو کیا وہ پیار، وہ چاہت وہ لگاؤ محض ایک سودا تھا؟ کیا وہ صرف ایک ڈھونگ تھا جسے میں بچپن سے دیکھتا چلا آرہا ہوں؟ نہیں، مجھ میں اس تلخی کو قبول کرنے کی ہمت نہیں۔ میں خوف زدگی کے عالم میں چونک کر پیچھے ہٹ جاتا ہوں اور پھر اچانک میں نے وہاں سے دوڑ لگا دی ہے۔ اس کے باوجود اس مانوس آواز نے میرا پیچھا نہیں چھوڑا۔ اس کی بازگشت اب بھی میرے کانوں میں گونج رہی ہے۔

"۔۔۔ میں نے تمام وقت تمہاری نازبرداری کی، تمہاری ساری تکلیفیں اٹھائیں، تمہیں سر اٹھا کر جینے کے قابل بنایا اور اب ۔۔۔ تمہیں میری خدمت کرنی چاہئے۔"

میں بھاگ رہا ہوں، بھاگتا چلا جا رہا ہوں۔ اندھیرے راستے میں یکدم میں نے ٹھوکر کھائی اور زمین بوس ہونے ہی والا تھا کہ دو ہاتھوں نے مجھے سنبھال لیا۔

"کون ہو تم ۔۔۔؟" میں نے ڈرتے ہوئے سوال کیا۔

"میں ۔۔۔ میں ۔۔۔ مجھے نہیں پہچانتے تم؟ کیا زمانہ آگیا ہے میرے خدا، تم بھی اتنی جلد احسان فراموش بن جاؤ گے، مجھے قطعی اس کا احساس نہ تھا، میں بچپن سے تمہارے ساتھ رہا ہوں۔ ہر نازک موڑ پر تمہارے کام آیا ہوں۔ جہاں جہاں تمہیں مدد کی ضرورت ہوئی میں نے اپنا فرض نبھایا ہے اور آج ۔۔۔ آج جب کہ مجھے تمہارے تعاون کی ضرورت لاحق ہوئی ہے، تم نے یکلخت مجھے پہچاننے سے انکار کر دیا ہے۔ کیا یہی تمہاری دوستی ہے؟ اپنے لنگوٹیے یار کے لیے کیا یہی تمہارا احسنِ سلوک ہے؟"

میں حد درجہ شرمندہ ہو کر اس چہرے کو پہچاننے کی کوشش کرتا ہوں اور اب اس کے چہرے سے اندھیرا کچھ کچھ چھٹنے لگا ہے۔ ارے ۔۔۔ یہ تو میرا بچپن کا جگری دوست ہے، مگر اس کے یہ الفاظ ۔۔۔ یہ جملے ۔۔۔؟

میں اس کی آنکھوں میں اپنی مخصوص شئے کو تلاش کرنا چاہتا ہوں مگر وہاں اس کی پرچھائیاں بھی نہیں ۔۔۔ وہاں تو مجھے صرف 'ضرورت' اور 'غرض' نظر آرہی ہے۔ دفعتاً میرے دوست کا چہرہ آہستہ آہستہ تبدیل ہونے لگا ہے۔ میں اچھل پڑتا ہوں۔ مجھے ایک دفعہ پھر ناکامی کا سامنا کرنا پڑا ہے۔ اور میں نے دوبارہ دوڑ لگا دی۔ پشت سے آواز کا سلسلہ برابر جاری ہے ۔۔۔۔

"سنو ۔۔ ذرا سنو تو ۔۔ میں ان دنوں سخت پریشانیوں میں گرفتار ہوں، میرے بزنس کا دیوالیہ نکل گیا، قرض خواہ الگ تنگ کر رہے ہیں، تمہاری مالی اعانت کے بھروسہ پر ہی اب زندہ ہوں میں، تمہیں میری دوستی کا واسطہ ۔۔۔"

مگر میں وحشت زدہ سا ہو کر دوڑتا چلا جارہا ہوں۔ میرے چاروں طرف اندھیرا ابھی تک طاری ہے اور راستہ طویل۔ میں دم لینے کے لیے ذرا دیر کو رک جاتا ہوں۔ میری سانس تیز تیز چل رہی ہے۔ اس حالت میں اچانک مجھے اپنے شانے پر ایک نرم و نازک سے لمس کا احساس ہوتا ہے اور میرے کانوں میں میٹھی اور سریلی سرگوشی گونجنے لگی ہے۔۔۔۔

"اس طرح کہاں دوڑے چلے جارہے ہو جانم؟ اب کون سی فکر تمہیں کھائے جارہی ہے؟ میرا بھی تو کچھ خیال کرو، اب میں اپنے ابو سے زیادہ بہانے نہیں بنا سکتی۔ خدا کے فضل سے تم اپنے شاندار بزنس کی شروعات کر چکے ہو، پھر دیر کس بات کی؟ میں نے صرف تمہاری خاطر اپنے لیے آئے ہوئے بے شمار رشتے ٹھکرا دیئے ہیں۔۔۔ اب یہ تمہارا فرض بتا ہے کہ جلد سے جلد میرے گھر اپنا رشتہ بھیجو۔ آخر کہاں تک انتظار کروں تمہارا۔۔۔۔۔؟"

میں چونک پڑتا ہوں، اس نسوانی لہجے میں تو چاہت بھر اشکوہ ہے، لگاوٴ والی شکایت ہے، میں اسے پہچاننے کی کوشش کرتا ہوں۔ ہاں، یہ میری محبوبہ ہے! میں نے زندگی میں پہلی اور آخری مرتبہ صرف اسی معصوم اور پر خلوص دوشیزہ سے پاکیزگی سے بھرپور عشق کیا ہے۔ مگر دوسروں کی طرح اس کے ان جملوں نے بھی مجھے الجھن میں مبتلا کر دیا ہے۔ اس کے باوجود میں نے اس کی آنکھوں میں اپنی امید بھری آنکھیں ڈال دی ہیں کیونکہ مجھے یقین ہے کہ میں اپنی مخصوص شئے اس کی آنکھوں میں ضرور پا جاوٴں گا۔

مگر مجھے ایک دھکا سا لگتا ہے۔ نہیں! ان آنکھوں میں بھی اس شئے کا وجود نہیں اور اب اس نیلی آنکھوں والی کا چہرہ بھی دم بدم بدلتا جارہا ہے۔ اس کا چہرہ اس بنک کی لیڈی کیشئر کے چہرے میں تبدیل ہو چکا ہے جہاں سے میں اپنی رقم نکالا کرتا تھا اور وہ کیشئر چیک پیش کرنے پر ہی مجھے اپنی جمع شدہ رقم ادا کرتی تھی۔ تو کیا یہاں بھی وہی معاملہ تھا؟ اس ہاتھ دے اُس ہاتھ لے؟ میں گھبرا کر دوڑ پڑتا ہوں۔ پیچھے سے نسوانی آواز برابر چلا رہی ہے:

"نہیں۔ مجھے اس موڑ پر اکیلا نہ چھوڑ جانا۔ میں نے تو تمہاری خاطر کئی قربانیاں دی ہیں۔۔۔۔ پلیز، یوں بے درد نہ بنو۔۔۔"

ایک بار پھر میں اس طویل اور سنسان راہ پر دوڑا چلا جا رہا ہوں، تھکن کا احساس مجھ پر بہت حد تک غالب آ چکا ہے۔ میں رک کر ذرا دم لینا چاہتا ہوں لیکن ڈرتا ہوں کہ پھر کسی غرض مند چہرے سے بھینٹ نہ ہو جائے، دوڑتے دوڑتے اچانک سامنے سے آتے ایک شخص سے ٹکرا کر میں لڑکھڑا جاتا ہوں۔

"اندھے ہو کیا؟" میں جھنجھلا کر بول پڑتا ہوں۔

"معافی دے دو بھیا۔۔۔"

"یہ آواز۔۔۔ یہ آواز۔۔۔" میں سوچنے لگتا ہوں۔

"یہ آواز تو مانوس سی لگتی ہے۔" اب میں ذرا قریب سے اس کا مشاہدہ کرنے لگتا ہوں۔ ہائیں، یہ تو میرا اماں جایا ہے۔ میرا چھوٹا بھائی۔ اور پھر اس مخصوص چیز کی یاد آتے ہی میں اس کے چہرے پر اپنی آنکھیوں گاڑ دیتا ہوں، وہ خود کچھ نہیں بول رہا، مگر اس کی آنکھیں بہت کچھ بول رہی ہیں۔

"میں نے ہمیشہ سے تمہاری بھلائی چاہی ہے، بھیا۔ رات کے اندھیرے میں تمہارے شاندار مستقبل کی دعائیں مانگی ہیں۔ تمہارے تعلیمی کیریئر کے دوران میں نے ہر طرح سے تمہاری مدد کی ہے۔ سودا سلف لانے کی تمام ذمہ داری اپنے اوپر لے لی۔ تم پر گھریلو پریشانیوں کی جھلک تک نہ پڑنے دی کیونکہ مجھے تمہاری تعلیم کا خیال تھا۔ اور اب، اب جب کہ تم قابل ہو چکے ہو مجھے تمہاری مدد کی ضرورت آ پڑی ہے، ہاں بھیا، میں اپنا مستقبل سنوارنے کی خاطر مڈل ایسٹ جانا چاہتا ہوں۔ میرے پاس لیاقت ہے، ہنر ہے، مناسب تعلیم ہے۔ مجھے دوبئی کا ویزا دلا دو بھیا۔۔۔"

میں بوکھلا جاتا ہوں، میری امیدوں کا محل یہاں بھی مسمار ہو چکا ہے۔ چونکہ میرے چھوٹے بھائی کے چہرے پر بھی اس دکاندار کی شبیہ ابھر آئی ہے جو ایک ہاتھ سے کچھ دیتا ہے تو دوسرے ہاتھ سے کچھ لینے کی امید نہیں بلکہ یقین رکھتا ہے۔

میں اس کی آنکھوں کو نظر انداز کر کے تھکے تھکے انداز میں دوبارہ اپنے راستے پر چل پڑتا ہوں۔ اب میں نے ایک طویل مسافت طے کر لی ہے۔ راستے میں مجھے کئی چہرے ملے۔ وہ سبھی میرے احباب

اور اقربا تھے۔ مگر افسوس کہ ان تمام کی آنکھوں میں بھی میں اس شئے کو نہ پا سکا جس کی مجھے تلاش تھی، ہے اور رہے گی بھی!

سبھی لوگ، اپنے چہرے پر کوئی نہ کوئی خول چڑھائے ملے۔ میں ضرور دھوکہ کھا جاتا اگر ان کی آنکھیں سچ نہ بول دیتیں۔ آنکھوں کو پردہ میں چھپایا نہیں جا سکتا۔ وہ تو وہی کہتی ہیں جو باطن میں چھپا ہوتا ہے اور جس طرح آنکھیں انسان کے ظاہر کی وفادار نہیں ہوتیں اسی طرح اس وسیع و عریض دنیا میں کوئی کسی کا مخلص نہیں ہوتا، نہ کوئی کسی کا وفادار ہوتا ہے اور نہ ہی کوئی کسی کا رشتہ دار۔ یہاں سبھی غرض مند ہوتے ہیں، سب ایک دوسرے سے سودا کرتے ہیں۔ اس ہاتھ دے اس ہاتھ لے۔

اس سنسان اور تاریک راہ پر میں اب بھی اپنے قدم بڑھائے چلا جا رہا ہوں۔ راستے میں کئی واقعات رونما ہو چکے ہیں مگر مجھے لگتا ہے جب تک اسے ڈھونڈ نہ لوں گا تب تک مجھے قرار نہ آئے گا، تب تک میرے من پر بے چینی اور الجھن کے بادل چھائے رہیں گے۔

"اجی، سنو تو۔۔۔" اندھیرے میں کہیں سے مجھے مخاطب کیا گیا ہے۔

"آئندہ ماہ میری خالہ زاد بہن کی شادی ہے، اس دفعہ میں زری کے کام والی ساڑی ضرور لوں گی۔ پچھلی بار ماموں زاد بہن کی شادی میں تو تم نے مجھے ٹال دیا تھا، مگر اس مرتبہ تمہیں ضرور میری خواہش پوری کرنی ہوگی۔ آخر کب تک تم مجھے بہلاتے رہو گے؟ میں نے تو تم سے شادی کرنے کی خاطر سارے میکے کی مخالفت مول لی تھی۔ پورے تین سال کئی اچھے خاصے رشتوں کو ٹھکرایا۔ ایک ادھر تم ہو کہ ایک معمولی سی ساڑی مجھے خرید کر نہیں دے سکتے۔ دوسری طرف ہر ماہ خاصی بڑی رقم اپنے والدین کے ہاتھوں میں تھما دیتے ہو۔ اپنے بھائی کو دوبئی بھجوانے کا تمام بندوبست خود کرتے ہو، خود غرض دوستوں کی اب تب جب تب مدد کرتے رہتے ہو اور بہن کی شادی کا سارا خرچہ اٹھانا بھی اپنا فرض سمجھ لیتے ہو۔ مگر میرے لیے تمہاری چاہت بس یہی کنجوسی ہے؟"

اپنائیت سے کہے گئے ان شکوہ بھرے الفاظ میں میری بیوی کے طنز کی جھلک خاصی نمایاں ہے، میں خاموشی کے ساتھ اپنی بیوی کی آنکھوں میں اس شئے کا سراغ لگانا چاہتا ہوں جس کی ایک جھلک میں

نے شادی کے فوری بعد چند دنوں تک اس کی آنکھوں میں دریافت کی تھی مگر اب۔۔۔۔ اب وہ شئے تو کیا اس کی جھلک تک مفقود ہے۔ اور میری بیوی کا چہرہ۔۔۔۔ وہ بھی اب آہستہ آہستہ تبدیل ہوتا جارہا ہے۔

بیوی کے اس طنز کے ساتھ مجھے اپنی ماں کے اس وقت کے چہرے کی بھی یاد آئی ہے جس سے میں ایک بار اسی سنسان راہ کی تاریکی میں ٹکرا چکا تھا۔ مجھے پورا پورا یقین تھا کہ ماں کی آنکھوں میں اس مخصوص مطلوبہ شئے کو ضرور پالوں گا۔

"میں نے نو ماہ تک تمہاری تخلیق کا بوجھ برداشت کیا۔ دو سال تک اپنا دودھ پلا کر تمہاری پرورش کی اور پھر کئی سال تمہیں انسان بنانے کے لیے دکھ درد جھیلے۔ تو اس کا صلہ تم یہی دو گے کہ اپنی پسند کی لڑکی سے شادی کرلو؟ کیا تمہاری زندگی کا ایک فیصلہ کرنے کا اختیار مجھے نہیں؟ کیا اسی لیے میں نے تمہاری پرورش کی تھی کہ جوان ہونے پر اپنی شریک حیات خود منتخب کر بیٹھو؟ تمہارا اعلیٰ تعلیم یافتہ خالہ زاد بھائی تمہاری اکلوتی بہن سے شادی کرنے کو تیار ہے بشرطیکہ تم اس کی نیک سیرت اور قبول سیرت بہن سے شادی کرلو۔ اس پیشکش کو قبول کر لینے کے میرے مشورے کو کیا تم میری اتنی ساری قربانیوں کی خاطر نہیں مان سکتے، جس میں تمہاری بہن کی بھلائی بھی شامل ہے۔۔۔۔؟"

گویا ماں کے نزدیک میں شطرنج کا ایک معمولی پیادہ ٹھہرا جسے مخالف کھلاڑی کے ایک مہرہ کو قبضہ میں کرنے کے لیے قربانی کا بکرا بنادیا جائے؟ کیا میرے جذبات نہیں؟ کیا میری امنگیں نہیں؟ کیا میری اپنی کوئی ذاتی شخصیت نہیں ہے؟ میں ماں کی نظروں میں ان سوالوں کا جواب ڈھونڈنے کے ساتھ ساتھ اس مخصوص شئے کو بھی تلاش کرنا چاہتا ہوں جس کے لیے میں اندھیری راہوں میں مسلسل سفر کر تا رہا ہوں۔ مگر مجھے بے انتہا حیرت اور شدید مایوسی کا تیز ترین جھٹکا لگتا ہے، ماں کی آنکھیں بھی تو میری مطلوبہ شئے سے یکسر عاری ہیں۔ میں بڑی مشکل سے یہ صدمہ برداشت کرپاتا ہوں۔ بہن کی آنکھوں میں بھی میں نے وہ شئے نہیں پائی چونکہ اس کی آنکھوں میں پوشیدہ سوال کے جواب کے طور پر مجھے اس کی تمام نوازشوں، مہربانیوں کا صلہ اس کے جہیز کی شکل میں چکا کر دینا پڑا۔ اور اب۔۔۔۔

اب میں اس سنسان طویل اور تاریک راستے پر دوڑتے دوڑتے کافی تھک گیا ہوں، میرے اعصاب مضمحل ہو چکے ہیں۔ حالانکہ ابھی میرے سامنے ایک طویل زندگی کھڑی ہے، مگر لگتا ہے اس کی تلاش اب فضول ہوگی۔ میں سمجھتا تھا کہ وہ اس دنیا میں نایاب نہیں تو کم یاب ضرور ہوگی مگر اس مشینی اور ادلے بدلے کی دنیا سے اب تو شاید اس کا وجود ہی ختم ہو چکا ہے۔

اس لیے عرصہ ہوا میں نے چہرے دیکھنا چھوڑ دیا ہے، حوصلہ ہی نہیں رہا۔ ہمیشہ دھڑکا لگا رہتا ہے کہ کہیں اس کے بجائے کوئی دوسرا نہ نکل آئے۔

اب میں چاہتا ہوں یہ طویل سنسان راستہ جلد سے جلد ختم ہو جائے تاکہ میں اس کے دوسرے سرے پر پہنچ جاؤں، جہاں روشنی میرا انتظار کر رہی ہے، جہاں میں اس اتھاہ تاریکی سے نجات پا جاؤں گا۔ اس لیے میں نے اپنی رفتار میں کافی تیزی پیدا کر لی ہے، میں دوڑتا چلا جا رہا ہوں، تیز اور تیز تر، تیز ترین رفتار سے۔۔۔۔

اچانک اپنی پوری کوشش کے باوجود میری رفتار میں فرق آگیا ہے، میں رکنا نہ چاہتے ہوئے بھی رکنے پر مجبور ہو گیا ہوں۔ کیونکہ۔۔۔ ایک طویل عرصے بعد گہرے اندھیرے سے ایک بار پھر کسی نے مجھے آواز دی ہے۔ میں نے اس آواز کی طرف کان لگا دیے ہیں۔۔۔ وہ مدھم ہے، بہت خفیف سی۔

"پا۔۔۔۔۔ پا۔۔۔ پاپا۔۔۔۔۔"

میں آواز کی سمت بڑھ جاتا ہوں۔

"پاپا۔۔۔ پاپا، آپ مجھے چھوڑ کر کہاں جا رہے ہیں؟ میں بھی آپ کے ساتھ چلوں گا پاپا۔۔۔۔"

میں گھٹنوں کے بل بیٹھ کر اس ننھے سے لڑکے کو اپنی طرف کھینچتا ہوں۔ ارے، یہ تو میرا بیٹا ہے۔

"ضرور بیٹے، ضرور۔۔۔۔" یہ کہہ کر میں اسے گود میں اٹھا لینا چاہتا ہوں کہ اپنی پرانی عادت کے سبب بے اختیار میری بے قرار نظریں اس کی آنکھوں سے جا ٹکرائی ہیں اور میں اچھل پڑتا ہوں۔۔۔ حیرت و استعجاب سے نہیں بلکہ مسرت و انبساط سے۔ کیوں کہ۔۔۔۔

کیونکہ میں نے ایک طویل عرصے کی تلاش کے بعد بالآخر اپنے بیٹے کی آنکھوں میں جگمگاتی محبت کی

خالص، بے غرض اور بے ریا چمک کو پالیا ہے لیکن۔۔۔۔

میں اپنی آنکھوں کو کیا نام دوں جن کا عکس میں اپنے بیٹے کی آنکھوں میں دیکھ رہا ہوں اور جس میں اپنی چاہت، عنایت اور تربیت کا اجر اپنی اولاد سے وصول کرنے کی تمنا انگڑائیاں لے رہی ہے!!

☆ ☆ ☆

پرواز ادب (پنجاب): مئی / جون- ۱۹۹۲ء

آگہی

"تمہیں پتا ہے، صاف و شفاف آئینے پر ہلکی سی چوٹ پڑ جائے تو چہرہ خانوں میں بٹ جاتا ہے۔ افسوس کہ معافی یا معذرت اسے درست نہیں کر پاتے اور دل کوئی بازاری آئینہ بھی نہیں ہوتا کہ بدل دیا جائے۔" اس کے لہجے میں تلخی برقرار تھی۔

"اور دوسروں کے برخلاف کبھی اپنے شکستہ چہرے کا نظارہ کرتے ہوئے یہ لوگ یہ کیوں نہیں سوچتے کہ جس آئینے میں وہ اپنی شکستگی دیکھ رہے ہیں اسے کہیں انہوں نے ہی تو نہیں توڑا؟" اس کے ہم مشکل نے ہمیشہ کی طرح اس کی سوچ کو درد کر دیا تھا۔

"یہ کیسا طلسمی شہر ہے؟ جگہ جگہ آئینے لگے ہیں اور ان میں دیکھو تو ہر آدمی سویا سویا سا نظر آتا ہے۔"
بھرے پرے بازار میں لوگوں سے دھکے کھا کر لاشعوری طور پر انہیں راستہ دیتے ہوئے اور اپنا راستہ الگ بناتے ہوئے وہ کھوئے کھوئے لہجے میں بولا۔ اس کی بات سن کر اس کے ساتھ ساتھ چلنے والے ہمشکل کے چہرے پر مدھم سی استہزائیہ مسکراہٹ ابھر آئی۔
"اور شہر ذات کے آئینے میں جھانکنے کی کوئی ہمت نہیں کرتا کہ کہیں خود بھی۔۔۔"
وہ اپنے ہمشکل کی ادھوری بات سن کر الجھن میں پڑ گیا۔ اس کی باتیں ایسے ہی الجھے دھاگے کی مانند ہوتی تھیں جس کا سرا کافی تلاش کی باوجود نہ ملے۔ اور یہ ہمشکل بھی عجیب مصیبت تھا، زبردستی اس کے وجود کے ساتھ چمٹ گیا تھا۔ اس کا ساتھ نبھاتے ہوئے معلوم نہیں کتنا عرصہ گزر گیا اسے۔ اس کے خیالات کی ہمہ وقت تردید کرنا اس کے ہمشکل کا گویا واحد نصب العین تھا۔ مگر یہ مسئلہ صرف اس کی اکیلی ذات کے ساتھ ہی تو نہ تھا۔ ہر آدمی کا ہمشکل انہیں روکتا ٹوکتا ہے۔ یہ الگ بات کہ لوگ کبھی اسے پہچان نہیں پاتے تو کبھی اسے دریافت نہیں کر پاتے۔ نجانے آگہی کا وہ کون سا لمحہ تھا جب اس نے اپنے ہمشکل کو پہچانا اور وہ دیکھتے ہی دیکھتے اس کے گلے کا ہار بن گیا۔ لیکن کوئی کب تک مخالفانہ طرز عمل کو برداشت کر سکتا ہے؟ لہذا اس نے بارہا اپنے ہمشکل کے مقابل ہاتھ جوڑے تھے کہ خدارا اس کا پیچھا چھوڑ دے، اسے اپنے مسائل سے خود نمٹ لینے کا موقع دے مگر۔۔۔ سب لا حاصل، ہر بار کی طرح اس وقت بھی اس کے ہمشکل نے ادھورے جواب سے نواز کر اسے مخمصہ میں ڈال دیا تھا۔

یہ ابھی کل ہی کی تو بات تھی جب وہ طویل سفر طے کر کے اپنے رشتے کے بھائی کی شادی میں شرکت

کے لیے یہاں آیا تھا لیکن شادی کی یہ تقریب جس کا وہ کافی عرصے سے منتظر تھا اس کے وجود میں ایک پھانس اڑکا جائے گی، اس کا کوئی گمان تک اسے نہیں تھا۔ ساری خوش فہمیاں ایسے دور ہو گئیں جیسے کبھی سمندر کے کنارے ایک پرشور موج کے آنے پر اس نے اپنے پیروں تلے سے نرم نرم ریت کو تیزی سے کھسکتے ہوئے محسوس کیا تھا اور پھر توازن کھو جانے سے وہ ساحل پر گر پڑا تھا لیکن اس کے گرنے کا، اس کے ہمشکل نے کوئی خاص تاثر نہ لیا، اس کے نزدیک یہ گویا معمولی واقعہ تھا۔

"تم اسے معمولی بات بتاتے ہو۔ ذرا سوچو، میں اتنی دور سے محض دلی تعلق کی خاطر تقریب میں شرکت کے لیے چلا آیا ہوں تو کیا صرف اس باعث کہ بھری محفل میں کسی کی جانب سے اپنی توہین برداشت کروں؟ حالانکہ دکھ اپنی توہین کا نہیں بلکہ اس شخص کی سرد مہری کا تھا جس سے اپنی محبت کے اظہار میں اس کی شادی میں، میں نے شرکت کی اور سارے واقعے سے واقف ہونے کے بعد اس نے صرف دو جملوں کے ذریعے میرے زخم پر مرہم رکھنا چاہا۔۔۔"

اس کے نزدیک وہ معمولی بات تو نہ تھی۔ نئی نویلی بھابی کو دیکھنے کے لیے وہ دروازے میں داخل ہوا ہی تھا کہ تیز رفتاری سے آتی ہوئی ایک لڑکی اس سے بری طرح ٹکرا کر اس کی بانہوں میں جھول گئی تھی۔ بوکھلا کر اس نے ایک چھوٹی بچی سے پانی منگایا اور ہولے ہولے اس کے چہرے پر چھڑکنے لگا۔ تب بھی اس کی آنکھیں نہ کھلیں تو وہ گھبرا کر لڑکی کے گال تھپ تھپانے لگا تھا۔ تبھی غضب ہو گیا۔ کسی نے اس کے شانے پر زور سے ہاتھ مارا تھا، اور جب وہ پلٹا تو ایک بھرپور طمانچہ اس کے گال پر اپنا نشان چھوڑ گیا۔

"اس بھری محفل میں ایسی بے ہودگی؟ تم نے اپنے آپ کو سمجھ کیا رکھا ہے برخوردار؟" ایسی توہین وہ کب برداشت کر پاتا؟ جب تک صحیح صورت حال واضح ہوتی وہ تقریب ادھوری چھوڑ کر واپس جا چکا تھا۔ اسے بعد میں پتا چلا کہ اس سے ٹکرانے والی لڑکی کی بھابی کی چھوٹی بہن تھی اور اسے تھپڑ مارنے والے بزرگ وار ان دونوں کے والد تھے۔ دوسرے دن اس کا بھائی تنہائی میں اسے منانے چلا آیا تھا۔

"ٹیک اٹ ایزی یار! میں ان کی طرف سے معافی مانگتا ہوں۔"

"کیا یہ بے حسی نہیں؟ اتنے سارے لوگوں کے مقابل میری توہین کی گئی اور وہ چپ رہا؟ برسوں کی محبت کا صلہ بس ایک چھوٹی سی معذرت اور وہ بھی تنہائی میں۔۔۔"

وہ بولا تو اس کے لہجے سے چھلکتی تلخی کو جان کر بھی اس کے ہمشکل کے چہرے پر کوئی خاص تاثر نہ ابھرا۔

"تمہیں پتا ہے، صاف و شفاف آئینے پر ہلکی سی چوٹ پڑ جائے تو چہرہ خانوں میں بٹ جاتا ہے۔ افسوس کہ معافی یا معذرت اسے درست نہیں کر پاتے اور دل کوئی بازاری آئینہ بھی نہیں ہوتا کہ بدل دیا جائے۔" اس کے لہجے میں تلخی بر قرار تھی۔

"اور دوسروں کے بر خلاف کبھی اپنے شکستہ چہرے کا نظارہ کرتے ہوئے یہ لوگ یہ کیوں نہیں سوچتے کہ جس آئینے میں وہ اپنی شکستگی دیکھ رہے ہیں اسے کہیں انہوں نے ہی تو نہیں توڑا؟" اس کے ہمشکل نے ہمیشہ کی طرح اس کی سوچ کو رد کر دیا تھا۔ اس نے الجھن بھری استفہامیہ نظریں اپنے ہمشکل پر ڈالیں۔

"تمہارے بھائی نے ٹھیک ہی تو کیا ہے۔ مسئلہ صرف اتنا ہے کہ تم کافی سے زیادہ حساس ہو۔" اس کے ہمشکل نے گویا اسے جتایا تو وہ بھڑک اٹھا۔

"نہیں۔۔۔ اصل مسئلہ یہ ہے کہ میرے اپنے بے حس ہیں۔ وہ بغیر جذبات کے زندگی گزارتے ہیں۔"

اس کا ہمشکل اس کی سوچ پر ہولے سے مسکرایا۔ اس کے نزدیک یہ کوئی نئی بات نہیں تھی۔ وہ تو ہمیشہ سے اپنے احباب اور اقارب کے سرد اور سپاٹ رویوں کا شاکی رہا تھا۔ خود کو یا کسی اور کو کسی سے کچھ تکلیف یاد دکھ پہنچے اور اس کا مداوانہ کیا جائے تو وہ پکار اٹھتا تھا کہ ارے تم لوگ انسان ہو یا مشین؟ کبھی تو اپنے جذبات کا اظہار کیا کرو۔ محبت یا نفرت کے جذبے کا اظہار ہی تو انسانی زندگی کی بقا کی دلیل ہے۔ کبھی وہ کہتا: "درد اور مروت کے رشتے ڈھونڈنے پر بھی اب کہیں نہیں ملتے، شاید کہیں

خوابوں میں گم ہو گئے ہیں؟ کون سی نیند سوتے ہیں یہ سب؟ اور کیسی یہ نیند ہے کہ دہرے معیار رکھتی ہے۔ایک کروٹ گل تو دوسری کروٹ خار۔"

"۔۔۔اور تمہیں کچھ بتاؤں میرے ہمزاد! کل جب میں نے اپنے خاندان کی اس ماں کو دیکھا جو محض اپنے کم سن بیٹے کی محبت میں اپنی دیگر اولاد کو بے تحاشہ ڈانٹ رہی تھی تو میں وہیں ساکت و جامد کھڑا رہ گیا تھا۔" اس نے کچھ ایسا ہی تو دیکھا تھا۔

"ماں کبھی اولاد کی محبت میں تفریق نہیں کرتی۔ ماں کی ممتا اپنی ساری اولاد کے لیے ایک جیسی ہوتی ہے۔ماں اپنے رویے سے بچوں کے درمیان تعصب کے جذبے کو پنپنے کا موقع فراہم نہیں کرتی۔"

ایسی تمام باتیں تو اب تک اس نے پڑھی، دیکھی، سنی اور محسوس کی تھیں۔ تو کیا وہ سب جھوٹ تھیں؟ اس نے دیکھا تھا کہ ریفریجریٹر میں اپنے حصے کی مٹھائی نہ پا کر سب سے چھوٹے اور اکلوتے بھائی نے زور و شور سے روتے ہوئے اپنی تینوں بہنوں کی شکایت اپنی ماں سے کی تو دیکھتے ہی ماں کا پارہ بلندی کو چھو گیا۔ لاتیں، گھونسے، تھپڑ۔۔۔ پھر تینوں معصوم بچیوں کی آوازیں سسکنے لگیں، شاید اپنے تئیں ماں کی محبت کے سو جانے کا شکوہ کر رہی ہوں۔

"کسی کی جانب جاگتی آنکھوں سے محبت کے پھول لٹائے جائیں اور کسی کی طرف سے آنکھیں بند کر لی جائیں؟ کیوں سوتے ہیں لوگ ایسی نیند؟" یہ کہتے ہوئے وہ اپنے ہمشکل کو جھنجھوڑنے لگا، لیکن سوال کا جواب دینے کی بجائے اس کا ہمزاد کندھے اچکا کر بولا۔

"کوئی خاص بات نہیں۔ ایسا سب کرتے ہیں۔ خود تمہاری ماں نے بھی ایسا رویہ اپنایا ہے کئی بار۔"

"نہیں، غلط کہتے ہو تم۔" دوسرے کی طرف پتھر پھینکنے والے کو کبھی گمان نہیں ہوتا کہ سنگ لوٹ کر اس کی جانب بھی آ سکتا ہے۔ اسے بھی اس کی توقع نہیں تھی تبھی تو وہ چلا پڑا تھا۔

"میں بھلا اپنے آپ سے جھوٹ کیسے بولوں؟" اس کے ہمزاد کے لہجے میں حیرانی تھی۔

وہ لمحہ بھر ہچکچایا پھر شرمندہ ہو گیا۔ "اوہ، میں بھول گیا تھا کہ تم میں ہو، اور میں تم ہوں۔"

"نہیں۔۔۔ بھولنا ایک علیحدہ مسئلہ ہے۔ اصل میں آدمی کو کسی پر اعتبار ضرور کرنا چاہئے۔ کم سے کم اپنے آپ پر۔" اپنی فطرت کے مطابق ایک بار پھر اس کے ہمزاد نے اس پر چوٹ کر ڈالی تھی۔

اس نے تلملا کر اپنے ہمشکل کی طرف نظریں اٹھائیں تو ہمزاد کی آنکھوں سے پھوٹتی شعاعوں نے اسے اپنے حصار میں لے لیا۔ اپنے مقابل موجود قد آدم آئینے میں اس نے دیکھا، نئے سال کی ایک رنگ برنگی پارٹی اس کے گھر میں منائی جا رہی تھی۔ مختلف رنگوں کے شوخ لباس اور غبارے چاروں طرف گویا اڑتے پھر رہے تھے۔ اس ہجوم میں یکایک اسے اپنا ہمشکل دکھائی دے گیا مگر وہ تو بہت چھوٹا تھا، اس سے کئی سال کم عمر۔ اپنے ساتھیوں کو وش کرتے ہوئے، ان سے ہنسی مذاق کرتے ہوئے اس چھوٹے سے لڑکے کی آنکھیں بے قراری سے ادھر ادھر بھٹک رہی تھیں۔ اسی پل کسی نے ایک غبارہ اس کے کان کے قریب برسٹ کیا تو وہ مصنوعی غصے کے ساتھ مگر آنکھوں میں امید کی روشنی لیے شرارت کرنے والی لڑکی کی طرف پلٹا لیکن وہ، وہ نہیں تھی جس کی اسے توقع تھی۔ کافی دیر کی تلاش اور پھر اس میں ناکامی کے بعد وہ اپنی ماں کے قریب جا کھڑا ہوا۔

"ممی! آپ نے تو کہا تھا کہ تمام بچوں کو بلائیں گی پھر میں جنہیں ڈھونڈ رہا ہوں وہ کیوں نظر نہیں آتیں؟"

"ہاں بیٹے میں نے انہیں نہیں بلایا ہے، کیونکہ بچے ماں کی کمزوری ہوتے ہیں۔ بچوں کو چوٹ پہنچاؤ تب ان کی ماں کے اندر اپنی کسی غلطی کا احساس جاگتا ہے اور یہ بات تم نہیں سمجھ سکتے۔"

بھلا وہ کیسے جان پاتا کہ یہ قدم اس کی ماں نے اُن بچوں کی ماں سے انتقام کی خاطر اٹھایا تھا۔ انتقام کی دھن ہو یا نیند کی جھونک، دونوں معاملوں میں آنکھیں عموماً بند ہوتی ہیں اور پتا ہی نہیں چلتا کہ کس پر پھینکا جانے والا پتھر کسے جا لگا؟ اور جسے تیر مارا گیا اس ہدف کے علاوہ کتنے مزید زخمی ہوئے؟

"ہاں، میں آپ کی بات نہیں سمجھتا اور نہ ہی میں آپ کی طرح سونا چاہتا ہوں!"

وہ بڑبڑایا اور آئینہ اسی پل ترخ گیا۔ اپنا وجود خالی خالی سا محسوس ہوا تو اس کی آنکھیں کھل گئیں۔ سامنے اس کا ہمزاد ہونٹوں پر وہی مخصوص دھیمی مسکراہٹ لیے کھڑا تھا۔

"سچ کہا تم نے۔۔ شاید یہاں سب کھلی آنکھوں سے سوتے ہیں۔"

وہ چڑھتی سانسوں کے درمیان بولا۔ اسے لگ رہا تھا جیسے اچانک بجلی چلی جانے پر لفٹ کی بجائے زینہ

یہ زینہ چڑھتے ہوئے کسی اونچی عمارت کی آخری منزل پر وہ آکھڑا ہو۔

"سوتا کون نہیں ہے؟ دیو مالائی داستانوں کے دیس میں تاریخ داں بھی اگر سوتے نہیں تو کبھی کبھی آنکھیں ضرور میچ لیتے ہیں اور یوں عبادت گاہوں کی ہیئت میں فرق پیدا کر ڈالتے ہیں اور کسی مملکتِ خداداد میں ایک ہی مذہب کے دو فرقے مفاد پرست طبقے کی لوریاں سن کر کبھی جو سوتے ہیں تو آنکھیں کھلنے پر سڑکیں انسانی خون سے رنگی ہوئی نظر آنے لگتی ہیں۔"

اس نے ہمزاد کی بات پر دھیان نہیں دیا۔ وہ تو درون ذات کی توڑ پھوڑ سے تکلیف میں تھا۔ "کیا اس درد سے چھٹکارا نہیں؟ کیا سچ پچ ہم اپنے لوگوں کو نیند سے جگانے کا حوصلہ نہیں رکھتے؟ اگر ہمت نہیں رکھتے تو انہیں سونے ہی کیوں دیتے ہیں؟ خامی کہاں ہے آخر؟"

"عجیب زندہ مُردوں کی بستی ہے یہ"۔ کئی دن بعد تھوڑی سی تلخی اس کی زبان سے سرگوشی کی صورت میں ادا ہوئی۔ اس وقت وہ اپنے ہاسٹل کے قریب واقع ٹیلی فون بوتھ میں بیٹھا اپنی باری کا منتظر تھا۔ جو لڑکا فون پر مسلسل باتیں کیے جا رہا تھا وہ ختم ہونے میں نہ آرہی تھیں۔ غالباً وہ اپنی ماں سے ہاسٹل کی نئی زندگی کی تفصیلات بیان کر رہا تھا۔ وہ چونکا اس وقت تھا جب اس لڑکے نے گفتگو کا آخری فقرہ کہا:

"اچھا موم! آپ اور ڈیڈ خیریت سے تو ہیں نا؟ اوکے گڈ بائے۔"

اس نے سوچا گویا اب ماں باپ کی خیریت سے واقفیت بھی ثانوی بات ہو گئی۔ حالانکہ وہ بھی تو اپنے ماں باپ سے دور ہاسٹل میں رہ کر اپنی تعلیمی زندگی بتا رہا تھا اور ہفتے میں ایک بار جب انہیں فون کرتا تو اس کی گفتگو کا پہلا فقرہ اپنے والدین کی خیریت کا سوال لیے ہوئے ہوتا۔

"یا خدا۔۔ زندہ مردوں کی یہ کیسی بستی میں آ پھنسا ہوں۔ سب چپ چاپ لیٹے ہیں اپنے اپنے تابوت میں۔" اس نے آہستگی سے اپنی بات دہرائی اور باری آنے پر ریسیور ہاتھ میں لیے نمبر ملانے لگا۔

"حقیقت کو محدود نہ کرو۔ بستی نہیں، دنیا کہو۔۔۔" ہمزاد کی دھیمی آواز اس کے کانوں میں گونجی۔

"تپتے ہوئے ریگستان میں پوشیدہ سونے کے مالکین مستحق پڑوسیوں کی مدد اس لیے نہیں کرنے دیتے

کہ انہوں نے اس طرف سے آنکھیں بند کر لی ہیں۔"

"ریگستان۔۔۔؟"

اسے فقط یہی لفظ سنائی دیا کیونکہ جیسے ہی دوسری جانب فون اٹھایا گیا تھا، کسی کے مسلسل رونے کی آواز اسے سنائی دی تھی۔

"بھائی، یہ اچھا کیا کہ تم نے خود رابطہ کر لیا ورنہ اب تب میں تمہیں فون کیا ہی جانے والا تھا۔ تم بس فوراً یہاں پہنچو۔" دوسری جانب اس کا ایک کزن تھا۔

"ممی اور پاپا کیسے ہیں؟" اس کا دل بے تحاشہ دھڑکنے لگ گیا۔

"بالکل خیریت سے ہیں۔ بس تم جلد نکل پڑو۔"

"بات کیا ہے آخر؟ اور یہ رونے کی آوازیں کس کی ہیں؟ تم بتاتے کیوں نہیں؟" وہ ایک ہی سانس میں کئی سوال کر گیا۔

"آں۔۔۔ وہ۔۔۔۔" اس کے کزن نے صرف اتنا کہا تھا کہ شاید کسی نے اس کے ہاتھ سے فون لے لیا۔

"بیٹے۔۔ میں بول رہا ہوں۔۔۔"

اسے اپنے باپ کی مخصوص بھاری بھرکم آواز سنائی دے گئی۔ پتا نہیں کیوں اسے محسوس ہوا جیسے باپ کی آواز میں نمک بھی گھل گیا ہو۔

"وہاں گلف میں تمہارے بہنوئی کا کار ایکسیڈنٹ ہو گیا ہے۔ ابھی ابھی اطلاع ملی ہے اور ہم مزید معلومات حاصل کرنے کی کوششوں میں ہیں۔۔۔"

"باجی کیسی ہیں؟" حلق میں اٹکے غبار کے بیچ سے اس کی آواز بڑی مشکلوں سے آزاد ہوئی۔

"وہ۔۔۔۔ وہ۔۔۔۔"

اسے لگا جیسے کسی نے ماؤتھ پیس پر اچانک ہاتھ رکھ دیا ہو۔ آوازوں کا شور یکایک تھم گیا اور تبھی اس پر انکشاف ہوا کہ ابھی کچھ دیر قبل فون اٹھاتے ہی اس نے جو رونے کی آواز سنی تھی وہ اس کی بہن کی تھی۔

"پپامیں آرہاہوں۔"

اس کی آنکھوں کے سامنے منظر دھندلا گیا تھا۔ ٹیلی فون آپریٹر نے، جو اس کا واقف کار بھی تھا، صورت حال کو بھانپ کر ریسیور اس کے ہاتھوں سے لے لیااور جب دوسرے دن وہ طویل سفر طے کرکے بے شمار اندیشوں کے ساتھ سیدھا اپنی بہن کے گھر پہنچا تو وہیں ٹھٹک کر کھڑا رہ گیا۔ وہاں موجود احباب کے ہجوم نے اس کے ہوش و حواس گم کر ڈالے تھے۔ طوفانی ہواؤں نے دیا بجھا ڈالا تھا اور ایک مکان میں گھٹاٹوپ اندھیرا چھا گیا تھا۔

"ہمیں بہت دکھ ہے بیٹے۔ تم مرد ہو۔ خود پر قابو رکھو اور اپنی غمزدہ بہن کو حوصلہ دلاؤ۔" کسی نے آگے بڑھ کر اس کے شانے کو تھپکتے ہوئے کہا۔ تب اس کے کانوں میں ہمزاد بولا۔

"یاد رہے، خدا یہ بھی پوچھنے سے منع کرتا ہے کہ تونے ایسا کیوں کیا اے بزرگ و برتر؟"

"پھر... پھر میں کیا حوصلہ دلا سکوں گا؟ میں باجی کا غم تک نہیں دیکھ سکتا۔"

وہ دل برداشتہ ہو رہا تھا۔ اس کی نگاہوں میں ماضی کے کئی یادگار منظر ابھر آئے تھے۔ کچھ برس قبل ہی تو اس کی اکلوتی بہن کی شادی ہوئی تھی اور جو اعلیٰ کردار اور عالی ظرف شوہر انہیں نصیب ہوا تھا اس کے سبب سب ان پر رشک کیا کرتے تھے۔ پھر دو پیاری سی لڑکیاں بھی ان دونوں کے آنگن میں خوشبو مہکانے چلی آئی تھیں۔ دو سال دیار غیر میں تنہا گزارنے کے بعد اب اس کے بہنوئی مستقلاً اپنے وطن لوٹ آنے کا ارادہ کر رہے تھے۔ لیکن یہ کون جانے کہ زندگی کی مہلت کب ہاتھ دے جائے؟

اپنی بہن کو مناسب ڈھنگ سے تسلی دینے اور قوت برداشت کے سہارے زندگی کی طرف لوٹ آنے کی امنگ دوبارہ پیدا کرنے کی خاطر وہ چند دن بعد اپنے بے ترتیب وجود کو گھسیٹتے ہوئے بہن کے مقابل پہنچا۔ اس کی بہن گم صم خاموش بیٹھی تھی۔ طوفان اپنی تباہی اور بربادی کے آثار چھوڑ گیا تھا۔ اس نے بہن کے شکستہ چہرے پر کچھ ڈھونڈنا چاہا مگر وہاں سکوت تھا، گہر اسکوت۔

جیسے "بوسنیا" کے لہو رنگ راستوں کی خاموشی ہو۔

گویا"چیچنیا" کی بارود زدہ سڑکوں کا سناٹا ہو۔

جیسے "روانڈا" کے تباہ حال میدانوں میں چھایا ہوا کا عالم ہو۔

چیخیں، آہیں، کراہیں، سسکیاں۔۔۔ سب کی سب چہرے پر آ کر منجمد ہو گئی تھیں۔ اس کی روح پگھل کر گالوں پر بہہ نکلی۔ اسی دم کوئی اس کے قریب آ کھڑا ہوا۔

"آپ رو رہے ہیں ماما؟ شاید پاپا یاد آ رہے ہوں گے!!"

"اور آپ کو پتا ہے ماما، پایا کہاں گئے ہیں؟"

اس نے اپنی بہن کی ان دونوں کم عمر لڑکیوں کو اپنی بانہوں میں بھر لیا۔

"ہاں بیٹا! تمہارے پاپا بازار گئے ہیں اور وہ کئی دن بعد لوٹیں گے۔ میں نے تمہیں پہلے بھی بتایا تھا ناں۔"

"نہیں ماما۔۔ اب تو آپ جھوٹ بولتے ہیں۔" بڑی لڑکی نفی کے انداز میں اپنے چھوٹے چھوٹے ہاتھ لہراتے ہوئے بولی۔

"ہاں ماما۔۔۔ پاپا اصل میں سوئے ہیں۔" چھوٹی لڑکی نے آنکھیں مٹکاتے ہوئے کہا۔

"لمبی نیند سوئے ہیں۔ اب وہ کبھی نہیں جاگیں گے۔" بڑی لڑکی نے سر ہلاتے ہوئے اسے گویا سمجھانے کی کوشش کی۔ اس نے دیکھا بڑی لڑکی کی آنکھوں میں ایسا یقین ہلکورے لے رہا تھا جو کہہ رہا ہو کہ ایک ماما ہی کیا ساری دنیا اس کی بات کو جھٹلا نہ سکے گی۔

"کس نے بتایا ہے تمہیں؟ بولو کس نے سکھائی ہے یہ بات؟"

وہ اپنی بھانجی کو بری طرح جھنجوڑنے لگا۔ اسے لگ رہا تھا جیسے باہر پھوٹ نکلنے کو بے تاب ایک سرکش طوفان اس کے دماغ کے اندر کسی روزن کی تلاش میں گردش کرنے لگا ہو۔ لڑکی ڈر کر رونے لگی۔

"میں نے بتائی ہے انہیں یہ بات۔ ہاں، میں نے۔ تا کہ وہ ابھی سے اس حقیقت کو قبول کر لیں کہ ان کے پاپا اب لوٹ کر نہیں آئیں گے۔ کبھی نہیں۔۔۔" اس کی بہن کا بھرایا لہجہ پہلی دفعہ گونجا۔ اور تبھی وہ ایک دم خالی خالی ہو گیا۔ کوئی اس کے وجود سے نکل کر دور جا کھڑا ہوا تھا۔

"وہ جو ایک کروٹ سوئے ہیں، انہیں شاید کبھی تم دوسری کروٹ جگا ڈالو لیکن کیا انہیں بھی جگا سکتے ہوں جو ہر کروٹ گہری نیند سو گئے ہیں۔۔ تمہارے سامنے، تم سے دور، برفیلے پہاڑوں میں، خونریز زمینوں کے سینے پر، فوجی ٹینکوں کے تلے، نسلی تشدد کے ہتھیاروں کے مقابل۔۔ بھلا کیا کر سکتے ہو تم ان کے لیے؟"

اپنے ہمزاد کی بات سن کر اس کی آنکھوں کی رہی سہی رونق بھی غروب ہو گئی۔

"میں جا رہا ہوں۔ ہمیشہ کے لیے۔ تمہاری سوچ کا دروازہ کھلا چھوڑ کر۔"

وہ بولا اور اپنی بات کے اختتام پر ہمیشہ اس کے اندر سما جانے والا پہلی مرتبہ اس کی نظروں کے سامنے اچانک ہوا میں تحلیل ہو گیا۔

☆ ☆ ☆

دوشیزہ (کراچی): اگست – ۱۹۹۵ء

خلیج

"کیا رکھا ہے اس پڑھائی میں؟ ذرا آس پاس نظر دوڑاؤ، دوست احباب، عزیز و اقارب کے چہروں کے پیچھے جھانکو۔ انہیں اک ذرا چھیڑ کر دیکھو، ان کی کڑوی سوچیں پلک جھپکتے میں دماغ سے زبان تک آجائیں گی۔ یوں جیسے سانپ سنہری چمکیلی کینچلی اتار پھینکتے ہیں تو اندر سے کھردرے، سفاک اور بدلحاظ وجود برآمد ہوتے ہیں۔

۔۔۔تب۔۔۔تب تمہیں پتہ چلے گا کہ خشک نصابی تعلیم تمہارے مشاہدے اور تمہارے عملی تجربے کے مقابل کچھ حیثیت نہیں رکھتی۔"

"سنو! پڑھتی ہو تم؟"

اس نے پلنگ کے کونے پر ٹکتے ہوئے بستر کے تکیے سے ٹیک لگائے سر جھکا کر بیٹھی لڑکی کو مخاطب کیا۔ لڑکی نے جھکے ہوئے سر ہی کو اثبات میں ہلاتے ہوئے گویا جواب دے دیا۔

"کس جماعت میں؟"

"گریجویشن کا آخری سال۔۔۔"

"اچھا!" یہ کہتے ہوئے وہ چند لمحے رکا پھر بولا:

"۔۔۔ آپشنل سبجیکٹ کون سا ہے تمہارا؟"

"سائیکالوجی۔۔۔"

"نفسیات؟" لڑکی کا کہا گیا لفظ دہراتے ہوئے وہ ہولے سے مسکرایا۔

"کیا رکھا ہے اس پڑھائی میں؟ ذرا آس پاس نظر دوڑاؤ، دوست احباب، عزیز و اقارب کے چہروں کے پیچھے جھانکو۔ انہیں اک ذرا چھیڑ کر دیکھو، ان کی کڑوی سوچیں پلک جھپکتے میں دماغ سے زبان تک آ جائیں گی۔ یوں جیسے سانپ سنہری چمکیلی کینچلی اتار پھینکتے ہیں تو اندر سے کھر درے، سفاک اور بد لحاظ وجود بر آمد ہوتے ہیں۔"

یہ کہتے ہوئے اس نے جھک کر اس نے دیکھا کہ لڑکی کی آنکھیں حیرت سے پھیل گئی تھیں۔ لڑکی کی آنکھوں میں جھلکتے سوالیہ نشان کو نظر انداز کرتے ہوئے اس نے بات کا سلسلہ جاری رکھا:

"تب۔۔۔ تب تمہیں پتہ چلے گا کہ خشک نصابی تعلیم تمہارے مشاہدے اور تمہارے عملی تجربے کے مقابل کچھ حیثیت نہیں رکھتی۔"

نفی کے انداز میں ایک ہاتھ لہراتے ہوئے وہ بول رہا تھا:

"اور یہ آج کی تعلیم۔۔ کون کہتا ہے کہ یہ ہم میں خوش سلیقگی، خوش مزاجی، معتبری اور مدبری پیدا کرتی ہے۔ بکواس ہے سب۔ کالجز اور جامعات آج آدمی کو انسان نہیں بناتے البتہ ان کی کسی غلط حرکت پر مخالفین سے یہ تلخ جملہ سننے کا حوصلہ ان میں ضرور پیدا کرتے ہیں کہ تم جیسا پڑھا لکھا آدمی بھی ایسی گھٹیا حرکت کر سکتا ہے؟ افسوس!"

لڑکی کے کانوں میں اس کی تمسخرانہ ہنسی گونجی۔

"گویا آدمی پڑھ لکھ کر آدمی نہ رہے، اخلاقیات کی مشین بن جائے۔ واہ۔۔"

وہ گویا اپنے مخالفین کے فلسفے کا مذاق اڑا رہا تھا۔ لڑکی تب بھی سر جھکائے خاموش رہی۔

"ہو نہہ تعلیم، اس کی تو۔۔" بڑبڑاتے ہوئے اس کے منہ سے اچانک گالی نکلی تو لڑکی نے پہلی بار چونک کر سر اٹھایا۔ اس کی نظروں کے سامنے سگریٹ کے پے در پے کش لیتا ایک عام شکل و صورت کا نوجوان بیٹھا ہوا تھا۔ اس کے پر فکر مگر تلخ اور متضاد الفاظ کے سہارے بنا گیا لڑکی کا تصوراتی محل پل بھر میں مسمار ہو گیا۔

خیالات چاہے کتنے ہی خوبصورت اور پر معنی سہی مگر حقیقتاً اور عملاً بے جان الفاظ اور بے روح جملے کسی چہرے کے خد و خال یا کسی دل کے حال کی صحیح پیش گوئی کب کر سکے ہیں؟ مخاطب کی سوچیں جب الفاظ میں ڈھل کر زبان سے ادا ہوتی ہیں تو وہ دراصل ہمارے تصور کو بڑا دھوکا دیتی ہیں۔ لڑکی نے اس کی گفتگو سے بڑا خوبصورت محل تعمیر کر لیا تھا۔ اسے لگا تھا جیسے طویل عرصے کی جستجو کا صلہ مل گیا ہو۔ ایک ہم خیال کی دستیابی سے اپنے وقت کے صحیح مصرف کا اس نے سراغ پا لیا ہو لیکن الفاظ کے آئینے میں حسین نظر آنے والوں کو ذرا غور سے دیکھا جائے تو وہ چہرے پر دراڑیں لیے نظر آتے ہیں۔

"کیا سوچ رہی ہو؟"

جھیل کی سطح سے جیسے کنکر آ ٹکرایا اور لڑکی کی سوچیں بکھر گئیں۔ "کچھ نہیں۔"

"کچھ نہ سوچنا بھی بڑی خرابی ہے۔"

"لیکن اپنے الفاظ سے دوسروں کو فریب دینا اس سے بھی بڑی خرابی ہے۔" لڑکی کے منہ سے دھیمی آواز نکلی۔

"فریب۔۔ کیسا فریب؟" اس کی آنکھوں میں الجھا سا سوال ابھرا۔ لڑکی نے اپنی بات کی وضاحت کرنا شاید ضروری نہیں سمجھا۔ کچھ دیر قبل کے اپنے خیالات کو پس پشت ڈالتے ہوئے اس کی جانب پوری طرح متوجہ ہو گئی اور جب نوجوان نے اپنے سخت ہاتھوں پر ملائم سا لمس محسوس کیا تو اسے لگا گویا کسی نے اس کے جلتے وجود پر گلاب کی نرم اور خنک پنکھڑیاں اچھال دی ہوں۔ آتشدان کے انگارے مزید سلگ اٹھے۔ گرم ہوا کے طوفانی جھکڑوں نے آگ کے دریا کو بھڑکا دیا تھا۔ آندھی تھی تو بستر پر بری طرح مسلی گئی گلاب کی پتیاں نظر آئیں۔ لڑکی کی سوچیں گلاب کی پنکھڑیوں کی طرح بکھر چکی تھیں۔

"کیسی تہذیب؟ کہاں کا شعور؟ اس معاملے میں تمام مرد ایک جیسے ہوتے ہیں۔" لڑکی نے دکھی دل سے سوچتے ہوئے اس کی طرف دیکھا۔

وہ سر جھکائے خجل سا بیٹھا تھا۔ اس کی نظریں اٹھیں اور جیسے اس نے لڑکی کے دلی تاثرات کو بھانپ لیا۔

"سوری۔ آئی ایم ریئلی سوری۔"

"معافی کس بات کی؟" لڑکی کے لہجے میں حیرت تھی۔

"شاید میں نے اپنے وجود کی جھنجھلاہٹ تم پر اتار دی ہے۔" وہ لمحہ بھر کو رکا پھر بولا:

"شاید۔۔۔ نہیں بلکہ یقیناً۔" اس نے لڑکی کے ہاتھوں کو تھام لیا۔

"اور شاید آپ نے سمجھا کہ ممتا کا جذبہ صرف ماں کی وراثت ہے، کسی دوسری عورت کی میراث نہیں۔۔۔" لڑکی کی آنکھیں بول رہی تھیں:

"دل تو طوائف کے سینے میں بھی ہوتا ہے۔ اسے پامال کرنے والے یہ کیوں نہیں سوچتے کہ جس کے دل میں درد ہو، نرم و ملائم جذبہ ہو، وہاں کوئی آلودگی نہیں پنپتی بلکہ پاکیزہ اور مقدس رشتہ جنم لیتا ہے مگر یہ بات سمجھانے کے لیے خاردار راستے سے گزر کر سولی پر چڑھنا پڑتا ہے اور شاید آج کسی میں

مصلوب ہونے کی ہمت نہیں۔"

لڑکی کی سوچ زبان تک نہ آسکی۔

دل سے راضی نہ ہونے کے باوجود یہ تکلیف دہ پیشہ اپنا لڑکی کی اپنی مجبوری اس لیے تھی کہ وہ اسی آلودہ ماحول کی جبری پیداوار تھی۔ البتہ لڑکی کو اپنی میڈم کی نظر کرم میسر تھی۔ میڈم نے تعلیم کے علاوہ اس کی ہر خواہش کا خیال رکھا تھا۔ لڑکی نے درخواست کی تھی کہ جو بندہ اس کے پاس بھیجا جائے وہ کم از کم مہذب اور باشعور ہو۔ میڈم نے اس کی بات کا لحاظ رکھا تھا اور آج جب لڑکی شوپنہار کا مطالعہ کر رہی تھی تب اس نے ایک جھجکتی ہوئی آواز سنی۔

"کوئی پڑھی لکھی لڑکی نہیں ہے کیا؟"

"کیوں؟ کیا ٹیوشن پڑھنا چاہتے ہو اس سے۔" لڑکی کی ایک شوخ ہم پیشہ کا چلبلا تالہجہ گونجا اور اس کی تمام ساتھی ہنسنے لگیں۔

"اے شبو۔ تیرا بندہ آیا ہے۔"

میڈم نے پکارا اور وہ لڑکی کے کمرے کا دروازہ آہستگی سے کھول کر اندر داخل ہوا۔ وہ دروازہ کھول کر اندر کیا آیا، لڑکی کی زندگی کے سارے کواڑ دوسروں پر بند ہو گئے۔ لڑکی نے سمندر کے کھارے پانی سے چمچماتے ہوئے بلوریں موتی کو دریافت کر لیا تھا۔ وہ بظاہر عام صورت و شکل کا سہی مگر تلخ و ترش متضاد خیالات اور نظریات کی اساس پر اسے خاص آدمی نظر آیا تھا۔ کئی خانوں میں منقسم اس کی بکھری بکھری شخصیت میں لڑکی کو اپنی ہم خیالی اور انفرادیت کا عنصر دکھائی دے گیا تھا۔ لڑکی نے اپنے اندر اس کے لیے پسندیدگی اور ہمدردی کے جذبات کروٹیں لیتے محسوس کئے۔

"تمہارا تو خیر پیشہ ہے لیکن میں اپنے غم و غصے کے بوجھ کو کس گڑھے میں ڈالوں کہ چھینٹے بھی اچھل کر میرے دامن کو داغدار نہ کر سکیں۔ ایسا تو بالکل ناممکن ہے۔"

وہ کئی دن بعد لڑکی سے ملا تو اس کے لہجے سے وہی کھردرا اور کڑوا پن چھلک رہا تھا۔ لڑکی نے اس پر نظر ڈالی۔ دراڑیں صرف اس کے چہرے پر نہیں وہ تو سارا کا سارا ٹوٹ بکھر اہوا تھا۔ لڑکی کے پر خلوص

ہاتھ پھیل گئے۔ اس نے اس کے بکھرے وجود کو ہر بار کی طرح سمیٹ لیا۔

"دوسروں کی بہ نسبت آپ میں اتنی بات ضرور ہے کہ آپ لڑکھڑاتے ہوئے یہاں نہیں آتے۔" لڑکی نے اس کے الجھے ہوئے بال سلجھاتے ہوئے آہستگی سے لب کھولے۔

"نشہ میں نے کبھی کیا نہیں۔" وہ بولا۔

"کیونکہ نشہ اور اس کے بعد کا تماشا مجھے گوارا نہیں۔ اپنے دکھوں کا بھونڈا اشتہار بن کر مذاق کا موضوع بننے سے بہتر ہے کہ آدمی صرف ایک ہستی کے پہلو میں پناہ لے، چاہے وہ اندھیری رات کا گناہ سہی۔"

"مگر یہ گناہ ہی کیوں؟ خدا کیوں نہیں؟" لڑکی نے ہولے سے پوچھا۔

"سماج کا ٹھکرایا ہوا یا خود سے ہارا آدمی یا تو نشے کی طرف جاتا ہے یا کوٹھے پر آتا ہے، تیسرا کوئی راستہ نہیں۔" اس نے تاویل دی۔

"کیا ضروری ہے کہ ہر شکست خوردہ ایسا کرے؟" لڑکی نے پھر ٹوکا۔

"کرتا ہے اور جو ایسا نہیں کرتا وہ آدمی نہیں، شریف ہوتا ہے۔"

"کیا شریف، آدمی نہیں ہوتا؟" لڑکی کے لہجے میں احتجاجی لہر ابھری۔

"نہیں۔ کیوں کہ اس نے اپنے تمام بے لگام جذبے خدا کے پاس گروی رکھ دیے ہوتے ہیں، بالکل میرے باپ کی طرح۔۔۔" وہ کچھ دیر لڑکی کی زلفوں سے کھیلتا رہا پھر بولا:

"آدمی کا المیہ ہے کہ وہ اپنے باپ کا خود انتخاب نہیں کر سکتا۔ ورنہ میں۔۔۔۔۔"

وہ چپ ہو گیا۔ لڑکی اس کی طرف دیکھتی رہی۔

"کیا تم یقین کرو گی کہ اولاد جب اپنے باپ کی حمایت میں دیگر رشتوں کی کمینگی پر برہم ہو کر انہیں مغلظات سے نوازنے لگے تو بھری محفل میں اسے خود اپنے باپ کی ڈانٹ اور اس کے بے شمار طعنے سہنا پڑیں گے؟"

وہ لڑکی کے چہرے پر اپنی بات کا اثر ڈھونڈتا رہا۔

"میں نے سنا تھا دوسروں سے کہ زر، زن اور زمین فتنے کی جڑ ہوتی ہیں لیکن کل معلوم ہوا کہ اصل

فتنہ تو۔۔۔تو یہ تولہ بھر گوشت ہے۔" وہ زبان کی طرف اشارہ کرتے ہوئے بولا:
" کبھی تم نے محض زبان سے کسی کو قتل کرتے دیکھا ہے؟ صرف الفاظ کے سہارے کسی کے کردار کو
مٹی میں ملاتے؟ چھوٹوں کو اپنے بڑوں پر الزام دھرتے ہوئے سنا؟ اور کبھی مقتول کو اپنے قاتل سے
دست بستہ یہ کہتے سنا کہ سر تسلیم خم ہے جو مزاج یار میں آئے؟"
لڑکی خاموشی سے ابلتے ہوئے گرم گرم لاوے کو تکتی رہی۔

"اپنے ہی وجود کے ایک حصے کو کٹتا دیکھ کر کوئی کیسے خاموش رہ سکتا ہے؟ پھر بھلا میں کیسے چپ رہ
جاتا؟ سوچوں کے غبارے میں حد سے زیادہ زہریلی ہوا بھر گئی تھی لہذا ایک دھماکے کے ساتھ جو وہ
پھٹا تو۔۔۔"

وہ اچانک رک گیا اور لڑکی کو محسوس ہوا جیسے دونوں کے درمیان یکایک خلا پیدا ہو گیا ہو۔
"تو۔۔۔؟ "لڑکی نے یوں آہستگی سے کہا جیسے اسے ڈر ہو کہ زیادہ بلند آواز خلا کو لا محدود کر دے گی۔
"تو۔۔۔تو کیا ہوتا؟ میرا باپ جواب میں مجھ پر برس پڑا تھا۔ ڈانٹ رہا تھا وہ مجھے۔ بد اخلاق، نافرمان،
بدتمیز جیسے القاب کے تیر برسا رہا تھا مجھ پر۔ کہہ رہا تھا کہ اسے ایسی اولاد کی ضرورت نہیں جو اپنے
بڑوں کی عزت و تکریم کو اضافی اور غیر ضروری فرض جانے۔" وہ رکا پھر بولا:
"جب کہ یہی باتیں اسے اپنے متعلقین سے، اپنے چھوٹے بھائی بہنوں سے کہنا چاہیے تھیں جو اس کی
بزرگی کی سر عام توہین کر رہے تھے۔ اس کی باتوں کو غلط بتا رہے تھے۔ موروثی جائیداد کے تعلق سے
اس کے انصاف اور اس کے دعوؤں کا مذاق اڑا رہے تھے۔ اسے دھوکے باز قرار دے رہے تھے،
مگر یہ سب سن کر بھی وہ برداشت کرتا رہا۔ درس دیا تو صرف مجھے، اوروں کو نہیں۔۔۔ سمجھیں تم؟"
وہ گردن موڑ کر لڑکی کے چہرے کو تکتا رہا۔
"تمہیں یقین نہیں آتا ناں؟"

اس نے لڑکی کے گلے میں ہاتھ ڈال کر اسے قریب کھینچتے ہوئے پوچھا۔ لڑکی نے دھیرے سے نفی
میں سر ہلا دیا۔

"خود مجھے بھی نہیں آتا۔ کچھ ایسا ہی شریف ہے میرا باپ، نہیں ٹھہرو، شریف نہیں، بزدل کہنا

چاہئے۔ شرافت کی انتہا بزدلی نہیں تو اور کیا ہے؟"

لڑکی خاموش رہی جس کا اس نے کچھ اور مطلب نکالا لہذا وہ چپ ہو گیا۔

کئی دنوں تک وہ اپنے رویے میں لڑکی سے یونہی کھنچا کھنچا رہا۔ لڑکی اس کی بے نیازی کو برداشت نہیں کر پائی۔

"کیا غلطی کی ہے میں نے؟" وہ اس کے چہرے کو دونوں ہاتھوں میں تھامے اپنائیت بھری بے بسی سے پوچھ رہی تھی۔

"نہیں ۔۔ کچھ نہیں۔" وہ پگھل گیا۔

"نہیں! ضرور بتانا۔ گرہ کھلنی چاہئے۔" لڑکی کا اصرار بڑھتا گیا تو اس نے زبان کھولی۔

"تم شاید میری بات سے متفق نہیں ہو۔"

"کس بات سے؟" لڑکی حیران تھی۔

"یہی کہ میرے باپ کی شرافت، شرافت نہیں بلکہ بزدلی ہے۔"

"اوہ ۔۔" جیسے لڑکی کو سب یاد آ گیا:

"میں جس دلدل میں رہتی ہوں کیا اس کی گندی اور بدبو دار سانسیں لینے والوں کے مقابلے میں کسی عزت دار شخص کی شرافت زیادہ طعنوں کی حقدار ہو سکتی ہے؟" لڑکی نے اپنے لہجے کو معتدل رکھا تھا۔ اسے اس کے نازک جذبات کا ہمیشہ خیال رہتا تھا: "کیا مجھے تمہاری بات سے اتفاق کرنا چاہئے؟"

"کیوں نہیں؟ تمہاری کسی چیز کو کوئی مانگ کر لے جائے اور اسے واپس کرنا دانستہ بھول جائے تو کیا تم اس سے کبھی کوئی تقاضانہ کرو گی؟"

لڑکی چپ چاپ اس کی طرف دیکھتی رہی۔

"پانچ لاکھ کوئی معمولی رقم نہیں ہوتی۔ میں نے اپنے باپ کی لاعلمی میں کئی دفعہ اس کے دوست سے اس رقم کی واپسی کا تقاضا کیا جو میرے باپ کے خون پسینے کی جائز حلال کمائی تھی اور جو اس نے میرے لیے ترقی یافتہ ملک کا ویزا فراہم کرنے کے لیے میرے باپ سے حاصل کی تھی مگر وہ ہر بار

ٹال مٹول ہی کرتا رہا تو میں ایک دن ایسے دوستوں کو لے کر اس کے پاس پہنچ گیا جو لفظوں کی نہیں لاٹھی کی زبان جانتے ہیں۔ جانتی ہو اس کا کیا نتیجہ نکلا؟"

لڑکی نے اس کی طرف استفہامیہ نظریں اٹھائیں۔

"اس کمینے نے میرے باپ سے شکایت کر دی تھی اور میرے باپ نے مجھے حکم دیا کہ میں اس کے ذاتی معاملات میں دخل نہ دیا کروں ورنہ وہ بہت برا حشر کرے گا میرا۔"

وہ رکا تو لڑکی کو طوفان سے قبل کی خاموشی کا سا احساس ہوا۔

"کون ہوتا ہے وہ مجھ پر حکم چلانے والا؟ کیا اس کے نزدیک لکھنے کی میز پر سجے عزت، مروت اور شرافت کے آنکھ، منہ اور کان بند کئے ہوئے بے جان مجسموں کی زیادہ اہمیت ہے؟ تھوکتا ہوں میں ان مجسموں پر جو انسانی جذبات پر برف کی سلیں ڈال دیتے ہیں۔ بے حسی کی سرد اور منجمد جھیل میں دفن کر ڈالتے ہیں ایک جیتے جاگتے انسان کو۔"

وہ پتا نہیں کیا کیا کہہ کر چلا تا رہا۔ لڑکی اس کی آتشیں ذات پر گلاب کی پنکھڑیاں نچھاور کرتے کرتے تھک کر نڈھال ہو گئی لیکن پھر اس کے بعد طویل عرصے تک وہ دوبارہ اس کے پاس نہیں آیا۔ لڑکی سونی رہگزر پر آنکھیں بچھائے اس کی منتظر رہی۔ ہر آہٹ پر وہ چونک چونک اٹھتی اور جب ناامید ہو کر اس نے راہ تکنا چھوڑ دیا تب دروازہ زوردار آواز کے ساتھ کھلا۔

"آج میں ایک بڑے المیے سے گزر آیا ہوں۔" بکھرے ہوئے لباس، الجھے بال اور سرخ سرخ آنکھوں کے ساتھ وہ بری طرح ہانپ رہا تھا۔ لڑکی کی آنکھیں اس حالت میں بھی اسے دیکھ کر جی اٹھیں۔

"سنا تم نے؟"

وہ ہمیشہ کی طرح آتے ہی بستر پر اس کے پہلو میں ڈھے گیا:

"میرا باپ اس شخص کا سالا ہوتا ہے جس نے بھرے بازار میں میرے باپ پر زمین کے ایک معمولی سے ٹکڑے کو ہڑپ کرنے کا بہتان لگا ڈالا۔ زمین کا یہ تنازعہ کچھ برسوں سے چلا آ رہا تھا مگر اس کی

اصل حقیقت کچھ نہیں تھی۔ میرے باپ نے اس شخص سے بہت پہلے کہہ دیا تھا کہ زمین کی ملکیت کے کاغذات لائے اور اپنا حق جب چاہے وصول کر لے ورنہ دوسری صورت میں اس زمین پر میرے باپ کی ماں کا تا زندگی حق رہے گا۔ کاغذات اس شخص کے پاس نہیں تھے لہٰذا اس نے جھگڑا کھڑا کیا۔ کل جب ہنگامہ شروع ہوا تو سارا معاملہ بس پھر میرے باپ کی شرافت پر آ کر ٹھہر گیا۔"

وہ چند لمحے رکا تو لڑکی کا ذہن الجھی ہوئی ڈور کے سرے کی تلاش میں لگ گیا۔

"وہ شخص میرے باپ پر پے در پے الزامات لگائے جا رہا تھا اور میرے باپ کے تمام متعلقین جائے وقوع پر چپ چاپ کھڑے تھے ۔۔۔ مردود۔"

لڑکی کو لگا جیسے کوئی کڑوی شئے اس کے حلق میں اٹک گئی ہو۔

"تم نے چڑھتے ہوئے سمندر کا نظارہ کیا؟ کس بری طرح سے موجیں دوڑتی، لپکتی آتی ہیں، یوں جیسے پل بھر میں ہر شئے کو تہہ و بالا کر کے رکھ دیں گی۔ بس زندگی میں پہلی بار میں نے اپنے باپ کو ان موجوں کی تقلید کرتے دیکھا ۔۔۔"

"دیکھو، تم حد سے آگے بڑھ رہے ہو۔"

"اپنے الفاظ پر قابو نہیں ہے تمہیں۔"

"سوچو پہلے کہ کیا کہہ رہے ہو تم؟"

"کیا بک رہے ہو تم؟"

"ہوش میں ہو کہ نہیں؟"

"لگام دو اپنی زبان کو۔"

"دیکھو ۔۔ دیکھو۔"

"میں نے دیکھا میرے باپ کی آواز لمحہ بہ لمحہ بلند ہوتی جا رہی تھی۔ مجھے لگا جیسے بھری بوتل میں موجود سوڈا ابال کھا کھا کر ایک جھٹکے سے باہر نکل پڑے گا اور میرے باپ کی میز پر سجے وہ تینوں مکار، چالباز بت پاش پاش ہو جائیں گے ۔۔۔ لیکن۔"

لڑکی نے دیکھا اس کا سینہ دھونکنی کی طرح چل رہا تھا۔

"لیکن، نہیں۔ کچھ بھی نہیں ہوا۔ سمندر کی لہریں خاموشی سے لوٹ گئیں اور وہ بوتل جس کا کاگ بھک سے اڑ جانے کو بے تاب تھا، ویسی ہی بھری اور بند رہی۔ شاید اس بوتل کا کاگ جس درخت کی چھال سے بنایا گیا تھا اس کی جڑوں میں شرافت اور وضع داری کی کھاد کوٹ کوٹ کر بھری گئی ہوگی۔"

وہ ہانپتے ہوئے خاموش ہوا تو اس کی عرق آلود پیشانی کی تمام رگیں تن گئی تھیں۔۔۔

"اور کل رات۔۔۔" وہ اٹھ کر لڑکی کے روبرو بیٹھ گیا:

"کل رات میں نے اپنے باپ کو حالتِ نیند میں بڑبڑاتے ہوئے سنا۔ اسے ہاتھ پاؤں مارتے دیکھا۔ وہ اس شخص سے، جس کا وہ سالا تھا، غالباً خواب میں ہاتھا پائی کر رہا تھا۔ وہ اس شخص سمیت اپنے تمام متعلقین کو کوس رہا تھا۔ ان پر طرح طرح کے الزامات لگا رہا تھا، انہیں احسان فراموش، پیچ ذلیل اور کم ظرف کے خطابات سے نواز رہا تھا۔ اپنی شرافت کا استحصال کرنے پر انہیں عدالت میں گھسیٹ لینے کی دھمکیاں بھی دے رہا تھا۔ میں اپنے باپ کی یہ حالت دیکھ کر گھبرا گیا۔ تم بتاؤ کیا کرتا میں اس وقت۔۔۔؟ میری سمجھ میں نہیں آ رہا تھا کہ میں اس پر ترس کھاؤں یا اس کی بزدلی پر غصہ کروں؟"

وہ لڑکی سے پوچھ رہا تھا پھر خود ہی اس نے آگے کہنا شروع کیا۔

"میں نے اسے جھنجھوڑ ڈالا۔ اسے نیند سے جگا ڈالا۔ وہ پسینہ پسینہ ہوتے ہوئے چہرے کے ساتھ اٹھا، وحشت ناک نظروں سے اس نے میری طرف دیکھا اس کے بعد ایک ہاتھ سے سینہ تھامے نیچے جھک گیا۔"

"پھر۔۔۔"

اس نے دیکھا لڑکی کی بے چینی نقطۂ عروج پر پہنچ گئی تھی۔ وہ بار بار اپنے چہرے پر رومال پھیر رہی تھی۔

"پھر وہ۔۔۔ وہ مر گیا۔۔۔" اتنا کہہ کر وہ ایک جھٹکے کے ساتھ خاموش ہو گیا۔

"نہیں۔۔۔ نہیں۔۔۔ جھوٹ بولتے ہو تم۔" لڑکی اس کے دونوں شانے پکڑ کر چیخ اٹھی۔ لڑکی کی

مٹھی میں ایک وزیٹنگ کارڈ دبا ہوا تھا جسے دیکھ کر وہ چونک پڑا۔

"یہ ۔۔ یہ کہاں سے ملا تمہیں؟"

"ابھی چند گھنٹے قبل تمہارے باپ نے خود دیا ہے مجھے۔ کئی دنوں سے میرے کالج کے بس اسٹاپ پر وہ مجھے ملتے رہے ہیں۔ انہوں نے تمہارے ویلٹ (wallet) میں میری تصویر دیکھ لی تھی۔"

لڑکی کو وہ دن یاد آ گیا تھا جب وہ اپنے پہلے سمسٹر کے امتحانات کا آخری پرچہ دے کر لوٹی تھی تو اس نے لڑکی کے امتحانی دستاویز پر چسپاں تصویر نکال کر اپنی پاکٹ میں رکھ لی تھی۔

"کیوں؟" لڑکی نے پوچھا تھا۔

"یہ میرا شوق ہے، اپنی عزیز ہستیوں کی تصاویر البم میں سجا کر رکھتا ہوں۔ غیر ضروری جذباتیت کے مرض کا شکار ہوں ناں میں۔۔ لیکن تمہاری تصویر ہمیشہ میری پاکٹ میں سجی رہے گی، میری شرٹ کی اوپری جیب میں میرے دل کے قریب۔"

لیکن وہ اس کی حفاظت نہ کر سکا تھا۔ پتا نہیں تصویر اس کے بٹوے سے کیسے چوری ہو گئی تھی۔ اور جب کئی دن بعد وہی تصویر لڑکی نے ایک اجنبی آدمی کے ہاتھ میں دیکھی تو وہ ہکا بکا رہ گئی۔ وہ شخص اس کی تصویر اسی کو دکھا کر غور سے اس کی طرف دیکھتے ہوئے پوچھ رہا تھا:

"یہ ۔۔ یہ آپ ہی ہیں ناں؟"

لڑکی کچھ دن سے اسے بلا ناغہ دیکھ رہی تھی۔ بھری دوپہر میں اسکوٹر پر بس اسٹاپ کے قریب سے گزرتے ہوئے وہ آدمی اسے ہمیشہ غور سے تکتا ہوا گزر جاتا تھا۔ پہلے دن تو اس کی اس حرکت پر لڑکی کے سر سے پاؤں تک ایک سرد لہر سی گزر گئی تھی۔ اسے لگا تھا جیسے پر اسرار اندھیری رات کے کسی ہمراہی نے اسے دن دھاڑے شناخت کر لیا ہو مگر بعد میں وہ جان گئی کہ یہ بے ضرر آدمی ہے۔ لیکن اس کے ہاتھ میں اپنی تصویر دیکھ کر وہ ضرور بوکھلا گئی تھی:

"یہ ۔۔ یہ کہاں سے ملی آپ کو؟"

"میرے بیٹے کو اس تصویر کے متعلق مت بتائیں پلیز اور یہ میرا کارڈ ہے۔ کل اس پتے پر ضرور ملیے گا، مجھے خوشی ہوگی۔"

جملوں کی تیزی سے لڑکی کو محسوس ہوا جیسے بس اسٹاپ پر کسی اجنبی لڑکی سے گفتگو کرنے کو وہ معیوب خیال کر رہا ہو۔ وہ ہاتھ میں کارڈ لیے حیران سی کھڑی رہ گئی اور وہ اسے حیرت و استعجاب میں مبتلا کر کے چلا بھی گیا۔

"کیا۔۔۔ کیا کہا اس نے؟"

اس کی کھردری آواز گونجی تو لڑکی جیسے چونک اٹھی۔

"انہوں نے تفصیلی ملاقات کے لیے مجھے اپنے دفتر بلایا ہے۔" لڑکی نے سنبھل سنبھل کر جواب دیا۔

"دیکھا؟ کیسا شریف ہے میرا باپ، کچھ پوچھا اس نے، تمہارے بارے میں؟ ڈانٹا تمہیں؟ لعن طعن کی؟ اپنے بیٹے کے راستے سے ہٹ جانے کی دھمکی دی؟ نہیں نا۔ اپنی بے اندازہ مصروفیت کے باوجود الٹا تمہیں ملاقات کا وقت دے دیا۔ تم سے ناواقفیت کے باوجود، تمہارا پیشہ جانے بغیر۔۔ہاہاہا۔"

وہ یکایک ہنسنے لگا۔۔۔ اس کے قہقہے بلند ہوتے گئے۔ لڑکی کا چہرہ آخری جملہ سن کر تاریک پڑ گیا تھا۔

"ضرور ملو اس سے۔۔ کہہ دینا کہ تم اس کے پوتے کی ماں بننے والی ہو۔ فوراً اپنی بہو بنا لے گا تمہیں۔ ایسا ہی شریفوں کا شریف ہے وہ اور مجھے اس کی شرافت کا بھرم رکھنے کے لیے زندہ رہنا ہے۔ مر مر کے زندہ رہنا ہے۔"

اپنے متغیر جذبات کو سنبھالتے میں لڑکی کو کچھ دیر لگ گئی۔ پھر جیسے اس نے خاموشی سے تمام تلخ گھونٹ حلق سے نیچے اتار لیے۔

"پھر۔۔۔ یہ کیوں کہا تم نے کہ وہ مر گئے ہیں۔ کون ایسی اولاد ہے جو اپنے باپ کے جیتے جی اس کے مرنے کی بات کرے؟"

"زندہ ہے وہ؟" ہنستے ہنستے اس کی آنکھوں میں پانی بھر آیا تھا۔

"ہاں وہ زندہ ہے، مگر مر گیا ہے۔" اتنا کہہ کر وہ یکایک لڑکی سے دور ہو بیٹھا۔

"اور تم۔۔ تم اس سے مل آئی ہونا۔ اس لیے اب تم میں بھی شرافت کے جراثیم اگ آئے ہیں۔ ہٹو۔۔۔ دور ہٹو مجھ سے، نفرت ہے مجھے شریف لوگوں سے، نفرت ہے مجھے ایسے باپوں سے جو۔۔۔"

وہ دونوں ہاتھ پھیلائے تیز لہجے میں بے ربط جملے دہرانے لگا۔ لڑکی کو لگا جیسے یہ بستر ایک پل ہو جو ایک خوفناک دھماکے کے ساتھ درمیان سے ٹوٹ گیا ہو اور نیچے ٹھاٹھیں مارتا، جھاگ اڑاتا دریا زور و شور سے بہہ رہا ہو۔ اور تلاطم خیز دریا کے بیچوں بیچ ایک کمزور سی ناؤ ڈوب ڈوب کر ابھر رہی ہو، ابھر ابھر کر ڈوب رہی ہو۔

اس نے امڈتے اشکوں کو روکنے کے لیے انکھیں پل بھر کو بند کر لیں اور جب کھولیں تو دھندلاتے ہوئے منظر میں اس نے دیکھا کہ ٹوٹے ہوئے پل کے ایک سرے پر ایک ننھا سا بچہ کسی مانوس ہمدرد سہارے کی تلاش میں دونوں ہاتھ پھیلائے چلا چلا کر رو رہا تھا۔ وہ ٹوٹے ہوئے سرے کے بالکل کنارے بیٹھا تھا۔ یوں لگ رہا تھا جیسے ابھی وہ جھکے گا اور نیچے گر جائے گا۔ لڑکی نے گھبرا کر پل کی دوسری جانب دیکھا تو وہاں ایک شخص ساکت و سامت لیٹا تھا۔ یوں جیسے کوئی لاش پڑی ہو۔ اس نے دیکھا بچہ مسلسل ہاتھ پھیلا پھیلا کر رو رہا ہے۔ بچہ اجنبی تھا لیکن اس لاش کو اس نے پہچان لیا تھا۔ زندہ رہنے کے باوجود لوگ کس طرح مر جاتے ہیں، یہ اندازہ اسے بھی ہو گیا تھا۔ لڑکی کے کانوں میں بچے کے رونے کی آواز تیز تر ہوتی جا رہی تھی۔

☆ ☆ ☆

دوشیزہ (کراچی): مئی – ۱۹۹۵ء

راستے خاموش ہیں

"کیا تم بتا سکتے ہو یہ راستے کیوں چپ ہیں؟ جب سے یہاں آیا ہوں دیکھ رہا ہوں کہ سب مجھے دیکھتے ہی خاموش ہو جاتے ہیں۔ بلاوجہ میرا احترام کرنے لگتے ہیں۔ کہیں یہ راستے بھی تم سب کی طرح مجھ سے، میری امارت سے مرعوب تو نہیں ہو گئے؟"

"راستے بھی کبھی انسانوں سے مرعوب ہوئے ہیں؟" عم زاد ہولے سے ہنسا۔

"نہیں میرے بھائی! راستے نہیں بدلے البتہ تمہارے مقابل چپ ضرور ہیں۔ یہ اب کچھ نہیں بولتے، اس لیے کہ یہ تمہیں نہیں پہچانتے۔ جانتے ہو کیوں؟ کیونکہ تم بدل چکے ہو۔ تم وہ، وہ نہیں رہے جو پہلے تھے۔ تم شاہراہوں کے راہی ہو۔ یہ گرد آلود پگڈنڈی، یہ چار کول کی محدود پر ہجوم سڑک، یہ دھول مٹی سے اٹا تنگ راستہ اب تمہارے شایانِ شان نہیں میرے دوست! جاؤ، وہیں لوٹ جاؤ جہاں سے آئے ہو۔۔۔"

عجیب بات ہے لوگ تجربے کے حصول کی خاطر کافی بھاگ دوڑ کرتے ہیں مگر یہ فراموش کر جاتے ہیں کہ بسا اوقات تجربہ حاصل نہیں کیا جاتا بلکہ وقت انہیں سکھا دیتا ہے لیکن اس وقت تک دیر ہو چکی ہوتی ہے۔ ہاں، فائدہ اتنا ہوتا ہے کہ اپنی عقل کے بل آئندہ کے لیے آدمی سنبھل جاتا ہے۔

اس نے سوچا شاید اسی تجربہ کی دھن اس کی وطن واپسی میں تاخیر کا سبب بن گئی ہے۔ مگر یہ وقت بھی تو اس کے لیے بے رحم ثابت ہوا۔ ذرا سا انتظار کر لیتا تو کیا بگڑ جاتا اس کا؟ اس تعلق سے جتنا زیادہ وہ سوچتا گیا اسی قدر اپنا قصور کم نظر آنے لگا۔ شاید کہ زیادہ غور و فکر اپنی غلطی دوسرے کے سر مسلط کر دینے کا بہانہ بن جاتی ہے۔

پھر جب وہ اپنے وطن میں داخل ہوا تو رشتوں کی سرزمین یک بیک اسے کھکھلی دکھائی دینے لگی۔ لوگ ڈرے سہمے اور احساسِ کمتری میں گرفتار محسوس ہوئے۔ جب کبھی وہ کسی محفل میں شامل ہوتا تو وہی فرسودہ اور عامیانہ گفتگو اس کا موڈ چوپٹ کر دیتی اور وہ بول اٹھتا:

"چھوڑو یار۔ کیا رکھا ہے یہاں؟ وہی مہنگائی، پانی کی قلت، فضائی آلودگی، برقی کی مسدودی، سیاسی ریشہ دوانیاں، مذہبی مسلکی چپقلشیں، فلمی اسکینڈلز، ادبی چھٹ بھئیوں کی نامعقول نگار شات اور ان سب کے درمیان جبری زندگی گزارنے کا وہی صدیوں پرانا رنگ ڈھنگ طور طریقے۔۔۔۔ گھر سے دفتر، کاروبار، بازار پھر گھر واپسی کا لگا بندھا زنگ خوردہ معمول۔ آخر کب بدلے گا یہاں کا ماحول؟"

اس کی طنزیہ تقریر سب کے چہرے فق کر دیتی اور وہ جواب دیئے بغیر اس سے ترقی یافتہ ممالک کے رہن سہن، خورد و نوش، فکر و نظر، طرزِ معاشرت پر ستائشی کلمات سنتے ہوئے خاموشی سے بکھر جاتے۔

رفتہ رفتہ اسے محسوس ہوا جیسے وہ اپنی ذات میں اکیلا ہوتا جارہا ہو۔ اس کی ساری قربانیاں بھی رائیگاں گئی تھیں۔ اپنی عمر، اپنا وقت، اپنی خواہشات۔ صاحبِ حیثیت بن کر جب وہ اپنے وطن پہنچا تھا تو منزل پر پہنچتے ہی پہلی سنگین خبر اس کے حواس کو منتشر کرنے منتظر تھی۔

وہ دلآویز چہرہ جس سے چوری چھپے آنکھوں کی طویل گفتگو اس کا روزمرہ کا معمول تھا اور جس سے اسکی مستقبل کی تمنائیں وابستہ تھیں وہ اب کسی اور کی امانت بن چکا تھا۔

دوسرا اعصابی دھچکا وہ اطلاع تھی جس کے مطابق اس کی آبائی حویلی فروخت کی جاچکی تھی۔ یوں تو ایک نہ ایک دن اسے فروخت ہونا ہی تھا مگر اسے خرید کر وہ سب کے سامنے سرخرو ہونا چاہتا تھا کہ عزیز و اقارب کی جلد بازی نے اسے دوبارہ چوٹ پہنچا دی۔

پہلا صدمہ اس وقت ہوا تھا جب دادا جان نے محض محبت یا جذبات میں آکر حویلی کا ایک مختصر حصہ اپنے بڑے پوتے کے نام تحریر کر ڈالا۔ اس نے اس ناانصافی پر احتجاج کرنا چاہا مگر کسی نے اس کی حمایت میں کھڑا ہونا گوارا نہیں کیا۔ خود اس کے والدین نے خاموش رہ کر دادا جان کے فیصلہ کی گویا تائید کی تھی۔ ان کا کہنا تھا، چونکہ اس کے تایا زاد کی شادی کا موقع ہے لہذا دادا جان کا فیصلہ صحیح اور حق بجانب ہے۔ تب اس نے خود کو خاندان سے الگ سمجھتے ہوئے اپنا مستقبل سنوارنے ملک سے باہر جانا چاہا۔ مگر اس سلسلے میں دادا جان کی متوقع مالی اعانت سے وہ محروم رہا۔ تایا ابا نے اسے سمجھایا تھا:

"تم خود کو ہم سے جدا کیوں سمجھتے ہو؟ تسبیح کی موتیاں گو اپنی علیحدہ شناخت رکھتی ہیں مگر وہ بندھی ہوئیں تو ایک ہی ڈور میں ہوتی ہیں۔ ایک بھی موتی کا اچانک الگ ہو جانا کیا ساری موتیوں کے بکھر جانے کا باعث نہیں بنتا؟"

اس نے کہنا چاہا:

"جہاں اپنا مفاد عزیز ہو یا خود کو کچھ نقصان پہنچتا دکھائی دے تو فوراً تسبیح کے دانوں کی نصیحت کی جاتی ہے لیکن جب دوسروں کا حق نظر انداز کیا جارہا ہو، تب ایسے معاملے میں ہمیں تسبیح کیا مقدس کتاب کا چھوٹا سا قول تک یاد نہیں آتا۔"

مگر بزرگی کے احترام کے سبب یہ سب کچھ وہ زبان سے ادا نہ کر سکا۔

عملی زندگی کے تجربے کا شوق دل میں بسائے اپنی بے اندازہ کوششوں کے ذریعے ایک روز وہ سمندر پار پرواز کر گیا۔ وہاں اس نے کئی سال بتا دیے۔ وطن کی یاد اور پھر آبائی حویلی کی فروختگی کے اعلان پر بالآخر واپس لوٹتے ہوئے اس نے سب کو اطلاع بہم پہنچائی کہ وہ خود آبائی مکان کو خریدنے کے ارادے کے ساتھ لوٹ رہا ہے۔ اب پتا نہیں وقت نے اس سے بے وفائی کی تھی یا اس کی قسمت کھوٹی نکلی؟

"کہاں کے رشتے ناتے، کہاں تسبیح کے دانے؟ سب اپنے لیے جیتے ہیں یہاں۔ کوئی کسی دوسرے کے لیے اپنے دل میں نرم گوشہ نہیں رکھتا۔ اگر مجھ سے محبت ہوتی، خلوص ہو تو ملاقات کے لیے وقتاً فوقتاً میرے گھر کیوں نہیں آتے؟ کیا ڈرتے ہیں مجھ سے؟ کیا مرعوب ہیں میری دولت سے؟"

مڈنائٹ شو سے لوٹتے ہوئے بیچ سڑک پر وہ اپنے عزیز چچا زاد بھائی کے مقابل برس پڑا تھا۔ بھائی نے اسے سمجھانا چاہا:

"رشتوں کی رمز جاننے کے لیے کشادہ دلی ضروری ہے میرے بھائی۔ وہ نہیں ملتے تو خود ان کے قریب جا کر درمیانی دوری تم کیوں نہیں مٹاتے؟ ویسے سچ پوچھو تو سب تم سے دلی تعلق رکھتے ہیں۔ بھلا خون کے رشتے بھی کبھی اپنی پہچان کھوئے ہیں؟ یاد نہیں، جب تم ایک موذی مرض کے سبب بستر علالت پر تھے تو ان سب نے کیسے تمہاری خدمت کی تھی۔ پل پل تمہاری عیادت کی ذمہ داری نبھائی تھی۔"

"وہ الگ بات ہے۔ وہ محض انسانی ہمدردی ہے فطری جذبہ ہے۔ تمہیں ماننا ہو گا کہ عزیز و اقارب جب کسی کی مالی اعانت نہ کر سکیں تو اسے دو چار تسلیاں اور مٹھی بھر دعائیں دے کر سوچتے ہیں کہ انہوں نے اپنا فرض ادا کر دیا۔" اس کا لہجہ ابھی تک تلخ تھا۔

"ایسا تم سوچتے ہو۔" عم زاد نے دھیرے سے کہا۔

"نہیں! صرف میں نہیں، تم بھی سوچتے ہو، وہ بھی سوچتے ہیں۔"

"ٹھیک کہا تم نے، ہم سب سوچتے ہیں۔ لیکن جب ہم سوچنے بیٹھتے ہیں تو یہ نہیں سوچتے کہ دوسروں

کی سوچ ہم سے مختلف ہوتی ہے۔ ہم اپنی بات سے اتفاق پر اصرار کرتے ہوئے نجانے کیوں یہ بھول جاتے ہیں کہ کبھی ہم نے بھی دوسرے کے خیال سے اختلاف کیا تھا۔"

"کیا مطلب ہے تمہارا؟" وہ یکبارگی چونک کر بولا۔

"دادا جان، تایا ابا اور خود تمہارے ابو نے کتنا سمجھایا تھا تمہیں کہ ملک سے باہر جا کر اپنی صلاحیتوں کا صلہ وصول کرنے کے بجائے یہیں رہ کر اپنی قوم کو فیض پہنچانا چاہیے۔ کیا ان کی صحیح سوچ سے تمہارا اختلاف غلط نہیں تھا؟"

"صحیح فیصلہ میں نے کیا تھا۔ تم ہی بتاؤ، بھلا کیا رکھا ہے یہاں اس کی بنجر زمینوں میں؟"

اس نے طنزیہ انداز میں پوچھا تو چچازاد بھائی نے اسے کچھ دیر تاسف سے دیکھا، پھر کہا:

"تم نے کبھی ریل گاڑی کا سفر کیا؟ ایک دفعہ ضرور کرنا۔ کسی نہ کسی مقام سے گذرتے ہوئے پتھر کی چٹانوں کے درمیان کچھ جگہ لہلہاتے پودے تمہیں نظر آئیں گے۔ وہ دراصل درس عبرت ہیں ہم جلد باز اور بے صبر انسانوں کے لیے۔ ذرا سوچو، زمینیں کہاں کی سنگلاخ نہیں ہوتیں؟ مگر ان کے فوائد کے حصول میں بڑا حوصلہ درکار ہے۔ ثمر آوری کے لیے پتھر کا جگر اور فولاد کا صبر چاہیے۔ ہمارے موم کے بنے دل بھلا اس آزمائش سے کیسے گذریں؟ وہ تو کبھی پر تعیش آزادانہ اور بے باکانہ ماحول کی تپش اور کبھی سونا گلتے ریگستان کی خیرہ کن چمک سے پگھل جاتے ہیں۔"

وہ اپنے بھائی کی بات نیم دلی سے سنتا رہا۔ سڑک کا سناٹا بڑھ چلا تھا۔ ایک وہ وقت تھا جب رات دیر گئے مختلف مانوس سی آوازیں سننے میں آتی تھیں۔ کبھی رومانی سرگوشیاں کھل کھلاتیں تو کسی وقت بحث و تکرار کانوں میں گونجتی یا کہیں کسی بچے کے رونے اور مچلنے کی آوازیں سماعت سے ٹکراتی تھیں۔ مگر اب رات کا منظر آوازوں سے گویا خالی ہو گیا تھا۔ شاید راستوں نے بھی دوست احباب کی طرح چپ چاپ اپنے چہرے بدل لیے تھے۔ یہی کچھ سوچتے ہوئے اس نے بھائی سے دریافت کیا:

"کیا تم بتا سکتے ہو یہ راستے کیوں چپ ہیں؟ جب سے یہاں آیا ہوں دیکھ رہا ہوں کہ سب مجھے دیکھتے ہی خاموش ہو جاتے ہیں۔ بلاوجہ میرا احترام کرنے لگتے ہیں۔ کہیں یہ راستے بھی تم سب کی طرح مجھ

سے،میری امارت سے مرعوب تو نہیں ہو گئے؟"

"راستے بھی کبھی انسانوں سے مرعوب ہوئے ہیں؟" چچازاد بھائی یہ کہتے ہوئے ہولے سے ہنسا۔ "کم فہمی ہے تمہاری۔ وقت نے بے شک تمہیں تجربہ کار بنایا مگر تم سنبھلے نہیں بلکہ بہک گئے ہو۔ ہمارے یہاں مخملی قالین کا فرش بے دردی سے روند کر نرم ملائم فوم کے گدوں پر لوٹنے والا ایک دن جب ننگی زمین پر لیٹتا ہے تو ایک کروٹ اس بے چارے کو احساس دلاتی ہے کہ صرف وقت اس کے لیے بے رحم نہیں ہوا بلکہ زمین بھی اپنی ناقدری کا انتقام لینے پر تل گئی ہے۔

ایک ادھر تم ہو۔ اونچی اڑانوں کے زعم میں دوست احباب کی بے رخی کی کروٹیں ٹھیک طرح بوجھ نہیں پائے بلکہ اب تو یہ بھی سمجھنے لگے ہو کہ زمین تم سے خوفزدہ ہو گئی۔ نہیں میرے بھائی! راستے نہیں بدلے البتہ تمہارے مقابل چپ ضرور ہیں۔ یہ اب کچھ نہیں بولتے اس لیے کہ یہ تمہیں نہیں پہچانتے۔

جانتے ہو کیوں؟

کیونکہ تم بدل چکے ہو۔ تم وہ نہیں رہے جو پہلے تھے۔"

چلتے چلتے وہ دونوں اس موڑ پر آ پہنچے جہاں انہیں جدا ہونا تھا۔ چچازاد بھائی نے اس کے کاندھے پر ہمدردی اور افسوس کے ساتھ ہاتھ رکھتے ہوئے کہا:

"تم شاہراہوں کے راہی ہو۔ یہ گرد آلود پگڈنڈی، یہ چار کول کی محدود پر ہجوم سڑک، یہ دھول مٹی سے اٹا تنگ راستہ اب تمہارے شایان شان نہیں میرے دوست! جاؤ، وہیں لوٹ جاؤ جہاں سے آئے ہو۔۔۔"

اتنا کہہ کر اس کا عم زاد نڈھال قدموں سے ایک تنگ گلی کی جانب مڑ گیا۔

"ہاں! ہاں میں بدل گیا ہوں۔ اور تم۔۔۔ تم شاید تبدیلی نہیں چاہتے۔ تم لوگ ان بوسیدہ راستوں کی انجانی اور فضول آوازوں کے قیدی ہو۔ ان کے حصار سے آزاد ہونا تمہارا مقدر نہیں۔ ترقی کی دوڑ میں شامل ہونے سے کوئی دلچسپی نہیں ہے تمہیں۔

تیسری دنیا کی ناخواندہ مخلوق ہو تم لوگ۔

دقیانوسی ہو تم سب۔

سنتے ہو۔۔۔۔ قدامت پرست ہو تم لوگ۔۔۔۔۔"

وہ چوراہے کے بیچوں بیچ کھڑا چلاتا رہا اور رات کے بے چہرہ سناٹے میں چارکول کی چکنی سڑک پر بے موسم کی برسات کے چند چھینٹے پڑے چھچماتے رہے!!

☆ ☆ ☆

بیسویں صدی (دہلی): مئی – ۱۹۹۴ء

سوکھی باوَلی

آج اپنی آن کی خاطر جان جا رہی ہو تو کوئی اپنا قاتل آپ نہیں بنتا بلکہ بخوشی آن کو ٹھوکر مار دیتا ہے لیکن اپنی آن کی خاطر دوسروں کی جان جا رہی ہو تو شوق سے جائے۔ ایسے معاملے میں اپنی آن پر آنچ آنے دینا کوئی گوارا نہیں کرتا۔

سارا ہنگامہ پانی کا تھا۔ پورے پانچ دن کے ناغہ کے بعد متعلقہ سرکاری محکمے کی من مانی مہربانی کے نتیجے میں جب گھر کے واحد نل سے پانی دوبارہ جاری ہوا تو ایک خلقت اس کے گرد جمع ہو گئی۔ نل کے پاس گھڑوں، بالٹیوں اور برتنوں کی جو منظم قطار قائم ہوئی تھی وہ دیکھتے ہی دیکھتے تتر بتر ہو گئی۔ کیا بڑے، کیا بچے، کیا نوجوان ہر ایک کی یہی کوشش تھی کہ طویل وقفے بعد نصیب ہونے والے آبِ رواں کا وہی پہلا حق دار بنے۔

مقابلوں کی دوڑ میں کوئی اول نمبر پر آتا ہے تو کوئی دوسرے درجے پر قانع ہو جاتا ہے۔ لیکن پانی کے حصول کی اس جنگ میں کسی کو دوسرا یا تیسرا درجہ قبول نہ تھا۔ بحث و تکرار نے طوالت کھینچی تو دو چار بالٹی پانی یونہی ضائع ہو گیا۔ آخرکار گھر کے بڑوں کو ہوش آیا اور انہوں نے فیصلہ سنایا کہ درجہ بدرجہ ہر فیملی پہلے پینے کے لیے پانی حاصل کرلے اس کے بعد ہی دیگر مقاصد کی باری آئے گی۔ یوں پہلا مرحلہ بخیر و خوبی ٹلا تو جنگ کا اہم اور سنسنی خیز موڑ آ پہنچا۔ نوجوانوں کی ٹولی سب سے آگے تھی۔ اب یہ پتا نہیں بزرگوں کو میدان کارزار سے بے دخل کیا گیا یا خود انہوں نے لڑائی میں شریک ہونے سے دانستہ گریز کیا تھا؟ مگر مشترکہ خاندان کی نوجوان نسل کے درمیان زوروں کا معرکہ چل پڑا۔

"۔۔۔اور ہم تو شاید ابھی مہمان ہی کے درجہ پر فائز ہیں ۔۔۔اور وہ بھی شاید بن بلایا کہ جس کی باری سب سے آخر میں آئے ۔۔۔"

تیز و تند مکالموں کی بحثا بحثی کے بیچ ایک سنجیدہ اور مہذب لہجہ گونجا۔ بولنے والی ان سب کی نئی نویلی

بھابھی تھیں جو شہر کے کسی کالج میں اسسٹنٹ پروفیسر کے عہدہ پر برسرکار تھیں۔ ان کی اس تیکھی چوٹ سے تمام لڑکے کھسیانے سے ہوگئے۔ پھر کسی نے خفت مٹانے کو جلدی سے کہا:

"ارے ہمیں سب سے پہلے بھابی کی فکر کرنا چاہئے تھی، انہوں نے یقیناً سوچا ہوگا کہ کیسے خود غرض بھائی بندوں سے پالا پڑا ہے جو نئے بسے خاندان کی ضروریات کا خیال تک نہیں رکھتے"۔

"نہیں میرے عزیز دیور جی! میں نے ایسا نہیں سوچا۔ ویسے بھی آدمی کی خود غرضی کی پہلی اور بڑی دلیل یہ ہے کہ وہ دوسروں کی فکر کرنے سے قبل یہ پوچھے کہ دوسرے اس کی فکر کیوں نہیں کرتے؟ اس کی خبر کیوں نہیں لیتے؟ اور میں خود غرض نہیں۔۔۔"

خود غرض کون نہیں ہوتا؟ مگر آدمی کے ساتھ مشکل یہ ہے کہ وہ غیر جانبداری سے فیصلہ نہیں کر پاتا کہ کون خود غرض ہے اور کون بے غرض؟ غیر جانبدار فیصلے کے لیے ذرا اپنے گریبان میں بھی جھانکنا پڑتا ہے اور یہیں اچھے اچھوں کی پول کھل جاتی ہے۔ پانی تو سبھی نے حسب توفیق حاصل کر لیا تھا۔ حتی کہ جب پریشر کم ہونے لگا تب برقی موٹر لگا کر زبردستی حق وصول کیا گیا۔ ہر چند کہ بزرگوں کے نزدیک یہ بد دیانتی اور بد معاشی تھی لیکن نوجوانوں کا کہنا تھا کہ: "اگر ارباب اقتدار اس معاملے میں دیانت داری اور انصاف سے کام لیتے تو انہیں کیوں بد دیانتی کی طرف راغب ہونے کی ضرورت لاحق ہوگی؟"

حصول آب کے جھگڑے میں یا اپنی خود غرضی کی دھن میں جو ہستی یکسر فراموش کردی گئی تھی وہ خاندان کی سب سے محترم اور بزرگ ہستی دادی جان کی تھی۔

اس دنیا میں لوگ عمارت دیکھتے ہیں، مکان کی منزلیں گنتے ہیں، لیکن کوئی سنگ بنیاد کے بارے میں دریافت نہیں کرتا۔ دادی جان بھی محض بنیاد کا پتھر تھیں۔ لوگ سمجھتے ہیں بڑھاپا آدمی کو تمام جذبات، احساسات اور ضروریات سے بیگانہ کر دیتا ہے اس لیے ہمارے معاشرے میں بوڑھے لوگوں کو "دادی جان" جیسا کوئی معزز خطاب عطا کر کے گھر کے کسی کونے میں شوپیس کی مانند بٹھا دیا جاتا ہے۔

"بے جان اشیاء تک اپنی رونق بر قرار رکھنے کے لیے جھاڑ پونچھ کی محتاج ہوتی ہیں تو کیا جاندار عمر کے

کسی موڑ پر ضروریاتِ زندگی سے بے نیاز ہو سکتا ہے؟" دادی جان نے بڑے کرب سے سوچا۔ اپنی ذاتی ضروریات کی تکمیل کی خاطر انہیں بھی پانی چاہئے تھا جب کہ پانی کے روزانہ حصول کا مسئلہ ہی اتنا گمبھیر اور اہم تھا کہ اس کے پیچھے ان کی ضروریات کا سوال ہی ہمیشہ غائب ہو جاتا۔

"ارے بیٹا! ایک گھڑا پانی مجھے بھی بھر لینے دو۔"

وہ عاجزی سے پکارتیں مگر پوتے پوتیوں کے ہجوم میں اکثر ان کی آواز بہ صدا اثابہ صحرا ثابت ہوتی۔ کسی کے دل میں محبت اور ہمدردی جاگتی تو وہ دادی جان کو ازراہِ ترحم پانی کے ایک برتن سے نواز دیتا ورنہ وہ اکثر ایک بہو سے دوسری بہو کے حمام کے گرد چکر لگائے جاتیں۔ ان کی بہوئیں بھی بڑی نفاست پسند اور نازک مزاج تھیں۔ اپنے صاف ستھرے باتھ رومز میں اپنی ساس کی بلا کھٹکے آمد و رفت وہ کب تک برداشت کر پاتیں؟ اندر ہی اندر انہوں نے اپنے شوہروں کے کان بھرے تو دادی جان کے بڑے بیٹے نے حویلی کے ایک کونے میں موجود ایک قدیم اسٹور کو صاف کر کے اسے حمام میں تبدیل کر ڈالا۔

"اماں۔ اب آپ کو وقت بے وقت ہم لوگوں کے حمام میں آنے جانے کی ضرورت نہیں۔ میں نے آپ کے لیے نیا حمام بنوا دیا ہے۔"

یوں تو ان کے بڑے بیٹے نے سیدھے سادھے لہجے میں انہیں اس بات کی اطلاع دی تھی مگر پتا نہیں کیوں وہ ایک دم چونک کر اپنے سب سے بڑے بیٹے کو غور سے تکنے لگیں۔ ان کے بڑے بیٹے نے جلدی سے نظریں چرائیں اور آگے بڑھ گیا، ورنہ وہ خوب جانتا تھا کہ اگر مزید کچھ دیر وہاں کھڑا رہتا تو اسے ماں کی آنکھوں سے ابل پڑنے کو بے تاب، اس سوال کا جواب ضرور دینا پڑے گا کہ: آج تم لوگوں نے مجھے اپنے حماموں میں داخل ہونے سے روک دیا ہے کل اپنے کمروں میں بھی میری آمد کو برداشت نہ کر پاؤ گے؟ اور گھر کے کسی کونے کھدرے میں میرے لیے زنداں بنوا دو گے؟

مگر انہوں نے بڑی خاموشی سے سب کا فیصلہ قبول کر لیا۔ وہ تو اس وقت بھی کچھ نہ بولیں تھیں جب ان کے شوہر کے انتقال کے بعد حویلی کے سب سے بڑے کمرے سے انہیں بے دخل کیا گیا تھا پھر حمام کی تبدیلی کی ایک معمولی سے واقعے کی کیا وقعت تھی؟ البتہ اس تبدیلی نے انہیں کچھ سہولت

ضرور دے ڈالی تھی۔ نئے حمام کی اب وہ بلاشرکت غیرے مالک تھیں۔ مسئلہ صرف حمام میں موجود بیرل میں پانی بھرنے کا تھا۔ ایک تونل سے ان کے حمام تک کا فاصلہ کافی زیادہ تھا دوسرے ان کی بار بار یاد دہانی کے باوجود ان کے پوتے اپنی دادی جان کا خیال رکھنا بھول جاتے۔

اس دن بھی وہی ہوا تھا۔ ان کے ایک چہیتے اور فعال پوتے نے یقین دلایا تھا کہ وہ ان کے حمام کا بیرل پانی سے لبریز کروا دے گا۔ یقین دہانی اور عملی کار گزاری کے مابین کبھی کبھی کسی سبب نمایاں فرق پیدا ہو جاتا ہے۔ سادہ لوح دادی جان نے اپنے پوتے کی بھول کو اس فرق کا سبب قرار دے لیا تھا۔ حالانکہ سچ یہ ہے کہ دوسروں کی ضرورت کی تکمیل جو ہمارے ذمہ ہوتی ہے انہیں ادا کرنا تو ہم بھول جاتے ہیں لیکن اپنی ضروریات پوری کرنا کبھی فراموش نہیں کر پاتے۔

دادی جان نے سوچا کہ ساری عمر کبھی دوسروں کی محتاج نہیں ہوئیں تو آج کیوں؟ ابھی ان میں اتنا دم خم ہے کہ دوسروں کی کچھ مدد لیے بغیر اپنی ضرورت آپ ہی پورا کر سکتی ہیں۔ لہذا دوسرے دن صبح سویرے انہوں نے برقعہ پہنا اور ہاتھ میں پانی کا برتن تھامے سب کی نظروں سے بچ بچا کر کچھ دور موجود محلہ کے کمیونٹی مرکز کے اس میدان میں پہنچ گئیں جہاں علاقہ کے کارپوریٹر نے ہینڈ پمپ کے ذریعے بوروبیل کے پانی کی سہولت فراہم کر رکھی تھی۔

شور شرابا تو اس وقت اٹھا جب وہ پانی سے لبریز برتن اٹھائے اپنے گھر کی دہلیز پار نہ کر سکیں اور لڑکھڑاتے قدموں ایک جھٹکے سے دروازے کے اندر گر پڑیں۔ ساری عمر کی قوت گویا بیش قیمت پانی کی شکل میں ان کے چاروں طرف بہہ گئی۔ گھر کے تمام لوگ دوڑے دوڑے آئے۔ کسی نے سہارا دے کر انہیں اٹھایا۔ اس کے بعد احتیاط اور آرام سے ان کے ذاتی پلنگ پر لٹا دیا۔ پھر ان کے قریب سرگوشیوں میں گفتگو شروع ہوئی جو آہستہ آہستہ بلند ہوتی گئی۔

"کیا ضرورت تھی انہیں باہر سے پانی لانے کی؟ اپنے کسی پوتے سے کہہ دیا ہوتا۔ یوں اس گھر کی عزت سر بازار نیلام کرنے سے کیا ملا انہیں؟ کچھ ہو جاتا انہیں تو علاج کا بھاری خرچہ کون اٹھاتا؟"

"کیا وہ باہر کے لوگوں کو یہی احساس دلانا چاہتی ہیں کہ ہم ان کا خیال نہیں رکھتے۔ اپنی ضعیفی کی اگر وہ

خود کوئی پروا نہیں کرتیں تو کم از کم انہوں نے اس گھر کی، اپنے خاندان کی، ہم لوگوں کی عزت کا خیال رکھا ہوتا۔"

غصہ میں روتی ہوئی بلند ترین آواز ان کی سب سے بڑی بہو کی تھی۔ باہوش و حواس دادی جان کو ایسا لگا جیسے وہ اپنے عہد ماضی میں پہنچ گئی ہوں۔

بڑا رعب و دبدبہ تھا ان کا۔ ایک معروف و مقبول ٹھیکے دار کی بیگم ہونے کے ناتے سب ان کا احترام کرتے تھے۔ ان کے شوہر نے باؤلیاں کھدوانے کا ٹھیکا لے رکھا تھا۔ ان دنوں قصبے میں میونسپلٹی کا واٹر سپلائی نظام قائم نہیں ہوا تھا۔ لوگ اپنے وسیع و عریض مکانات اور بنگلوں کے احاطے میں باؤلی کھدوا کر اس کا پانی استعمال کرتے تھے۔ کچھ اپنے پیشے کی مہارت اور کچھ لوگوں کی ضروریات کے شدید تقاضے کے سبب ان کے شوہر کو اپنے پیشے میں نمایاں کامیابی حاصل ہو گئی تھی۔ پھر بڑھتے اور پھیلتے خاندان کے تقاضوں کو مد نظر رکھتے ہوئے انہوں نے اپنا چھوٹا سا مکان فروخت کیا اور ایک پر سکون علاقے میں زمین کا ایک بڑا رقبہ خرید کر وہاں دو منزلہ حویلی تعمیر کروائی۔ حویلی کے کھلے دالان میں انہوں نے مناسب و موزوں جگہ دیکھ کر باؤلی کھدوائی تو وہاں سے پھوٹ نکلنے والے صاف اور میٹھے پانی کو دیکھ کر اوروں کی طرح وہ خود بھی دنگ رہ گئے تھے۔ چند برسوں بعد اپنے خاندان کی دوسری نسل کو مستقبل میں پیش آنے والے مسائل کا انہیں اندازہ ہوا تو انہوں نے حویلی کی تیسری منزل کی تعمیر کا ارادہ باندھ لیا۔ ایک مشہور تعمیراتی ٹھیکے دار کی زیر نگرانی کام شروع کیا گیا۔ تعمیراتی کام میں استعمال ہونے والے پانی کے لیے انہیں ایک علیحدہ باؤلی کھدوانا پڑی۔ کیونکہ ان کی بیگم ذاتی استعمال کے لیے بنائی گئی باؤلی کا پانی تعمیراتی کاموں میں استعمال کرنے کے خلاف تھیں۔ اتفاق سے جو دوسری باؤلی کھودی گئی اس کا پانی پینے کے لائق نہ نکلا۔ لہذا کام کے اختتام پر جب مزدور حویلی کے دالان میں پہنچے اور ان کی اجازت کے بغیر ایک مزدور نے ڈول باؤلی میں اتارا تو اسی دم غصہ میں بھری بلند بانگ نسوانی آواز گونج اٹھی اور ڈول مزدور کے ہاتھ سے چھوٹ کر ایک چھپاکے سے پانی کی سطح سے جا ٹکرایا۔

"اے۔ دور ہٹو! یہ تمہارے باپ کی باؤلی نہیں ہے۔ پانی پینا ہے تو باہر جا کر کسی دوسری باؤلی کا پانی پیو۔ خبردار اس پانی کو جو اپنے غلیظ ہاتھوں سے ناپاک کیا۔ چلو نکلو یہاں سے۔"

کھٹری کے پردے کے پیچھے سے آتی پاٹ دار آواز سن کر باؤلی کے قریب موجود سارے مزدور ششدر رہ گئے تھے، اور پھر سب ایک دوسرے کو گھبرائی ہوئی نظروں سے دیکھتے خاموشی کے ساتھ وہاں سے بکھر گئے۔

اس کے دوسرے ہی دن جب وہ کھٹری کے پردے کی اوٹ سے کام کی نگرانی کر رہی تھیں تو انہوں نے ایک مزدور کو چلچلاتی دھوپ میں ہانپتے کانپتے سر پر ایک گھڑا اٹھائے حویلی کے اندر داخل ہوتے دیکھا۔ قبل اس کے کہ وہ اسے کچھ کہتیں، اچانک ان کی نظروں کے سامنے مزدور لڑکھڑایا اور دوسرے ہی لمحے نیچے گر پڑا۔ گھڑے میں موجود سارا پانی چند سیکنڈوں میں تپتی ہوئی خشک دھرتی نے چوس لیا تھا۔

"ارے کوئی ہے؟ دیکھو تو اسے کیا ہو گیا ہے؟" وہ گھبرا کر چلائیں۔

اس مزدور کے ساتھی دوڑے چلے آئے۔ پھر کچھ دیر بعد انہیں کسی نے بتایا کہ وہ مزدور اپنی بیوی بچوں کی پیاس دور کرنے ایک کلو میٹر دور سے پانی لانے گیا تھا۔ مگر واپسی میں شدید گرمی کی وجہ سے لو کا شکار ہو گیا۔ یہ سنتے ہی اچانک وہ پچھتاوے کے احساسات میں گھر گئیں۔ انہیں لگا کہ جیسے قصوروار وہ خود ہوں۔ مزدوروں کی حق تلفی کی اصل ذمے دار بھی وہ ہوں۔ خود غرضی کا مکمل نمونہ ہوں۔ اپنے باطن میں چھڑی اس جنگ نے انہیں توڑ پھوڑ ڈالا۔

"میں اپنا پچھلا فیصلہ واپس لیتی ہوں۔ آج سے ہر کوئی اس باؤلی کا پانی استعمال کر سکتا ہے۔" اپنی آن بان اور اصولوں کو بالائے طاق رکھتے ہوئے انہوں نے باؤلی کے ٹھنڈے پانی سے مستفید ہونے کی سبھی خاص و عام کو اجازت دے ڈالی۔

انہی دنوں مزدوروں کے متشکرانہ اور جان نثار رویوں نے ان پر یہ بھید آشکار کیا کہ انسانیت کے تقاضے کا لحاظ اور اس کی تعمیل ہی انسان کو حقیقی معنوں میں عزت دار بناتی ہے۔ اور آج۔۔ آج انہیں انہی کے گھر میں، گھر کی، خاندان کے افراد کی عزت کا حوالہ دیا جا رہا تھا۔

"مشکلات اور آسانیاں جو کل تھیں، اب بھی وہی ہیں۔۔۔ بس آج شاید نظریات کا فرق پیدا ہو گیا ہے۔"

پلنگ پر آہستہ آہستہ اٹھ کر بیٹھتے ہوئے دادی جان نے گہرے دکھ سے سوچا:

"آج اپنی آن کی خاطر جان جا رہی ہو تو کوئی اپنا قاتل آپ نہیں بتا بلکہ بخوشی آن کو ٹھو کر مار دیتا ہے لیکن اپنی آن کی خاطر دوسروں کی جان جا رہی ہو تو شوق سے جائے۔ ایسے معاملے میں اپنی آن پر آنچ آنے دینا کوئی گوارا نہیں کرتا۔ رسم و رواج، روایات اور قدریں کیا گردش زمانہ کا شکار ہو گئیں؟ زمین بدل گئی کہ آسمان بدل گیا؟ خون بے وفا ہوا ہے یا جذبات فنا ہو گئے؟ کسے پتا کون بتائے؟"

دادی جان کے کشادہ دل سینے میں درد و غم کا غبار اٹھنے لگا۔

"رو نا مت بہو بیگم، دیکھو تمہاری ہی خاطر اب پانی کے لیے میں کبھی باہر نہیں جاؤں گی۔ میں وعدہ کرتی ہوں بہو بیگم۔۔۔ نہیں جاؤں گی۔"

ٹوٹے ہوئے کمزور اور مدھم لہجے میں کہتے ہوئے دادی جان کو یوں محسوس ہوا جیسے ان کے الفاظ حویلی کی سوکھی باؤلی کے تلے سے ابھر رہے ہوں۔ نہ جانے کیوں اور کیسے ان کی بوڑھی آنکھوں سے پانی کے دو انمول قطرے ٹپکے اور بنجر زمین کی کوکھ میں جذب ہو گئے۔

☆ ☆ ☆

دوشیزہ (کراچی): نومبر - ۱۹۹۴ء

شکستِ ناتمام

یہ احساس ہی تو ہمیں زندہ رکھتا ہے، اگر ہم انسان حیثیت سے خالی ہوتے تو پھر ہم میں اور مشین میں فرق ہی کیا رہ جائے؟ بات تو ساری احساسات کی ہے اور زندگی بے احساس کبھی ہو ہی نہیں سکتی۔

۔۔۔ عورت بلاشبہ مرد کے لئے گھنی چھاؤں ہے، برگد کا درخت ہے۔ جس کے سائے میں پہنچ کر وہ اپنی پریشانیاں، فکریں اور الجھنیں وقتی طور پر سہی، فراموش کر کے ذہن و جاں کے لئے نئی توانائی حاصل کرتا ہے۔ زندگی کی ناؤ چلانے کے لئے ضروری ہے کہ ہم احساسات کی پتوار کو زنگ آلود ہونے سے روکیں ورنہ تم بخوبی جانتی ہو گی کہ آدمی تنہا رہتے رہتے کیونکر زندہ لاش کی مانند ہو جاتا ہے؟

رجّو!

آج تمہیں اس عرفیت سے مخاطب کرتے ہوئے جانے کیوں عجیب سالگتا ہے، جیسے میں کسی جرم کا مرتکب ہو رہا ہوں۔ اور یہ جرم کا احساس ہی تو ہے جو میں ایک بار پھر خود کو تمہارا قصوروار گرداننے پر مجبور ہو بیٹھا۔ پتہ ہے رجّو، اپنا قصور، اپنی خطا یا اپنی غلطی کو کھلے دل سے قبول کر لینے کا کبھی ہم نے ایک دوسرے سے وعدہ کیا تھا۔ اس شرط کے ساتھ کہ آئندہ ہم اس غلطی کو نہیں دہرائیں گے۔ اب یہ الگ بات ہے کہ ہم اپنی خطاؤں کے ساتھ مشروط وعدوں کا سلسلہ بھی دراز کرتے رہے۔

سوچ رہا ہوں کہ آج اپنی غلطی کا اعتراف کرتے ہوئے کیا مجھے مشروط وعدوں کی لگی بندھی روایت سے بھی چھٹکارا حاصل کر لینا چاہئے؟ خطا اور اس کے دوبارہ سرزد نہ ہونے کا وعدہ دو متضاد باتیں ہیں رجّو۔ افسوس کہ ہم اپنی کچی عمر کے سبب اس حقیقت کو کبھی نہ جان پائے۔ غلطی تو انسانی فطرت کی اہم کڑی ہے۔ بتاؤ کون ایسا فردِ کامل ہے جو کسی لغزش کے بغیر زندگی گزارنے کا دعوی کرے؟ آخر بھول چوک کس سے نہیں ہوتی؟ ہم چاہے لاکھ وعدے کریں کہ آئندہ ایسی کوتاہی ہم سے سرزد نہ ہوگی، مگر سب لاحاصل۔ وقت، حالات اور واقعات کے بہاؤ میں الجھ کر جب آدمی مجبور ہو جاتا ہے تب لامحالہ وہ اسی غلطی کا ارتکاب کر بیٹھتا ہے جس کے نہ کرنے کا کبھی اس نے وعدہ کیا تھا۔ اس سے کیا ثابت ہوتا ہے؟ یہی نا کہ ہم کبھی انسانی فطرت کے مقابل نہیں ٹھہر سکتے۔

میں جانتا ہوں رجّو تم کہو گی ۔۔۔۔ کہ یہ سب کتابی اور فلسفیانہ باتیں ہیں۔ زندگی کے تجرباتی دور میں ان کی کوئی حیثیت نہیں ہوتی اور یہ بھی کہ غلطی کر بیٹھنے کے بعد صرف اتنا کہہ کر خاک کا بنا ہوا

انسان خطا کا پتلا ہوتا ہے، ہم خود کو بری الذمہ قرار نہیں دے سکتے!

لیکن رجّو، یہ بھی تو سوچو کہ بری الذمہ قرار دینے کے باوجود کیا ہم اپنے اندر کے آدمی کو مطمئن کر سکتے ہیں؟ یہ احساس ہی تو ہمیں زندہ رکھتا ہے۔ اگر ہم انسان حیثیت سے خالی ہوتے تو پھر ہم میں اور مشین میں فرق ہی کیا رہ جاتا؟ بات تو ساری احساسات کی ہے اور زندگی بے احساس کبھی ہو ہی نہیں سکتی۔ احساسات کے الاؤ میں تپ کر کوئی تم جیسی راکھ بنتا ہے تو کوئی مجھ جیسا کندن بن کر دوسروں کو اپنی داستان آتشیں کے دہکتے ہوئے پر پیچ پہلوؤں سے واقف کراتا ہے۔

سوچتا ہوں اپنی داستان کس سرے سے شروع کروں؟ تم نے تو ایسی تلخ مسکراہٹ سے اپنی نظریں مجھ پر ڈالی تھیں کہ اس کے بعد مجھ میں کچھ کہنے کا حوصلہ ہی باقی نہ رہ گیا۔

یہی کرو گے کہ اب ہم سے تم ملو گے نہیں

جو بات دل نے کہی تھی اسے سنو گے نہیں

وہ داستان جسے سنتے ہو روز ہنس ہنس کر

کبھی جو ہم سے سنو گے تو پھر ہنسو گے نہیں

یہ اشعار تو میں نے برسبیل تذکرہ لکھ دیئے ہیں، کیونکہ میں جانتا ہوں کہ شاعری سے تمہیں خاص لگاؤ ہے۔ تم ہی نے تو مجھ سے ایک بار کہا تھا۔

"جس آدمی کو شاعری سے دلچسپی نہ ہو وہ مہذب ہو ہی نہیں سکتا۔"

اب یہ نہ سمجھنا کہ کچھ کہنے سے قبل ہی اشعار کا ہدیہ پیش کرکے میں اپنے "مہذب" ہونے کا ثبوت فراہم کر رہا ہوں۔ جو شخص فطرت کے خلاف صف آرا ہونے والوں کی ناقص شکست کی پیش گوئی کر سکتا ہو وہ انسانی تہذیب سے کیسے ماورا ہو سکتا ہے؟

نہیں رجّو، بات صرف میرے مہذب ہونے یا نہ ہونے کی نہیں، بات تو ہم انسانوں کی تہذیب کی ہے۔ شاید ہمیں یہ کبھی نہ بھولنا نہیں چاہیے کہ ہم بشر ہیں فرشتہ نہیں۔ مگر تم نہ جانے کیوں فطرت انسانی سے اوپر اٹھ کر ہی سوچنے اور عمل کرنے پر مصر رہیں، ہمیشہ روحانی تہذیب کا حوالہ دیتی

رہیں۔ ہو سکتا ہے خالص محبت روحانی ضرورت ہو، مگر روح کیا چیز ہے؟ تمہارے سامنے مادی جسم دست سوال ہے اور تم اسے غیر مرئی روح کا بہلاوا دیتی ہو؟ کیوں؟ جب تک ہم اپنے جسم و جاں کی جائز خواہشات کی تکمیل نہیں کر سکتے کم از کم تب تک کے لیے روح کے تقاضوں پر توجہ دینا بے محل و بے ضرورت ہے۔ انسانی ضرورتوں اور انسانی تقاضوں کو پورا کئے بغیر روح کی جانب فرار دراصل فطرت سے گریز کے مترادف ہے۔

رجّو! بلاشبہ یہ سچ ہے کہ تمہاری محبت کے جواب میں، میں نے بھی تم سے محبت کی۔۔ شدید محبت! ویسے بھی اس وقت مجھے محبت کرنے کے سوا اور آتا بھی کیا تھا؟ لیکن رجو، کیا محبت بے ضرورت ہو سکتی ہے؟ لیلیٰ مجنوں، شیریں فرہاد، رومیو جولیٹ کی داستانی محبت کی بات چھوڑو، سب فرضی قصے کہانیاں ہیں یا پھر بقول تمہارے کتابی باتیں ہیں۔ زندگی گزارنے کے لیے محبت ہی کافی نہیں، کیونکہ اس سے بھوک کا پیٹ نہیں بھرتا۔ بھوک کا تنور تو اناج مانگتا ہے، دولت چاہتا ہے، عزت کا طلبگار ہے اور۔۔۔ اور بشری تقاضوں کی تکمیل کی خاطر جنسِ مخالف کی ضرورت محسوس کرتا ہے۔ آج جب میں ماضی کی احمقانہ سوچوں کا محاسبہ کرتا ہوں تو ہنسی آتی ہے۔ یاد ہے رجّو، جب ہم طے شدہ وقت پر اس برگد کے پیڑ کے نیچے ملاقات کرتے تھے تو ملتے ہی میں تم سے تمہارے بغیر وقت کے نہ کٹنے کا شکوہ کیا کرتا تھا۔ جواباً تمہارا چہرہ بھی تم پر دن کا چین اور راتوں کی نیند حرام ہو جانے کی چغلی کھاتا تھا۔

رجّو! ہو سکتا ہے جذبات کی لہریں تند اور پرشور ہوتی ہوں لیکن گزرتے وقت کی تیزی کے آگے وہ کچھ حیثیت نہیں رکھتیں۔ وقت کا دریا بے رحم استاد کی طرح ہوتا ہے۔ اس کی مار اتنی اذیت ناک ہوتی ہے کہ زندگی کے مشکل سے مشکل سبق یاد ہوتے چلے جاتے ہیں۔ میں جو سوائے محبت کرنے کے کچھ نہ جانتا تھا، تجارت کی بھٹی میں پک کر ایسے اسے امور و رموز کا ماہر بن چکا ہوں کہ اب مجھے ماضی کی اس ناقص اور ناپختہ سوچ پر سخت حیرت ہوتی ہے کہ "تم بن کیا جینا؟"

رجّو! ذرا سوچو تو، اگر ہم کسی کے سہارے کے بغیر زندگی گزارنے کا تصور نہیں کر سکتے تو پھر اپنی

سانسوں کی آمد و رفت پر کیوں کر روک نہیں لگا دیتے؟ یہ سب کہنے کی باتیں ہیں رجّو! سچ پوچھو تو کسی رفیق کے ہمراہ یا کسی ساتھی کے بغیر بھی آدمی کو اس وقت تک تو زندہ رہنا ہی پڑتا ہے تا وقتیکہ وہ مر نہیں جاتا۔

مجھے یاد ہے رجّو، تلاش معاش کی خاطر اپنا شہر چھوڑنے سے قبل جب میں ودائی ملاقات کے لیے اسی برگد کے نیچے پہنچا تو مسلسل روتے رہنے کے سبب تمہارا سرخ و سپید چہرہ متورم ہو چکا تھا۔ اور پھر۔۔۔ نہیں ٹھہرو، پہلے تمہیں بتا دوں کہ میں یہ بار بار برگد کے درخت کا ذکر کیوں کر رہا ہوں؟ دراصل تم عورتوں کی طرح ہم مردوں کو بھی ایک سہارے کی ضرورت محسوس ہوتی ہے۔ تم کہو گی کہ ابھی تو میں کہہ رہا تھا کسی ساتھی کے بغیر بھی آدمی زندہ رہ سکتا ہے بلکہ اسے زندہ رہنا ہی پڑتا ہے۔ نہیں رجّو! خالی خولی زندہ رہنے اور کسی برگد کے درخت کی گھنی چھاؤں میں ستانے کے عمل میں بڑا فرق ہوتا ہے۔ زندگی گزارنے کو یوں تو ایک کتا بھی گزار لیتا ہے لیکن میں کہوں گا کہ حیوان اور انسان میں واضح فرق احساسات کا ہوتا ہے۔

عورت بلاشبہ مرد کے لیے گھنی چھاؤں ہے، برگد کا درخت ہے۔ جس کے سائے میں پہنچ کر وہ اپنی پریشانیاں، فکریں اور الجھنیں وقتی طور پر ہی سہی فراموش کر کے ذہن و جاں کے لیے نئی توانائی حاصل کرتا ہے۔ زندگی کی ناؤ چلانے کے لیے ضروری ہے کہ ہم احساسات کی پتوار کو زنگ آلود ہونے سے روکیں اور تم بخوبی جانتی ہو گی کہ آدمی تنہار ہتے رہتے کیونکر زندہ لاش کی مانند ہو جاتا ہے؟

میں اپنی صفائی پیش نہیں کر رہا ہوں بلکہ فطرت کے اصول کا ذکر کرتے ہوئے اس دن کی گفتگو یاد دلا رہا ہوں جب رخصتی کے وقت تم نے مجھ سے وعدہ لیا تھا۔ تم چاہتی تھیں کہ میں تمہارے سوا کسی اور کو اپنا شریک سفر نہ بنانے کا وعدہ کروں اور تمہارا بھی ایقان تھا کہ تم شادی کرو گی تو صرف مجھ سے ورنہ ساری عمر تنہارہ کر گزار دو گی۔ ایک طرف مجھ سے روحانی محبت کا دعویٰ تھا دوسری جانب تم مجھ کو اپنا پابند بھی رکھنا چاہتی تھیں۔ عجیب متضاد مزاج تھا تمہارا۔ بہر حال میں چونکہ ان دنوں تمہارے

عشق میں پور پور ڈوبا ہوا تھا پھر بھلا کیسے اس قسم کا وعدہ کرنے سے انکار کر بیٹھتا؟ لہذا میں نے بڑے زور و شور سے تمہارے ساتھ اقرار کیا اور یہاں تک کہہ بیٹھا کہ اگر تم مجھے نہ ملی تو خود کشی کر لوں گا۔ (مگر دیکھو، کیسا شرم ناک المیہ ہے کہ تمہیں نہ پا کر بھی میں تمہارے سامنے ڈھٹائی کے ساتھ زندہ ہوں)۔ شاید تم میرے زور دار وعدے سے مطمئن نہ تھیں اس لیے حسب عادت تم نے اس وعدے کے ساتھ ایک شرط بھی ٹھونک ڈالی۔ یعنی جس نے بھی سب سے پہلے وعدے کو فراموش کیا وہی فریق ثانی سے اپنی شکست تسلیم کر لے گا۔ کیونکہ تم اچھی طرح جانتی تھیں کہ مجھے شکست قبول کرنے کی عادت نہ تھی۔ میں زور و جبر سے اپنی شکست کو فتح میں تبدیل کرنے کا ہنر جانتا تھا۔ اب میں مان گیا ہوں رجّو کہ عورتیں واقعی نجومی ہوتی ہیں، کم از کم مردوں کی فطرت سے واقفیت کی حد تک۔

جدا ہونے سے قبل تم نے ایک شعر میری نذر کیا تھا، ہاں رجّو مجھے آج بھی وہ شعر یاد ہے:

یہ نقد دل و جاں ہی بس اپنا اثاثہ ہے

میں دل کی خبر رکھوں تم جاں کا پتہ رکھنا

افسوس کہ حالات کے تھپیڑوں میں بہہ کر میں اپنے عہد کا پاس و لحاظ نہ رکھ سکا۔ چونکہ میرے جسم و جان کے بھی کچھ تقاضے تھے اور میری اخلاقی تربیت متقاضی تھی کہ میں تہذیب کا اجازت نامہ حاصل کرنے کے بعد ہی کسی برگد کے پیڑ کی چھاؤں میں اپنی تسکین کا سامان پیدا کروں۔ یوں ہزاروں میل کی دوری کے باعث ایک دن میں تم سے شکست کھا بیٹھا۔ لیکن کیا میں نے اپنے عہد و پیمان کو ٹھکرا کر کوئی غلطی کی تھی؟ نہیں رجّو! کم سے کم میں تو ایسا نہیں سمجھتا۔ تم کو کیا پتہ کہ یہ قدم اٹھانے کے بعد میں کس طرح بے راہ روی کی آندھیوں میں بھٹکنے سے بال بال بچا؟ تم کیا جانو کہ شور و غل سے بھر پور خار دار اور غبار آلود سڑک پر چلتے چلتے جب میرے کنوارے ساتھی تھک جاتے ہیں تو ہر اس پیڑ کو غنیمت سمجھتے ہیں جو سر راہ مل جائے اور جس کی چھاؤں سے کچھ لمحے فیضیاب ہو کر وہ اپنی تکان دور کر لیتے ہیں۔ لیکن میں ۔۔۔ یقین جانو، آج بھی جب میں زندگی کے ہنگاموں سے اکتا جاتا ہوں تو ذہنی سکون کی خاطر سیدھے اپنے برگد کے درخت کی شفقت آمیز اور ہمدرد پناہ میں

پہنچ جاتا ہوں جو ہمیشہ فراخدلی کے ساتھ اپنی شاخیں وا کئے میرے بکھرے ہوئے وجود کو اپنے دامن میں سمیٹ لیتا ہے۔

ہو سکتا ہے میں تمہاری نظر میں اپنی جان کا پتہ نہ رکھ سکا ہوں، مگر میں اپنے دل کے احساسات سے بے خبر تھوڑا ہی ہوں۔ کوئی مجھ سے پوچھے کہ ذہنی سکون کے باوجود دل کی یہ پریشانی یا پشیمانی کیونکر ہے؟

اس کے برعکس رجّو! یہ جان کر مجھے صدمہ پہنچا کہ تمہیں صرف اپنے دل کا خیال رہا، جان کے تقاضوں کو تم نے صریحاً نظر انداز کر دیا۔ شاید تم بھی اس نظریے کی کٹر حامی ہو کہ مشرقی عورت زندگی میں صرف ایک ہی بار محبت کرتی ہے۔ اور اپنی اسی پہلی محبت کے حصول کو غالباً تم نے بھی مقصد حیات بنا لیا۔ لیکن رجّو! تمہیں معلوم ہونا چاہئے کہ مٹی کی کوری ہنڈیا میں جب پہلے پیار کے چھینٹے پڑتے ہیں تو ان کا اثر دائمی نہیں ہوتا۔ وہ تو مٹی میں ہی جذب ہو کر وقتی مہک کے آثار بن جاتے ہیں۔ صراحی وہی بہتر ہوتی ہے جو نمائشی یا نقاشی کے کام آنے کے بجائے کسی کی پیاس بجھانے کا سامان بنے۔

مگر تمہیں تو ہمیشہ سے اپنی انا عزیز رہی یا تم اس برتری کے احساس میں زندگی بھر مدغم رہنا چاہتی ہو کہ تم نے میرے یعنی ایک مرد کے مقابل عظیم الشان فتح حاصل کی ہے۔ اور شاید اسی فتح کے آثار تمہارے چہرے سے ہویدا تھے جب میں نے کئی سال دیار غیر میں بسر کرنے کے بعد دوبارہ اپنے آبائی شہر میں قدم رکھا اور حسن اتفاق سے تم سے دو بدو ملاقات ہو گئی۔ مجھے کیا پتہ تھا کہ جس مشہور کنڈر گارٹن اسکول میں اپنے بیٹے کو داخل کرانے جا رہا ہوں اس کی ہیڈ مسٹریس تم ہو۔ ایڈ منسٹریٹیو آفس کی دیوار پر لگی نیم پلیٹ پر نظر پڑتے ہی میں چونک اٹھا تھا۔ تمہارا نام پڑھ کر نہیں بلکہ تمہارے نام کے آگے "مِس" لگا ہوا دیکھ کر۔

کھلتا ہوا گلاب سا چہرہ، بڑے بڑے روشن کٹورے جیسے نین، پنکھڑی جیسے گلابی لب، موم کی سی

ستواں ناک، غرض تمہارا موہنی سراپا اپنے تصور کے اسکرین پر سجائے جب میں تمہارے مقابل پہنچا تو ایک دھچکا سا لگا۔

وہ۔۔۔وہ تم تھیں رجّو؟

پیشانی پر فکر و تردد کی بے شمار شکنیں، گردشِ زمانہ کو حیرت و استعجاب سے تکتی ہوئی بے رونق آنکھیں اور اس پر مستزاد موٹا سا نظر کا چشمہ، غصہ کی شدت کو برداشت کرتے بھنچے بھنچے بے رنگ ہونٹ اور پتلی سی نازک گردن پر نیلی رگوں کا جال۔۔۔ بخدا میں نے بھولے سے بھی اس شبیہہ کا تصور نہ کیا تھا جو! اور پھر جب تک میں تمہارے سامنے موجود رہا، خدا جانے تمہارے کتنے ہی تلخ اور طنزیہ ذو معنی جملوں کے گھونٹ حلق سے نیچے اتار تا رہا۔ کیا بگڑ جاتا تمہارا اگر اس کے برعکس تم مجھے صاف صاف بے وفا اور ہر جائی کا طعنہ دے ڈالتیں؟ مگر تمہیں تو اپنی برتری ثابت کرنی تھی۔ اپنی انا کی بلندی کا مظاہرہ کرنا تھا۔ اپنی فتح کا احساس دلانا تھا، لیکن تم اس بات سے ناواقف رہیں کہ اس پورے مظاہرے کے دوران تمہارا بے حس و پژمردہ چہرہ تمہاری کمزوری، تمہاری محرومی، تمہاری ناآسودگی کی گواہی دیتا رہا۔ جو فطرت کے خلاف جنگ کے باعث تمہارے چہرے پر ابھر آئی تھیں۔ مجھے محسوس ہوا جیسے تمہارا خزاں رسیدہ وجود بے آواز صداؤں میں چیخ چیخ کر اپنی حرماں نصیبی کا ماتم کئے جا رہا ہو۔

بس یہی ماتم میں برداشت نہ کر سکا کہ آخر اس کا ذمے دار بھی تو میں ہوں۔ نہ میں تم سے کسی قسم کا وعدہ کرتا اور نہ ہی تم اس عمر گزیراں کی حالت کو پہنچتیں۔ اسی کرب کے سبب میری آنکھیں بھر آئیں اور تم سمجھیں کہ شاید میں اپنی شکست اور تمہاری فتح پر اشک بار ہوں۔

حیرت ہے رجّو، تم تعلیم یافتہ اور دور اندیش ہونے کے باوجود اتنی سی بات نہ سمجھ سکی کہ ہمالیہ کو سر کرنے ماؤنٹ ایوریسٹ کی تسخیر کافی ہوتی ہے۔ یہ صحیح ہے کہ ایوریسٹ ہمالیہ کی، بلکہ ہمالیہ ہی کیوں دنیا کے تمام پہاڑوں کی بلند ترین چوٹی ہے۔ یہ بھی سچ ہے کہ اس چوٹی تک پہنچ کر سرخرو ہو جانا تمام

کوہ پیماؤں کی دلی تمنا ہوتی ہے۔ لیکن رجّو۔ آخر کامیابی کتنوں کے حصے میں آتی ہے؟ آدمی جب تنہا پہاڑ جیسی زندگی کی آخری چوٹی پر پہنچتا ہے تب انکشاف ہوتا ہے کہ یہ وہ منزل تو نہیں جس کا وہ متمنی تھا مگر قبل اس کے کہ حیرت یا خوف کا اظہار کرے وہ موت کے بے رحم ہاتھوں ہر قسم کے احساسات سے عاری ہو جاتا ہے۔

رجّو، ذرا سوچو، اگر ہمالیہ صرف ایک ایوریسٹ کا نام ہوتا تو جغرافیہ کے نقشوں یا معلومات عامہ کی کتابوں میں کنچن چنگا، ننگا پربت، نندا دیوی وغیرہ کے نام کیوں درج ہوتے؟ مانتا ہوں کہ کسی ایک منزل کو مقصد حیات بنا کر جدوجہد کئے جانا زندگی کی اصل معراج ہے، لیکن جب اصل منزل ہی دھند میں کھو جائے اور اس کی تلاش، پھر اس کے حصول میں وقت کا زیاں اور جسمانی قوت کے بے جا اصراف کا اندیشہ ہو تو کسی دوسری منزل کا بروقت ہاتھ تھام لینا ہی سچا اور دانشمندانہ فیصلہ ہوتا ہے۔

مگر تمہارے فرمان کے مطابق جس طرح میں تمہیں رجّو کہنے کا حق کھو چکا ہوں اسی طرح اب تمہیں کوئی مشورہ دینا بھی تمہارے نزدیک میرا فرض نہیں۔ تم نے تو طعنوں اور طنز کے نشتر برسا کر اپنا فیصلہ سنا دیا ہے کہ تن تنہا زندگی بتا کر ساری دنیا کے لیے ایک مثال چھوڑ جاؤ گی اور ادھر میں یہ خط تحریر کرتے ہوئے سوچ رہا ہوں:

مجھے موت دی کہ حیات دی یہ نہیں سوال کہ کیا دیا
مرے حق میں تیری نگاہ نے کوئی فیصلہ تو سنا دیا
میرے گھر کی شمع گواہ ہے کہ میں مضطرب رہا رات بھر
کبھی آہ کی کبھی خط لکھا کبھی خط کو لکھ کے جلا دیا!

آہ رجّو! (کہ میں آخری مرتبہ تمہیں رجّو کہہ رہا ہوں) مجھے معلوم ہے، یہ تحریر تمہارے نزدیک بے

وقعت ہے لہذا اقبل اس کے تم اسے نذرِ آتش کرنے کا فرض انجام دو کیوں نہ میں خود ہی اسے جلا
ڈالوں۔

لیکن تمام باتوں کی ایک بات ضرور یاد رہے کہ میں شکستِ پا ہونے کے باوجود اپنی منزل پر پہنچ چکا
ہوں مگر تم۔۔۔ تم مجھ سے بازی جیت کر بھی اپنے آپ سے ہار چکی ہو!!!

☆ ☆ ☆

بیسویں صدی (دہلی): جولائی- ۱۹۹۳ء

زمین

ماضی کی کہانیوں نے جیسے ان تمغوں کو زبان دے دی تھی، آوازوں کا شور اس کے اندر گونجنے لگا۔ یہی تو ہم سب کمال کرتے ہیں کہ ڈرائنگ روم کے شیلف میں سجی بے جان اشیا چاہے کتنی ہی پرانی کیوں نہ ہو جائیں، پھر بھی ہم ان کی رونق مدھم ہونے نہیں دیتے لیکن انسانی رشتے پرانے ہو جائیں اور اپنی افادیت کھو بیٹھیں تو ہم انہیں یادداشت کے رنگین کمرے سے نکال کر فراموشی کے کباڑ خانے کی زینت بنا ڈالتے ہیں۔

"موم! آخر کیا ہو گیا ہے ڈیڈ کو؟"

اس نے سامان باندھتے ہوئے چونک کر سر اٹھایا۔۔۔ الجھن بھری آواز اس کے بڑے بیٹے کی تھی جو ایک طرح سے جھلایا ہوا بھی نظر آرہا تھا۔ اس نے غور سے بیٹے کے تاثرات کا جائزہ لیا۔ اسے لگا گویا وہ آئینے کے روبرو کھڑا ہو۔ کبھی کبھی ایسا بھی ہوتا ہے کہ کوئی جملہ، کوئی مکالمہ اتنا اثر نہیں کر پاتا جتنا اپنا عکس اثر انداز ہوتا ہے۔ بشرطیکہ آئینہ کے مقابل کھڑا آدمی بصیرت افروز ہو۔

کیا فرق تھا اس کے اور اس کے بیٹے کے جذبات میں؟ وہ بھی تو ٹھیک اسی انداز میں اپنی ماں کے سامنے چلا پڑا تھا۔

"خدا کہاں ہے؟ کہیں بھی تو نہیں۔۔۔"

ماں چپ چاپ اسے دیکھتی رہی تھی۔ اسی وقت نہ اسے ٹوکا اور نہ اس کی سرزنش کی۔ وہ جانتی تھی کہ اس کا تعلیم یافتہ بیٹا کشمکش کے ایسے موڑ پر ہے، جہاں کوئی نصیحت، کوئی مشورہ، کوئی دلیل قبول کرنا اس کے لیے ناممکن ہے۔ ایسی کسی ناصحانہ کوشش پر الٹا وہ بھڑک کر مزید باغیانہ اور ملحدانہ جملوں کا زہر اگل سکتا ہے۔ پس ایسے مواقع پر الفاظ ضائع کرنے کے بجائے خاموشی کے ہتھیار سے ماں نے ہمیشہ فائدہ اٹھایا تھا لہٰذا وہ اس وقت چپ رہی۔

لیکن ہوا یہ کہ ماں کی خاموشی اور حالات کے تھپیڑوں کے پے درپے وار سہتے ہوئے وہ مزید باغی بنتا گیا۔ مذہب، تہذیب، اخلاقی قدریں، معاشرتی اصول سب گھسے پٹے الفاظ محسوس ہونے لگے۔ لگتا تھا جیسے یہ تمام الفاظ ان لوگوں کے لیے ایجاد کئے گئے ہیں جو زندگی کی دوڑ میں ٹھوکریں کھاتے

گرتے، پڑتے، لنگڑاتے ہوئے دوڑنا جاری رکھتے ہیں۔ اور جو ائر کنڈیشنڈ گاڑیوں میں دوڑتے پھرتے ہیں انہیں کوئی یہ الفاظ یاد دلانے کی ہمت نہیں کرتا۔ خود اس نے کب ایسی جرات کی تھی؟ محض سینے میں طوفان دبائے معاشرے سے بغاوت کے جراثیم کی افزائش کرتا رہا۔ اور کرتا بھی تو کیا؟ عملی زندگی میں اس کی تعلیمی صلاحیت کی کوئی قدر نہ تھی۔ کاغذ کے وہ پرزے جو اس نے دن رات محنت کر کے، اپنی نیندوں کو قربان کر کے اور اپنی لاتعداد منہ زور خواہشات کا گلا گھونٹ کر حاصل کئے تھے، ان سب کی سماج کے ٹھیکیداروں کے نزدیک قطعی کوئی اہمیت نہ تھی۔

"واہ واہ، خوب، شاندار۔ اتنی ڈگریاں؟ کیوں اتنا وقت ضائع کیا تم نے؟ جب چند سکوں کے عوض چور بازار سے تمہیں مطلوبہ کاغذ کا ٹکڑا مل سکتا ہے تو اتنے سال جھک مارتے رہنا محض حماقت کے سوا اور کچھ نہیں۔"

"ناجائز کمائی سے خریدا گیا ناجائز کاغذ کا پرزہ میرے ذہن کو نہ وہ روشنی دے سکتا ہے جو تعلیم نے مجھے دی ہے اور نہ وہ کردار جو علم نے مجھے سونپا ہے۔"

اس نے انٹرویو لینے والے نو دولتیے سیٹھ کی گھٹیا ذہنیت پر دل ہی دل میں کھولتے ہوئے بظاہر متانت سے جواب دیا تھا۔

"تعلیم؟ یہ کالجوں میں، یونیورسٹیوں میں سچ مچ پڑھنے جاتے ہو تم لوگ؟ اپنے ماں، باپ، بھائی بہنوں اور رشتے داروں پر اپنی پڑھائی کا رعب ڈال کر گویا تم نے سمجھ لیا کہ ساری دنیا کو بے وقوف بنا ڈالا۔ خوب جانتا ہوں تم جیسے بھاشن دینے والے نوجوانوں کو۔ کالج کے احاطے میں سیاست کے چکر چلاتے ہو، لڑائی دنگے کراتے ہو، عشق و عاشقی کے کھیل کھیلتے ہو اور موج مستی کے خاتمے پر جب ڈگری لے کر باہر نکلتے ہو تو خواہش ہوتی ہے کہ چھوٹتے ہی موٹی تنخواہ کا جاب مل جائے۔ جیسے ہر اسامی تم جیسے ناکارہ، ناتجربہ کار امیدواروں کے انتظار میں آنکھیں بچھائے بیٹھی رہتی ہے۔"

"ہاتھ کی پانچوں انگلیاں برابر نہیں ہوتیں۔" یہ کہتے ہوئے اس نے بڑی مشکل سے غصہ برداشت کیا۔

"بات انفرادی انگلیوں کی نہیں، کام تو سالم ہاتھ کرتا ہے۔ اور ہاتھ کا ساتھ تمام انگلیاں اکٹھا دیتی ہیں۔"

مزید بحث وہ کیا خاک کر پاتا۔ وہ اس وقت میلے اور بدبودار دریا میں جیون بتار ہاتھا۔ یہ کیسے دعویٰ کرتا کہ صاف و شفاف پانی اس کا مسکن رہا ہے، کیونکہ بہت زیادہ شفاف چشموں میں رہنے والی مچھلیاں تو گدلے اور کڑوے سمندر میں آتے ہی مر جاتی ہیں۔ لیکن اس کی سانسوں کی آمد و رفت ختم نہ ہو سکی، البتہ گھٹ گھٹ کر وہ زندگی کا زہر نوش کرتا گیا۔ معمولی سی تنخواہ ہر ماہ کے پہلے ہفتے اس کے اندر پکتے ہوئے لاوے کو مزید بھڑکائے جاتی۔ ایک دفعہ جو آتش فشاں پھوٹ نکلا تو بڑی دقتوں سے حاصل کی گئی اس نوکری کو بھی بہا لے گیا اور وہ دوبارہ سڑک پر پہنچ گیا۔ اخبارات کے "ضرورت ہے" کالموں سے اس کی آنکھ مچولی پھر شروع ہو گئی۔ لیکن اس دفعہ وہ خاصا ادب چکا تھا۔ لہذا ایک خاص اشتہار دیکھ کر اس نے اپنی زندگی کو داؤ پر لگا دینے کا فیصلہ کر لیا۔ اس سلسلے میں ماں کو راضی کرنے کے لیے اسے بڑی مشکل اٹھانی پڑی تھی۔

"کیا۔۔۔؟ تمہاری غیرت نے کیسے گوارا کر لیا؟ اتنا گر گئے ہو تم؟ اتنے برسوں کی میری تربیت نے یہی سکھایا ہے تمہیں؟"

"بات غیرت کی یا تربیت کی نہیں ہے امی جان۔ بات تو خود زندگی ڈھنگ سے گزارنے اور اپنی آئندہ نسل کے محفوظ مستقبل کے لیے مناسب سہارے کی تلاش کی ہے۔"

اسے لفظ بہ لفظ اپنے یہ مکالمے آج بھی یاد تھے۔ اس نے اپنی کیا کیا تھا؟ محض اپنی ذہنی صلاحیتوں کے بل بوتے پر اپنی معاشی سطح سے اوپر اٹھنے کے لیے ایک خاص ذریعہ منتخب کیا تھا۔ جب کہ اس کے ملک کے لوگ آسائش حاصل کرنے اور پر تعیش زندگی بتانے کے لیے کیا کچھ نہیں کرتے؟ ناجائز ذرائع کے سمندر سے کبھی قطرے چراتے ہیں تو کبھی سارا سمندر ہی لوٹ لیتے ہیں۔ اور معصوم عوام کو اخبارات کے ذریعہ کبھی بوفورس توپ تنازعہ، سیکیوریٹیز اسکام اور شوگر اسکینڈل جیسی اصطلاحات سے واقفیت حاصل ہوتی ہے۔ عوام چیختے چلاتے ہیں، پھر بھی لٹیروں کو شرم یا غیرت نہیں آتی۔

"میں نے کیا غلط کیا ہے؟ اونچی اڑان کے لیے جو ذریعہ میں منتخب کرنے جا رہا ہوں کیا وہ ناجائز ہے؟

قابل اعتراض ہے؟ اگر ہے تو کیسے؟ کسی کا ہاتھ پکڑ کر اوپر چڑھتے ہوئے کیا میں خود بھی اس کا سہارا نہیں بن رہا؟ اس کے تحفظ، اس کی سلامتی کی ضمانت نہیں دینے جا رہا؟"

ماضی کی گفتگو ایک بار پھر اس کے ذہن پر دستک دینے لگی۔

"یہ کیسا سہارا ہے کہ تم خود پہلے اس کے تعاون کے متمنی ہو؟" ماں نے چھبتے ہوئے لہجے میں پوچھا تھا۔ "اسے باہمی تعاون کہتے ہیں اور زندگی کی گاڑی چلانے کے لیے دو فعال پہیوں کی ضرورت ہمیشہ سے محسوس کی گئی ہے۔"

"مگر اس کے لیے کیا ضروری ہے کہ وطن چھوڑا جائے؟"

"یہی تو بنیادی سوال ہے امی جان، میرا مسئلہ شادی نہیں بلکہ اپنی قابلیت کا صحیح صلہ وصول کرنا ہے اور یہ بات اس روایت پسند اور ہر طرح سے پسماندہ ملک میں قطعی ناممکن ہے۔"

ماں کچھ دیر اسے سوچتی نگاہوں سے دیکھتی رہی تھی پھر بولی تھی:

"نا تمام تمناؤں کے انگاروں، بے روزگاری کی آگ اور مایوسی کے دھویں میں خالق ہمارے صبر و ضبط کو آزماتا ہے بیٹے، ذرا سوچو، کیا دھرتی ہر دم آفتاب کی آگ سے تپتی ہے کہ ہمیشہ ہمارے پاؤں جلاتی رہے؟ کم ظرف ہم انسان ہیں، کیونکہ جب بڑے انتظار کے بعد بارش کے چھینٹوں سے مٹی سوندھی سوندھی خوشبو سے مہک اٹھتی ہے تو ہم اسی دھرتی کے گن گاتے ہیں۔۔۔"

"مگر میں سونا، ہیرے، موتی اگلنے والا دقیانوسی گیت نہیں گاؤں گا اور نہ اب یہاں رہوں گا۔"

اس کے لہجے میں قطعیت تھی۔ ماں کا فلسفہ اسے ذرا بھی متاثر نہ کر پایا تھا اور وہ اپنی تمناؤں، اپنے ارادوں اور اپنے منصوبوں سمیت اپنی نئی نویلی امریکن ایمیگرنٹ بیوی کا ہاتھ تھامے سات سمندر پار پرواز کر گیا۔ وطن اس نے چھوڑا تھا، تہذیب نے اسے چھوڑ ڈالا۔ جب تک مشرق اور مغرب کا فرق اس کی سمجھ میں آتا۔ بڑی دیر ہو چکی تھی۔ وطن کی طرف رخ کیے برسوں بیت گئے تھے۔ کچھ رشتے وہ بھول گیا تھا کچھ رشتوں نے اسے فراموش کر ڈالا تھا۔ مگر ماں کا رشتہ وہ واحد رشتہ تھا جو اب تک اس کے وجود میں، اس کی یادوں میں، اس کی سوچوں میں بسا ہوا تھا۔۔۔ روزمرہ کے کام کاج کے دوران مدھم لہجے میں دی گئی ماں کی نصیحتیں، ان کے مشورے اب بھی اس کی سماعت سے صدائے

بازگشت بن کر ٹکراتے رہتے تھے۔ شاید اس کی بڑی وجہ ماں کے وہ خطوط تھے جو وقفے وقفے سے اسے وصول ہوتے رہے تھے، اور جن کے ذریعے وہ اپنے وطن کے حالات، گھر اور خاندان کے مسائل احباب رشتہ دار کی خیر خیریت سے واقف ہوتا رہا۔

باپ کی وفات اس کی روانگی سے دو سال قبل ہو چکی تھی اور شاید اسی سبب اس کی ماں نے اسے روکنا چاہا تھا کہ وہ گھر کا بڑا لڑکا تھا مگر یہ یقین دیتے ہوئے کہ وہ باہر جانے کے بعد بھی اپنی ذمہ داری برابر نبھاتا رہے گا، اس نے آہستگی سے اپنا دامن چھڑا لیا تھا۔ اس کا خیال تھا کہ اس کے دو چھوٹے بھائی اور تین شادی شدہ بہنوں کے درمیان ماں کو اس کے وجود کی کمی محسوس نہ ہوگی ایسا سوچتے ہوئے بظاہر اس نے اپنے دل کو تسلی دے لی تھی مگر کبھی کبھی کوئی اس کے اندر سوال کرتا کہ کیا واقعی اس کی ماں نے اسے یعنی سب سے پہلی اولاد کو بھلا دیا ہوگا؟ کیا کوئی ماں اپنی اولاد کی محبت میں امتیاز برت سکتی ہے؟ ماں کے خطوط اس کے تمام سوالات کی نفی کرتے تھے۔ واضح جواب تو اسے چھوٹے بھائی کی شادی کے خوشگوار موقع پر ماں کی جانب سے بھجوائے گئے ویڈیو کیسٹ کے ذریعے ملا تھا، اسے اپنے تصور میں بسائے متعدد یادوں کا ذکر کرتے ہوئے ماں کا بے قرار چہرہ اور بے شمار اشکوں میں ڈوبا ہوا ان کا بھرایا لہجہ لازوال اور بلا تفریق محبت کا سب سے بڑا ثبوت تھا۔

بھائی کی شادی کی خوشگوار تقریب میں شرکت کی دعوت اسے کئی ماہ قبل مل چکی تھی۔ بہنوں نے کئی بار اسے فون پر یاد دہانی کرائی، فون پر وہ اس سے زیادہ اس کی بیوی سے گفتگو کرتی تھیں تب اس کی بیوی اسے چڑانے لگتی:

"میری نندیں تو اپنے بھائی سے زیادہ اپنی بھابھی کی دیوانی ہیں، دیکھو کتنی اپنائیت اور کتنے اصرار سے مجھے اپنے وطن آنے کی دعوت دے رہی ہیں۔"

"سب زبانی باتیں ہیں، ایک دفعہ ان سے میل ملاقات ہو جائے تو پھر وہاں ان کے ساتھ زندگی گزارنے کے بجائے یہیں الگ تھلگ رہنے کی تمنا کرنے لگو گی۔" یہ کہتے ہوئے عجیب قسم کی طنزیہ

مسکراہٹ اس کے چہرے پر کھیلنے لگتی۔

"مگر کم سے کم ہمیں وہاں محبتیں اور خلوص تو ملے گا۔ جن کا یہاں کی مشینی زندگی میں ذرا سا بھی گزر نہیں۔"

"کیا فائدہ ایسے جذبات کا، جو دو غلے ہوں، دو رویے رکھتے ہوں؟"

شاید وطن سے دورہ کر وہ کٹھور دل ہو گیا تھا، یا پھر بقول اس کے شاید حقیقتیں اتنی ہی تلخ ہوتی ہیں۔ بہر حال اس کی بیوی کی دیرینہ خواہش پوری نہ ہو سکی۔ اپنے خسر کا بزنس جس پر اس نے مکمل دسترس حاصل کر لی تھی، چھوڑ کر بھائی کی شادی میں شرکت کے لیے وطن کو روانگی کا پروگرام وہ مرتب نہ کر سکا۔ کیونکہ انہی دنوں اسے ایک بڑی پارٹی سے معاملات طے کرنے تھے۔ پھر اس کے دونوں لڑکوں کے امتحانات بھی آڑے آ گئے تھے، یوں اپنی بیوی اور اپنے بچوں کو وہ اپنے خاندان والوں سے ملوانہ سکا۔ البتہ شادی کے مواقع پر اس نے وہی نسخہ آزمایا جو اس جیسے سینکڑوں تارکین وطن کی عادت بن چکی تھی، فون، فیکس، ای-میل اور کورئیر سروس بھلے ہی انسانی جذبات کے متبادل نہ سہی مگر مملکت قلب گداز کے سفیر ضرور ہوتے ہیں کہ یہ ذرائع ہماری نیک خواہشات کے تحفہ تحائف کو برق رفتاری سے متعلقہ فرد تک پہنچانے کا نیک فریضہ انجام دیتے ہیں۔ لہذا اس نے بھائی کی شادی کے موقع پر کورئیر سروس کے ذریعے بیش قیمت تحفوں سے نواز دیا تھا۔

کچھ سال بعد اسے ماں کے ایک خط کے ذریعے سب سے چھوٹے بھائی کی سرکاری نوکری سے لگنے کی خوشخبری ملی۔ اس کی پوسٹنگ دوسرے شہر میں ہوئی تھی، لہذا بڑے بیٹے کی طرح چھوٹا بیٹا بھی ماں سے جدا ہو گیا۔ نہ صرف جدا ہوا بلکہ دو سال بعد جب گھر والوں سے ملنے آیا تو اس کے ساتھ اس کی بیوی بھی تھی۔ چونکہ وہ سب میں چھوٹا تھا اس لیے گھر کے تمام افراد نے اپنا حق استعمال کرتے ہوئے اسے خوب لتاڑا، اس کی کافی سرزنش کی مگر وہ خود کفیل، با اختیار اور ذمہ دار فرد بن چکا تھا۔ اس لیے زیادہ عرصے تک وہ اسے اعتراض کا نشانہ بنائے رکھ نہ سکے۔ ویسے بھی اس کی بیوی کی خوبیوں اور اس کی خوش اخلاقی کے سب ہی معترف ہو چکے تھے۔ فون کے ذریعے چھوٹی بہن کی زبانی

ان تمام واقعات سے واقفیت حاصل کرنے کے علاوہ اس تعلق سے اس نے ماں کا ایک خط بھی وصول کیا تھا۔ جس میں انہوں نے اپنی سب سے چھوٹی بہو کے حسن سلوک کی تعریفیں کی تھیں۔ یہ جاننے کے باوجود کہ بیٹے اور بہو کو ان کے ساتھ زندگی گزارنا نہیں ہے وہ دونوں کی سلامتی اور خوشگوار ازدواجی مستقبل کے لیے ہمیشہ کی طرح دعا گو تھیں کہ جہاں رہیں خوش و خرم رہیں۔

پھر اچانک ماں کے خطوط آنے بند ہو گئے۔ کئی بار اس تعلق سے دریافت کرنے کا ارادہ باندھ کر بھی مصروفیت کے سبب وہ بھولتا گیا۔ آخر ایک دن اس کی بیوی نے اس کی سب سے چہیتی بہن کو فون کر ڈالا۔ یہ انکشاف اس کے لیے خاصا اذیت ناک رہا کہ اب ماں سارے گھر میں تنہا رہتی ہے۔

"کیا۔۔ کیا کہا تم نے؟ اتنے بڑے گھر میں اکیلی رہتی ہیں امی جان۔"

فون پر وہ پتہ نہیں کیوں چلا پڑا تھا، دوسری جانب ریسیور تھامے اس کی بہن شاید گھبرا گئی۔

"ایسی بات نہیں بھائی جان، ہم بہنیں تو وقتاً فوقتاً ان سے مل آتی ہیں۔"

"پھر تمہاری بات کا کیا مطلب تھا، وضاحت کرو۔" اس نے خود پر قابو پا لیا تھا۔

"چھوٹے بھائی اور بھابھی الگ گھر میں جا بسے ہیں۔ بھابھی کی شاید امی جان سے نہیں بنی۔"

معمولی سی بات تھی مگر اسے لگا جیسے یکایک اس کی ماں اس کے سامنے آ کھڑی ہوئی ہو اور انصاف طلب نظروں سے اسے تک رہی ہو۔ اس نے ٹھہرے ٹھہرے لہجے میں کہنا شروع کیا۔

"تمہیں پتہ ہے بہنا، ہم سب بھائی بہنوں کا مشترک خیال تھا کہ ساس بہو کے روایتی جھگڑے شاید ہی ہمیں اپنے خاندان میں دیکھنے کو ملیں گے۔ ہماری امی جان تو نہایت ہی کم گو اور کم آمیز مزاج کی ہیں بھلے ہی انہیں کسی بات پر ٹوک دیا جائے، ان کے سامنے یا ان کی پیٹھ پیچھے دوسروں سے ان کی شکایت کی جائے، یا پھر ان کی نصیحتوں، ان کے مشوروں کو قابل اعتنا نہ سمجھا جائے۔ اس کے جواب میں کسی بھی موقع پر ہم نے انہیں غصہ کرتے یا انہیں ناراض ہوتے ہوئے نہیں دیکھا۔ ایسے لمحات میں بس ایک خاموشی ان کا واحد جواب ہوتی رہی ہے، پھر۔۔ پھر وہ دونوں کس بات پر خفا ہو کر الگ ہو بیٹھے؟"

"بس کیا بتاؤں بھائی جان۔"

اس نے فون پر بہن کو ایک ٹھنڈی سانس لیتے ہوئے محسوس کیا۔

"امور خانہ داری میں مطلق العنانی کے معاملے کو بھابھی نے اپنی انا کا مسئلہ بنا لیا تھا۔ دو تین سال تک وہ خاموشی سے باورچی خانے میں امی جان کا ہاتھ بٹاتی رہیں، پھر جب انہوں نے دیکھا کہ سارے گھر پر ان کا راج ہونے کے باوجود ایک باورچی خانے میں ان کا سکہ نہیں چلتا۔ تب امی جان کو پہلے تو انہوں نے نرمی سے سمجھایا۔ انہیں ان کی ضعیفی کے حوالے دیئے، انہیں کام کے بجائے آرام کا مشورہ دیا یا اس کے باوجود بات نہ بنی تو چھوٹی بھابھی نے زبردستی دکھائی اور ایک دن سارا پکوان امی جان کی لاعلمی میں خود تیار کر ڈالا۔ آپ کو معلوم ہے بھائی جان؟ ایسا رویہ ہم بہنوں نے بھی کئی سال قبل امی جان کے ساتھ اپنایا تھا اور۔۔۔۔"

"ہاں۔ جانتا ہوں سب یاد ہے مجھے۔"

اس نے اپنی بہن کی بات کاٹ ڈالی، یادداشت نے اسے ماضی کے ساحل پر لے جا پھینکا تھا۔ آدمی بھی عجیب مخلوق ہے۔ سدا نا سٹلجیا کا شکار۔ ذرا سی ٹھیس پہنچی اور فوراً ماضی کی گداز بانہوں میں جا پہنچتا ہے۔ یہ الگ بات ہے کہ کچھ لوگ اس کمزوری کا سرِ عام اظہار نہیں کرتے۔ اس نے بھی اظہار کے پہلو سے دامن بچا کر خود کو جذباتی بننے سے روکا تھا، ورنہ اسے خوب یاد تھا کہ اس کی بہنوں نے ایک دن باورچی خانے پر مکمل قبضہ جما لیا تھا تو ان کی ماں کیسے ٹوٹ کر بکھر گئی تھی۔ حالانکہ اس کی بہنوں کا اصل مقصد ماں کے کاموں کے بوجھ کو ہلکا کرنا تھا۔

"کیا چاہتے ہو تم لوگ؟ کیا مجھ سے میرا فن، میری متاع بھی چھین لینا چاہتے ہو؟ مجھے ہر طرح سے بے بس کر دینا چاہتے ہو؟ کیا قصور ہے میرا؟ یہ جائیداد، یہ روپیہ پیسہ، یہ زیورات کچھ نہیں چاہیئے مجھے۔ سب سے بڑی خوشی تو مجھے تم تمام کو اپنے ہاتھ سے پکا کر کھلانے میں ملتی ہے۔ تسکینِ قلب کا احساس ہوتا ہے مجھے۔ اور تم۔۔ تم لوگ یہ آخری ذریعہ بھی مجھ سے چھین لینا چاہتے ہو؟ عضو معطل بنا کر رکھ دینا چاہتے ہو مجھے؟"

ان کی ماں بھرائے ہوئے لہجے میں پوچھ رہی تھی۔ آنسو مسلسل اس کے گال پر بہہ رہے تھے۔ وہ سب حیرت سے گنگ رہ گئے تھے۔ پہلی بار اپنی ماں کی فطرت کا یہ عجیب پہلو ان پر آشکار ہوا تھا۔

تب ان سبھوں نے وعدہ کیا تھا کہ ماں کی آزادی میں وہ کبھی رکاوٹ نہیں بنیں گے۔

"میں نہیں مانتا کہ محض پکوان کے مسئلے کو لے کر وہ اپنا گھر چھوڑ کر بیوی بچوں کے ساتھ الگ مقام پر جا بسا ہے۔ کیا یہ وعدہ وہ بھول گیا جو ہم سب نے امی جان سے کیا تھا کہ مستقبل میں بھی کبھی ہم ان کی آزادی میں مداخلت نہیں کریں گے؟" اس نے فون پر بات کا سلسلہ جاری رکھتے ہوئے بہن سے دریافت کیا۔

"ہاں بھائی جان۔ یہ بات تو ہے، شاید بڑی باجی کی۔" یہ کہتے کہتے شاید جھجھک کر اس کی بہن خاموش ہو گئی۔

"بولو، بولو یہ مت سمجھو کہ تم کسی کی شکایت کر رہی ہو۔ میں صحیح صورت حال جاننا چاہتا ہوں۔" اس نے بہن کو حوصلہ دیا۔

"بھائی جان، مجھے لگتا ہے غالباً بھابھی بڑی باجی کے بے وقت آمد اور ان کے طنز طعنوں سے تنگ آگئی تھیں۔ بڑی باجی ہر دم بھابھی کے کاموں میں نقص نکالتے ہوئے ان کا تقابل امی جان سے کیا کرتی تھیں۔ اور جب بھی میکے جاتیں تو وہاں بھابھی کو اس بات کا اولین احساس ضرور دلاتی تھیں کہ وہ خود کو اس گھر کے سیاہ و سفید کی واحد مالک کبھی نہ سمجھیں۔ اس پر ہم سب بھائی بہنوں کا حق ہے۔ ہو سکتا ہے بھابھی نے اس کا غلط مطلب یہ نکالا ہو کہ بڑی باجی انہیں ذاتی مکان سے محرومی کا طعنہ دیتی جا رہی ہوں۔۔۔"

اس کی بہن نے آگے کیا کہا وہ کچھ سن نہ پایا، سوچوں کی یلغار نے اسے اپنی لپیٹ میں لے لیا تھا۔

سیاست کہاں نہیں ہوتی؟ ہر گھر میں ہوتی ہے۔ حزب اقتدار اور حزب اختلاف کے درمیان عمل اور رد عمل کی جنگ ہمیشہ سے جاری ہے۔۔۔ کوئی ایک کو دباتا ہے تو دوسرا سوچتا ہے میں کیوں دباؤ میں آؤں؟ کیا میری شخصیت، میری پارٹی کی کوئی اہمیت نہیں؟ نتیجتاً کشیدگی کا ماحول بنتا ہے اور اس کا الزام بھی بیچارے عوام پر آتا ہے کہ انہوں نے کیوں ایسے ناقابل اعتماد نمائندوں کو منتخب کیا ہے؟

ماں کا کیا قصور تھا؟ اس نے تو کبھی کسی کا برا نہ چاہا تھا۔ بچوں میں کچھ اختلاف ہو جائے تو اس میں ماں کی کسی مجبوری کا بھی بہانہ کیوں نکالا جائے؟ باورچی خانے کی آزادی میں مداخلت یا رکاوٹ کو برداشت نہ کرنے کی فطرت کا نتیجہ یوں نکلے گا کہ وہ اپنے بیٹے اور اس کے خاندان سے دور ہو جائیں گی۔ ایسا ماں نے کب سوچا ہو گا؟

اس کا دل اچانک درد سے بھر اٹھا۔ اسے لگا جیسے اس کی سوچ کے پر سکون سمندر میں کسی نے کنکر پھینک کر انتشار برپا کر ڈالا ہو۔ دائرے پھیلنے لگے۔

یہ دنیا ایک منڈی ہے یہاں ہر شخص کاروبار کرتا ہے تو کم سے کم 'نو پر افٹ نو لاس' کی بنیاد پر۔ شاید ماں وہ واحد ہستی ہے جو خدمت کرتی ہے، تعاون دیتی ہے، حوصلہ بڑھاتی ہے تو بس 'نو پر افٹ آل لاس' کی اساس پر۔ کسی نے آج تک ایسی ماں کو نہیں دیکھا جو اپنی مہربانیوں، اپنی عنایتوں کے صلے میں اپنی اولاد سے کسی دستاویز کی طلبگار ہو۔ یہ اولاد ہے جو مادی ضرورتوں کی خاطر ماں سے اسٹامپ پیپر تک لکھوا لیتی ہے۔ اور یہ ماں کی اعلیٰ ظرفی ہے کہ اس کے باوجود وہ اولاد کے حق میں دعا گو رہتی ہے اور کہتی ہے کہ تم لوگ جہاں رہو خوش رہو۔

اس نے تمام انتظامی امور کی تکمیل کی اور مطلوبہ ویزا اور ہوائی ٹکٹ خرید کر اسے ماں کے پاس بھجوا دیا۔ ماں کو اپنے پاس بلا لینا اس کے لیے ضروری ہو گیا تھا۔ کب تک آئینے کے مقابل کھڑا وہ اپنے عکس سے شرمندہ ہوتا رہتا؟ لیکن کیا یہ ماں کے تئیں اس کی بے غرض محبت کا اظہار تھا؟ دنیاوی اظہار ہو تو ہو، لیکن وہ بھول گیا تھا کہ آئینے کے بھی اندر ایک آئینہ ہوتا ہے جو ہمارے باطن کا راز آشکار کر دیتا ہے۔ وہ اگر غور سے خود کے اندر تاکتا تو پتہ چل جاتا کہ ماں کو اپنے ہاں بلا لینے میں اس کی اپنی غرض پوشیدہ رہی ہے۔ اس کے تینوں بچے مغربی ماحول میں پل کر اپنی تہذیب سے، اپنے مذہب سے دور ہوتے جا رہے تھے۔ ایسے ہی وقت میں اس کے خاندان کو کسی بزرگ ہستی کے اخلاقی سہارے کی اشد ضرورت لاحق ہو گئی تھی۔

یہ اس کی خوش قسمتی تھی کہ اس نے زندگی کا پہلا جو اجو کھیلا تھا، اس میں وہ کامیابی کا حق دار ٹھہرا تھا۔

ورنہ اس کی نظروں کے سامنے کتنی ہی شادیاں ناکام ہو گئی تھیں۔ مشرقی ذہنیت کے حامل اس کے کئی دوست جب امریکی ایمیگرنٹ یا امریکی سٹیزن لڑکیوں سے شادی کر کے یہاں وارد ہوئے تھے تو کچھ ہی عرصہ بعد انہیں کیسے کیسے ذہنی دھچکوں سے سابقہ پڑا تھا۔ وہ یہ سب خوب جانتا تھا اس کے ہم وطن دوست سمجھتے تھے کہ بیوی کو اپنے پاؤں کی جوتی بنا کر رکھیں گے لیکن یہاں تو انہیں الٹی آنتیں گلے آ پڑی تھیں۔ آزاد مغربی معاشرے میں جتنے حقوق مردوں کو حاصل تھے اتنے ہی حقوق کی عورتیں بھی مالک تھیں۔ اتنا ہی نہیں بلکہ شوہروں کو فطری تسکین حاصل کرنے کے لیے بھی پہلے اپنی بیوی سے اجازت لینا ضروری تھا۔ جسے اس کے بعض ساتھی برداشت نہ کر پائے اور بعض کا یہ اعتراض تھا کہ شادی کے بعد ان کی بیوی اپنے مرد دوستوں سے کیوں مکمل قطع تعلق نہیں کر لیتی؟ یوں اس نے بے شمار شادیوں کا افسوسناک انجام طلاق کی صورت میں دیکھا۔ ایسے ماحول میں یہ بھلا اس کی خوش قسمتی نہیں تو اور کیا تھی کہ اسے ایک مذہبی خاندان کی معقول مزاج اور سمجھدار لڑکی نصیب ہوئی تھی۔ کیا ہوا جو وہ اتنی خوبصورت نہ تھی، جتنی خوبصورت بیوی کے کبھی اس نے خواب دیکھے تھے۔ مگر خوب سیرتی میں تو کوئی اس کا ثانی نہ تھا۔ یہی وجہ تھی کہ وہ اپنی اولاد کی تربیت کے متعلق بے فکر تھا۔ اسے یقین تھا کہ اس کی بیوی اس کے تینوں بچوں کی صحیح تربیت میں کوئی کسر نہ اٹھا رکھے گی۔

لیکن اس کا ماتھا ٹھنکا جب ایک دن اس کی موجودگی میں دو نوعمر لڑکیاں اس کے بڑے لڑکے سے ملاقات کی خاطر اس کے گھر پر چلی آئیں۔ وہ اسکول سے اس کی گزشتہ دن کی غیر حاضری کی وجہ پوچھنے آئی تھیں۔ اس کے لڑکے نے بتایا کہ چونکہ پچھلے دنوں ان کا "فیسٹول ڈے" تھا۔ اس لیے وہ اسکول جانہ سکا۔ پھر کئی گھنٹوں تک اس کے تینوں بچے ان دونوں لڑکیوں کے ساتھ ہنسی مذاق کرتے رہے تھے اور جب محفل ختم ہوئی تو اس نے بیوی سے سنجیدہ لہجے میں دریافت کیا:

"کیا تھا یہ سب؟ کیا یہی تمہاری تربیت ہے؟"

"میں کیا کر سکتی ہوں؟ دونوں لڑکے بڑے ہو گئے ہیں اب مجھ سے سنبھالے نہیں جاتے۔ ذرا ٹوکتی ہوں تو فوراً اپنے حقوق کا شور مچانے لگتے ہیں۔ مجال ہے جو میری بات کو کبھی خاطر میں لائیں۔ وہی

کریں گے جسے وہ اپنی عقل کے مطابق صحیح سمجھیں۔ اخلاقی قدروں کا مذاق اڑانے لگے ہیں۔ مذہب کا حوالہ دیتی ہوں تو فوراً مجھے وہ آرتھوکس یا فنڈامنٹلسٹ کا خطاب دے ڈالتے ہیں۔ ان کا اثر اب ہماری بیٹی پر بھی پڑنے لگا ہے۔ اسکول سے گھر لوٹتی ہے تو مزے لے لے کر اپنے بوائے فرینڈز کے قصے سنانے لگتی ہے۔ اسی لیے تو کہتی ہوں کہ اپنے ملک واپس چلو، یہاں کا ماحول ہماری نئی نسل کی اخلاقی تربیت کے لیے نہ سازگار ہے اور نہ ہی قابل اعتماد۔"

اس کی بیوی نے بے بسی سے شانے اچکاتے ہوئے پھر وہی پرانا راگ الاپا، جو وہ گزشتہ چند برسوں سے اسے سناتی آرہی تھی کہ اب انہیں اپنے وطن واپس لوٹ جانا چاہئے۔

"صرف وطن واپسی سارے مسائل کا حل نہیں ڈیر۔ ماحول تو آج ہر جگہ خراب ہے۔ اس میں مشرق مغرب کی کوئی تمیز نہیں۔ ہاں کمی یا زیادتی کا معاملہ ضرور ہے۔۔۔ لڑکے تم سے نہیں سنبھلتے اور مجھے اپنے بزنس سے اتنی فرصت نہیں ملتی کہ ان کی تربیت میں تمہارا ہاتھ بٹانے کے لیے مناسب وقت صرف کر سکوں۔ میرا خیال ہے ہمارے خاندان کو اس وقت ایسی بزرگ ہستی کے سہارے کی ضرورت ہے جس کے تعاون سے ہم اپنی نئی نسل کو راہ بھٹکنے سے روک سکیں گے۔ تمہارے والدین کی اپنی مجبوریاں ہیں، وہ دوسرے اسٹیٹ میں رہتے ہیں۔ نہ وہ ہمارے ہاں مستقلاً آ سکتے ہیں، اور نہ ہم ہمیشہ کے لیے ان کے پاس قیام کر سکتے ہیں۔ لہذا میں نے امی جان کو یہاں بلوا لینے کا فیصلہ کیا ہے۔"

ماں کو دیکھے ان سے ملے، ان سے دو بدو باتیں کیے زمانہ بیت گیا تھا۔ لیکن پھر بھی اسے لگتا تھا جیسے یہ ابھی کل ہی کی بات ہو جب وہ ان کے نرم گرم ہاتھوں کی پیار بھری حرارت اور حلاوت اپنے وجود میں سمو کر دیار غیر کی جانب روانہ ہوا تھا۔ کیا خاص بات تھی اس وقت اس کی شخصیت میں؟ کچھ بھی تو نہیں، اور آج وہ اپنے بھاری بھرکم وجود کے ساتھ کافی پر اعتماد، سنجیدہ اور معتبر شخصیت کا مالک بن گیا تھا۔ ایک محبت کرنے والی بیوی اس کی رفیق تھی۔ دو ذہین لڑکے اور ایک پیاری سی لڑکی اس کی زندگی کا حاصل تھے۔ ان سب کے ہمراہ جب ایئرپورٹ پر اس نے ماں کو ریسیو کیا تو اس کا وجود چندے بے نام جذبوں کی شدت سے تمتما رہا تھا۔

"امی جان! آداب۔۔۔"

"جیتے رہو بیٹے۔۔۔"

ماں کی آنکھوں سے روشنیوں سے جگمگاتا سمندر اشکوں کی شکل میں بہہ نکلا۔ وہ باری باری سے اس کی بیوی، اس کے بچوں کو گلے لگاتی رہیں۔ پھر وہ سب اپنے فلیٹ پہنچے۔ اس نے گھر پہنچتے ہی ماں سے تمام افراد خاندان کی خیریت دریافت کرنی شروع کر دی۔ ماں نے تفصیل سے ایک ایک فرد کے متعلق جانکاری بہم پہنچائی اور یہ بھی کہ اس کے بھائی بہنیں اور چند رشتہ دار اس کی فیملی سے روبرو ملاقات کے لیے شدت سے منتظر ہیں۔ جواب میں وہ صرف مسکرا کر رہ گیا۔ یہ بات وہ انہیں سمجھا نہیں سکتا تھا کہ یہاں اس ملک میں آج وہ جس طرح اس سطح پر پہنچ چکا ہے، اپنے وطن لوٹنے پر اسے اس سطح سے کافی نیچے اترنا پڑے گا اور یہ اس کے مزاج کے برخلاف ہو گا۔

بہر حال ماں کو اپنی نظروں کے سامنے، اپنے وجود کے قریب پا کر وہ مطمئن ہو گیا تھا۔ اسے لگتا جیسے اس نے اپنی ماں کے تئیں اپنی جانی انجانی لا تعداد غلطیوں کا ازالہ کر ڈالا ہو۔ ماں کو اپنی دوسری اولادوں سے ملنے والے دکھ درد کی اس نے تلافی کر دی ہو۔ ماں کی تنہائی کے اذیت ناک مسئلے کو اس نے ختم کر دیا ہو۔ اس لیے ماں کی جانب محبت بھری نظریں ڈالتا ہو اور وہ ہمیشہ سرخروئی کے احساس سے سرشار ہو اٹھتا تھا۔

لیکن اس کے بچوں کے جذبات شروع میں اس سے ذرا مختلف تھے۔ انہوں نے پہلے پہل ایک نئے وجود کو اپنے درمیان بڑی نیم دلی سے قبول کیا تھا۔ مگر پھر رفتہ رفتہ وہ جان گئے کہ ان کی دادی خاصی بے ضرر قسم کی انسان ہیں۔ سخت اور تنبیہی لہجہ میں یہ نہ کرو، وہ نہ کرو کا حکم دینے کے بجائے وہ انہیں پیار دلار سے سمجھاتی تھیں۔ لطیف انداز میں انہیں ان کی خامیوں کا احساس دلا کر صحیح رویے اور راستے کی طرف راغب کرتی تھیں۔ دیکھتے دیکھتے اپنی مشفق شخصیت کے زیر اثر انہوں نے اس کی اولاد کو کافی حد تک نکھار اور سنوار دیا۔

ہر چند کہ اس نے اپنی اولاد کو ماں کے حوالے کر کے چین کی سانس لے لی تھی کہ مستقبل کی بڑی

پریشانیوں سے وہ بچ گیا ہے۔ لیکن ماں نے اس کی سوچ کو تنقید کا نشانہ بنا ڈالا۔ وہ اس کی بیوی کے خیالات سے متفق تھیں۔

"بہو بیگم کا خیال ٹھیک ہی ہے بیٹے۔ یہاں کی زندگی مشینوں کی ہے۔ انسانی جذبات کا یہاں کوئی احترام نہیں۔ رشتوں کی حرمت، تقدس، مذہبی اور اخلاقی قدروں کے متعلق کوئی سنجیدگی سے غور نہیں کرتا۔ کسی کو دوسرے کے حقوق کا خیال رکھنے کی فرصت نہیں۔ بس ہر کوئی اپنے حق کی وصولی میں سرگرداں ہے۔ آج ہم سب یہاں ہیں تو تم اپنی اولاد کی طرف سے بے فکر ہو، ہو سکتا ہے کل میں یہاں نہ رہوں، یا اس دنیا سے ہی چل بسوں تب؟"

"نہیں امی جان، ایسا مت کہئے، خدا آپ کا سایہ ہمارے سروں پر تاحیات برقرار رکھے۔" وہ جلدی سے بول پڑا۔

"اور آپ وہاں واپس جانے کے بارے میں کیوں سوچتی ہیں؟ کون فکرمند ہے وہاں پر آپ کے تعلق سے؟ آپ کی ضروریات، آپ کے مسائل کے بارے میں کس کو فکر کرنے کی فرصت ہے وہاں؟ کون ہے جو آپ کی تنہائی کا مداوا کرنے کی اخلاقی جرأت کر سکے؟"

وہ اپنی ماں کی وطن واپسی کے خلاف ان سے زوردار بحث کر تارہا مگر انہیں اپنی دلیلوں سے قائل نہ کر سکا اور ایک دن اسے بے فکری کی دنیا سے پلٹنا ہی پڑا۔ اس کی ماں نے وطن لوٹنے کا اعلان کر دیا تھا۔ اس کے بچے ان کے جسم سے لگے حیران پریشان ہو کر وجہ پوچھ رہے تھے۔

"بیٹے، میں نے اکثر نوٹ کیا ہے کہ تم لوگ جب کسی پارٹی میں جاتے ہو تو سوٹ پہن کر، ٹائی لگا کر، لباس پر خوشبوئیں چھڑک کر بڑی تیاری کے ساتھ نکلتے ہو۔ پھر پارٹی میں معمول سے زیادہ خوش اخلاقی کا بھی مظاہرہ کرتے ہو۔ کیا ہے یہ سب؟"

اس کی ماں اس کے بڑے بیٹے سے پوچھ رہی تھیں۔

"اوہ گرینی! دیٹ آر فار مالیٹیز۔ ایٹی کیٹس۔" یہ اس کے بڑے بیٹے کا لا پروائی کے انداز میں دیا گیا جواب تھا۔

"ہاں دادی ماں۔ وہ پارٹی کی ڈیمانڈز ہیں۔" اس کی بیٹی بھی جلدی سے بول اٹھی تھی۔

"تو یوں کہنا کہ یہ پارٹی کے تقاضے ہیں۔"

تینوں بچوں کے ایک ساتھ سر ہلانے پر اس کی ماں نے اس کی طرف دیکھتے ہوئے دھیرے سے کہا:

"میرے بچو! اسی طرح زمین کے بھی کچھ تقاضے ہوتے ہیں، میں جس جگہ رہتی ہوں وہ مجھ سے اپنا حق طلب کرتی ہے، اس جگہ بسنے والوں کا بھی، مجھ پر اتنا حق ہے جتنا تم سب کا۔"

وہ اپنی ماں سے نظریں چرا تا رہا۔ یہ کہنے کا حوصلہ ہی کہاں رہ گیا تھا کہ: "امی جان مزید چند دن رک جاتیں۔"

ایئرپورٹ پر رخصت ہوتے وقت وہ آہستہ سے بولی تھیں:

"اچھا بیٹے، چلتی ہوں۔ بچے تو ماشاءاللہ اب خاصے سدھر گئے ہیں۔"

یہ سن کر آئینے کے اندر والے ایک اور آئینے سے کوئی اس کا منہ چڑانے لگا۔

"ہاں بیٹے، ایک بات یاد رکھنا، جس طرح میل کپڑوں کو کاٹ دیتا ہے، اسی طرح دوریاں بھی رشتوں کی جڑیں کمزور کر ڈالتی ہیں۔ اب چاہے دوریاں فاصلے کی ہوں یا نظریے کی۔"

اتنا کہہ کر وہ الوداعی نظروں کے ساتھ طیارے کی سمت بڑھ گئیں۔

پھر حسب سابق ماں کے خطوط اسے وقفے وقفے سے ملنے لگے۔ لیکن کچھ عرصہ بعد اسے محسوس ہوا جیسے مضبوط اعصاب اور مستحکم قوت ارادی کی حامل اس کی ماں اب ضعیف اور کمزور ہو کر اندر ہی اندر ٹوٹنے لگی ہو۔ اس کی بہن نے ٹیلی فون پر بتایا کہ ڈھیر ساری مصروفیات کے باعث ان سب بھائی بہنوں کی اپنی ماں سے کم ہی ملاقات ہوتی ہے۔ ان کے بچے بھی شام کے اوقات پہلے کی طرح اپنی دادی سے ملنے اس لیے نہیں جاتے کہ اب ٹیلی ویژن کے مختلف تفریحی چینلوں نے انہیں اپنے رنگین حصار میں جکڑ لیا ہے۔ پاس پڑوس کے لوگ بھی ان کی ضعیفی کے سبب ان سے ملنے سے کتراتے لگے ہیں کہ کہیں وہ اپنا کوئی کام ان کے سر نہ ڈال دیں۔

فون پر اپنی بہن کی باتیں سن کر اسے لگا گویا کمان سے کئی تیر چھوٹے اور اس کے دل و دماغ کو چھلنی کر گئے ہوں۔ خیالات کے سرخ ریلے میں بہتے ہوئے ایک بار پھر وہ ماضی کی باہوں میں پہنچ گیا۔

"امی جان! یہ ٹرافی مجھے ٹرافی ڈبیٹنگ میں پہلا مقام حاصل کرنے پر ملی ہے"۔۔ یہ اس کی سب سے چھوٹی بہن کی آواز تھی۔

"اور امی جان! یہ شیلڈ میں نے دوڑ کے مقابلے میں فرسٹ آنے پر لی ہے" چھوٹا بھائی پکار اٹھا تھا۔

"بھئی ہم نے تو ہمیشہ کی طرح بیت بازی میں انعام اول لیا ہے" ایک اور بہن کے ہاتھ میں چاندی کا تمغہ تھا۔

"اور ڈرائینگ روم کے شیلف کی اصل زینت تو یہ خوبصورت ٹرافی بڑھائے گی۔" شاید یہ اسی کی آواز تھی۔

زمانہ طالب علمی کے دوران وہ سب ہر سال اسی طرح انعامات جیت کر انہیں ڈرائینگ روم کے شیلف میں سجایا کرتے تھے۔ ان کی چمک دمک کو بر قرار رکھنے ہر تھوڑے دن بعد وہ سب اپنی اپنی ٹرافیاں، تمغے، شیلڈز، مونو گرام اور فریم شدہ سر ٹیفیکٹس کو جھاڑ پونچھ کر سدا انہیں صاف رکھتے تھے۔ آنے والے مہمانوں کو ان کے وجود، ان کی اہمیت اور ان کے حصول کی تاریخ وغیرہ کے واقعات تفصیل سے سناتے تھے۔

ماضی کی کہانیوں نے جیسے ان تمغوں کو زبان دے دی تھی، آوازوں کا شور اس کے اندر گونجنے لگا۔ یہی تو ہم سب کمال کرتے ہیں کہ ڈرائینگ روم کے شیلف میں سجی بے جان اشیا چاہے کتنی ہی پرانی کیوں نہ ہو جائیں، پھر بھی ہم ان کی رونق مدھم ہونے نہیں دیتے لیکن انسانی رشتے پرانے ہو جائیں اور اپنی افادیت کھو بیٹھیں تو ہم انہیں یاد داشت کے رنگین کمرے سے نکال کر فراموشی کے کباڑ خانے کی زینت بنا ڈالتے ہیں۔

طویل عرصہ بعد اس نے ماں کو تسلی بھرا ایک طویل خط تحریر کیا۔ جواب میں ماں کی طرف سے جو مختصر تحریر اس کے مطالعے میں آئی تو وہ جی جان سے لرز اٹھا۔ اسے کچھ پتہ ہی نہ چلا کہ کیسے اس نے تمام کاروبار سمیٹا، کیسے تمام انتظامات مکمل کئے اور اپنے خاندان کی وطن واپسی کا ٹکٹ بنوا لیا۔ وہ گویا خود فراموشی کے عالم میں تمام کام انجام دیتا گیا۔ مگر سارا معاملہ اس کے دونوں بیٹوں کے گرد آ کر ٹھہر گیا، جو اب بالغ و باشعور ہو چکے تھے۔ وہ اپنا جانا پہچانا حلقہ چھوڑ کر ایک نا آشنا ماحول اور ایسے

پسماندہ ملک میں جانے کو تیار نہ تھے جہاں کے لوگ بقول ان کے محض عبادت گاہوں کی تعمیر و تخریب کے مسائل میں گرفتار ہوں۔

"آخر کیا ہو گیا ہے ڈیڈ آپ کو؟"

یادوں کے بادل چھٹتے ہی اس کی سماعت سے اس کے بڑے بیٹے کی آواز ٹکرائی۔ اپنی ماں کی طرف سے تسلی بخش جواب نہ ملنے پر اس دفعہ بیٹے نے راست مخاطب کر ڈالا تھا۔

اس نے اپنی اولاد پر طائرانہ نگاہ ڈالی وہ یہ بات تو انہیں قطعی نہیں سمجھا سکتا تھا کہ ماں کی کوکھ میں نو ماہ نمو پانے کے بعد ایک علیحدہ وجود بن کر جب ہم الگ ہوتے ہیں تو بعد میں ہم کیوں یہ امر فراموش کر دیتے ہیں کہ ہمارا وجود خود ایک دوسرے وجود کی دین ہے۔ زمین اپنا حق طلب کرے یا نہ کرے لیکن اس کی ادائی تو بہر حال ہمارا فرض بنتا ہے۔

اس نے بیٹے کو دیکھتے ہوئے زبان کھولی۔

"اپنے اور یجن (ORIGIN) کی طرف لوٹتے دیکھ کر تم پوچھتے ہو کہ مجھے کیا ہو گیا ہے اور میں سوچتا ہوں مستقبل میں اگلی نسل خود تمہارے مقابل یہ سوال دراز کرے تو تمہارا کیا جواب ہو گا؟"

وہ کچھ لمحے رکا پھر بولا۔

"جانتے ہو؟ تمہاری دادی نے اس چھوٹے سے خط میں کیا لکھا ہے مجھے؟ انہوں نے برسوں قبل کہا گیا جملہ مجھے یاد دلایا ہے۔ عجیب باغیانہ سوچیں تھیں میری۔ ہاں میرے بیٹے، بالکل تمہاری طرح کی۔ جن مقاصد کے حصول کا میں نے خواب دیکھا تھا انہیں عملی دنیا میں حاصل کرنے کی بے پناہ کوششوں میں ناکام رہنے پر میرے مزاج میں تلخی اور برہمی رچ بس گئی تھی۔ میں نے مذہبی اور معاشرتی اصولوں کا سر عام مذاق اڑانا شروع کر دیا تھا۔ خدا پر سے بھروسہ ختم ہو گیا تھا میرا۔ اور ایک دن سخت ڈپریشن کے عالم میں چلا اٹھا تھا میں:

'خدا کہاں ہے؟ کہیں بھی تو نہیں!'

اور آج۔۔۔ آج برسوں بعد امی جان نے خط میں یہی جملہ دہرایا ہے۔ فرق صرف اتنا ہے کہ انہوں

نے بندے سے خدا کا پتہ نہیں پوچھا۔ وہ ایسا سوچ بھی نہیں سکتیں۔ انہوں نے صرف یہی لکھا کہ :
انسان کہاں ہے؟ کہیں بھی تو نہیں۔۔۔!"

اتنا کہہ کر وہ سب کے چہروں کو دیکھنے لگا۔ اس کی بیوی خاموشی سے اسے تک رہی تھی۔ بچے سر
جھکائے پاؤں کے انگوٹھے سے زمین کرید رہے تھے۔

"بولو۔ کیا مجھے جانا نہیں چاہیے؟ کیا مجھے واپس نہیں لوٹنا چاہیے؟؟"

وہ ایک ایک کے شانے پکڑ کر انہیں بری طرح جھنجھوڑتا رہا۔۔۔!!!

☆ ☆ ☆

دوشیزہ (کراچی): مارچ - ۱۹۹۶ء

گلاب، کانٹے اور کونپل

"محبت کا بے لوث رشتہ جب ذات، زبان اور علاقے کے فرق کو نظر انداز کرتے ہوئے اپنے محبوب کی سلامتی کا آرزو مند ہو سکتا ہے تو اپنے ہم وطنوں کو فتنہ فساد کے منجدھار میں پھنسے دیکھ کر ہم کیوں اور کیسے الگ تھلگ رہ سکتے ہیں؟ ہمارے سینوں میں دفن محبت کیوں بیدار کیوں نہیں ہوتی؟

ـــ مانا کہ سب کچھ تباہ ہو چکا ہے، گلاب کے پودے میں گلاب کم کھلے ہیں اور کانٹے بے شمار، لیکن ہم نت نئی پھوٹتی کونپلوں کے وجود سے بے خبر ہیں۔ ہمیں اسی لئے اس پودے کی آبیاری کرنا ہے کہ ابھی امید کی کونپلیں زندہ ہیں۔"

"آدمی کی ایک کمزوری یہ بھی ہے کہ وہ کچھ پوچھتا ہے تو کسی مجبوری کے تحت مگر ظاہر یہ کرتا ہے کہ جیسے اس دریافت سے اس کی کوئی غرض وابستہ نہیں۔"

صدر محفل کی بات سن کر سب لوگوں نے ایک دوسرے کو خفت بھری نگاہوں سے دیکھا۔ وہ سب حسب روایت چھٹی کے دن اپنے ایک دوست کے گھر جمع ہوئے تھے۔ ہفتے میں ایک دن مل جل کر چند گھنٹوں کی نشست جمانا ان لوگوں کا معمول تھا۔ ہر ہفتے ایک الگ ساتھی کے گھر بیٹھک ہوتی جہاں اپنے وطن کی یادیں تازہ کی جاتیں۔ چونکہ آدمی کو زندہ رہنے کے لیے سہاروں کی ضرورت ہوتی ہے خواہ وہ سہارا خط کی شکل میں یا کسی سہانی یاد کی صورت میں۔ اسی سبب سمندر پار بسنے والوں نے ایک دن کے چند گھنٹے اپنی مصروف زندگی سے مستعار لے کر وطن کی یادوں کے نام معنون کر دئے تھے۔ یادوں کے موسم کے وہ خوبصورت لمحات انہیں، ایک ایسی البیلی دنیا میں دھکیل لے جاتے جہاں محبتوں کی خوشبو مہکتی، امیدوں کے دیپ جلتے اور خوشگوار مستقبل کی آرزوئیں پل لطیف انگڑائیاں لیتی محسوس ہوتی۔ تمام لوگ اس محفل کی رفاقت سے ایک مرتبہ بھی بچھڑنا گوارا نہیں کرتے تھے۔ بلاناغہ ہر ہفتے محفل میں ذوق و شوق سے شریک ہوتے، کچھ اپنی کہتے کچھ دوسروں کی سنتے کبھی کسی کی الجھن سلجھائی جاتی تو کبھی کسی مسئلے پر اظہار خیال کرتے ہوئے اس کا متفقہ حل تلاش کیا جاتا۔ ایسے مواقع پر ان سب کی نظریں اپنی محفل کے صدر کی جانب اٹھ جاتیں جو ہر چند کہ نوجوان تھا مگر اس کے اعلیٰ کردار، اس کی لیاقت، دور اندیشی اور اس کے تعمیری رویے کے وہ سب معترف تھے۔ اس کی فعال شخصیت کا جادو پہلی ہی ملاقات میں ملنے والے کے سر چڑھ جاتا تھا۔

چند ہفتوں سے محفل اپنے صدر کے بغیر روکھے پھیکے انداز میں سجائی جا رہی تھی۔ اس سے قبل بھی

انہیں نوجوان صدر کے رویے میں تبدیلی کا احساس ہوا تھا۔ برجستہ گفتگو کا مظاہرہ، پرلطف فقروں کی بارش اور شائستہ مذاق کرنے والا انہیں اچانک خاموش اور سنجیدہ سا نظر آنے لگا تھا۔

کئی ہفتوں بعد جب نوجوان صدر دوبارہ شریک محفل ہوا تو اراکین نے اس کے تبدیل شدہ رویے کی وضاحت طلب کرنے کا فیصلہ کیا۔ وہ محتاط طریقے سے سبب دریافت کرنا چاہتے تھے تاکہ صدر کو یہ شک نہ گزرے کہ وہ سب اس کی کھوئی کھوئی طبیعت اور بیزار رویے سے ناراض ہیں۔ مگر صدر محفل نے ان سب کی بے چینی اور ناراضگی بھانپ لی تھی اس لیے جب وہ بولا تو اس کے لہجے میں خفیف سے طنز کا شائبہ تھا:

"یہ آدمی کی کمزوری ہے کہ وہ کچھ پوچھتا ہے تو کسی مجبوری کے تحت مگر ظاہر یہ کرتا ہے کہ اس دریافت سے اس کی کوئی غرض وابستہ نہیں۔"

اس کی بات سن کر سب لوگوں نے شرمندگی سے ایک دوسرے کی طرف نظر دوڑائی۔

"بات وہ نہیں جو آپ سمجھ رہے ہیں۔"

ان میں سے ایک کم عمر نوجوان جلدی سے بول اٹھا، مگر صدر نے دھیمے سے مسکرا کر اسے آگے کہنے سے روک دیا اور پھر اپنی بات دوبارہ شروع کی۔

"دوستو! میں جانتا ہوں کئی ہفتوں کی غیر حاضری کے سبب میں آپ سب کا قصوروار ہوں۔ آپ جو سزا چاہیں میرے لیے تجویز کر سکتے ہیں، میں بخوشی اسے قبول کروں گا۔ لیکن قبل اس کے کہ آپ سزا کا حکم نافذ کریں، میری درخواست ہے کہ آج آپ میری کہانی بھی سن لیں۔

آپ میں سے بیشتر غالباً یہ سمجھتے ہوں گے کہ مجھ جیسے تنہا شخص کی کوئی کہانی نہیں ہوتی۔ آپ نے سوچا ہو گا کہ میں نے ابھی وقت کے زیادہ موسم نہیں دیکھے، لہٰذا میری اب تک کی زندگی کسی خاص واقعے کے بغیر گزر گئی ہو گی۔ لیکن نہیں۔۔۔سچ تو یہ ہے کہ اس دنیا میں ہر شخص اپنی ایک کہانی کے ساتھ جیتا ہے۔ اس سلسلے میں اس بچے کی مثال لیجے جس کا کوئی پسندیدہ کھلونا ٹوٹ گیا ہو، اور جو رو رو کر یہی تکرار کیے جا رہا ہو کہ اس کا پیارا سا دوست ختم ہو گیا۔ گو ہمارے نزدیک کسی کھلونے کا ٹوٹ جانا کوئی قابل ذکر بات نہیں مگر یہی معمولی سا واقعہ اس بچے کی زندگی میں ایک المیاتی کہانی سے کم نہیں۔۔۔"

وہ کہتے کہتے دم بھر کے لیے رکا، سب لوگ آنکھوں میں حیرت لیے ہمہ تن گوش تھے، کیونکہ انہوں نے اب تک صدر کے اصرار پر اپنی ہی کہانیاں محفل میں پیش کی تھیں۔ انہیں اس کا خیال تک نہیں آیا تھا کہ کبھی صدر سے بھی اس کی اپنی کہانی کو سننے کا تقاضا کریں۔

اپنے دکھ سکھ میں دوسروں کو شریک کرنے والے کبھی کبھی بھول جاتے ہیں کہ شراکت کا یہ فرض انہیں بھی دوسروں کے تئیں لازم نبھانا لازم ہے۔ نوجوان صدر نے کھنکار کر انہیں اپنی طرف متوجہ کرتے ہوئے کہا:

"اجازت ہو تو میں اپنی کہانی سنا ہی دوں؟"

ان سبھوں نے بلا سوچے سمجھے اپنے سر ہلا دیے۔

اس نوجوان طالب علم کے دو ہی شوق تھے۔ ایک تو محنت اور لگن سے تعلیم حاصل کرنا اور دوسرے باغبانی۔ باغبانی کے شوق کو پورا کرنے میں اس کی معاشی حالت سب سے بڑی رکاوٹ تھی۔ پھر بھی اس نے اپنی ذہانت سے کام لے کر اپنے گھر کے مختصر سے صحن میں مختلف پودوں کے گملے سجا لیے۔ ان سب میں سرخی اور سفیدی کے بین بین رنگ کے گلاب کا پودا اپنی ایک عجیب شان رکھتا تھا۔ جب بھی اس میں کوئی نئی کلی پھوٹتی تو ایسا لگتا جیسے پل کے پل میں کسی نوخیز دوشیزہ کے رخسار کی سپیدی کسی خوبرو نوجوان کے رومانی مکالمے کے سبب بھر پور لالی میں تبدیل ہو جائے گی۔ ایک دفعہ ہوا یہ کہ ابھی کلی نے شرما کر اپنی سرخی کا اظہار کیا ہی تھا کہ دوسرے دن ہی اپنا مکمل شباب دکھائے بغیر غائب ہو گئی۔ طالب علم کی زندگی میں یہ پہلا موقع تھا جب کسی نے اس کے نادر گلاب پر ہاتھ صاف کر دیا تھا۔ ابھی وہ اس صدمے سے سنبھلا بھی نہ تھا کہ کچھ دن بعد دوسرا گلاب بھی رخصت ہو گیا۔ اور جب اس نے چوری کی تحقیقات شروع کرنے کا ارادہ کیا تو جیسے چور نے بھی اسے پے درپے شکست دینے کی شرط باندھ لی تھی۔ مگر چور کے پاؤں کتنے لمبے؟ لہذا ایک دن اچانک صبح سویرے اس نے چور کو رنگے ہاتھوں چھاپ لیا، کھڑکی سے جھانک کر چور کا سایہ دیکھ لینے کے بعد اس نے فوراً دروازے سے نکل کر اس کے وجود کو اپنے مضبوط بازوؤں میں جکڑ لیا مگر ایک سریلی چیخ

پر دوسرے ہی لمحے گھبرا کر اس نے اپنے ہاتھ کھول دئیے۔ اس ناگہانی افتاد سے نسوانی گلاب کا ہاتھ کانٹوں نے زخمی کر دیا۔ وہ گلاب چور دوشیزہ جھلا کر پلٹی اور اس کے سرخ سرخ ہونٹوں سے صرف ایک لفظ ادا ہوا:

"بدتمیز۔"

پھر اس نے اپنی زخمی انگلیاں دکھاتے ہوئے کہا:

"دیکھا اپنی بدتمیزی کا انجام۔"

"سوری۔" وہ بوکھلا گیا، مگر اگلے ہی پل اپنے عزیز از جان گلابوں کی پراسرار گمشدگی کا صدمہ اسے یاد آگیا۔

"مس۔۔۔ یہ میری نہیں بلکہ کانٹوں کی سزا ہے اور یاد رہے کہ کانٹے ہی گلاب کی بقا کے ضامن ہیں۔"

"ہو نہہ۔۔۔۔ تمہاری بات میرے پلّے نہیں پڑی۔" یہ کہہ کر اس نے توڑا ہوا گلاب بڑی بے نیازی سے اپنے گریبان میں ڈالا اور چند پتھروں کے سہارے صحن کی مشترکہ دیوار پر چڑھ کر عقبی مکان میں کود گئی۔

نوجوان نے گردن کو اونچا کر کے پڑوسی کے مکان میں جھانکا تو اس کی آنکھیں حیرت سے پھیل گئیں۔ وہاں کے وسیع آنگن میں قسم قسم کے پودوں کی کیاریاں لگی ہوئی تھیں، جس میں مختلف رنگ کے گلاب کے پودے بھی تھے۔ بس کمی تھی تو اس مخصوص رنگ کے گلاب کی جو اس کی دسترس میں تھا۔

پھر اسے اپنے گھر والوں سے معلوم ہوا کہ پڑوس میں جو نیا نیا خاندان آکر آباد ہوا تھا، وہ لڑکی اسی سے تعلق رکھتی تھی اور اسے بھی پودوں سے بے پناہ لگاؤ تھا۔ اپنی بہن کی زبانی اس لڑکی سے متعلق قصے سن سن کر اس نے گمان کیا تھا کہ ہو گی کوئی موٹے چشمے والی عمر رسیدہ بھدی سی لڑکی۔ مگر وہ تو جیتا جاگتا گلاب نکلی۔ اس واقعے کے بعد مشترکہ شوق کی بدولت جب دونوں کے درمیان دوستی کی راہیں ہموار ہوئیں، تو ایک دن نوجوان نے اسے شرمندہ لہجے میں بتایا کہ ملاقات سے قبل اپنے پڑوسی کی لڑکی کو اس نے آپا جان اور آنٹی کا لقب دے رکھا تھا، جواب میں جیتے جاگتے گلاب نے کھنکتا قہقہہ

لگایا:

"میں بھی سمجھتی تھی کہ یہ گلاب والے صاحب کہیں کوئی چڑچڑے چچا نہ نکلیں"۔ پھر کچھ رک کر اس نے کہا:

"ہم دراصل ایک طرفہ طور پر سوچتے ہیں، دو طرفہ سوچ سے شاید اسی لیے کتراتے ہیں کہ شرمندگی یا پشیمانی کے نادر مواقع سے کہیں واسطہ نہ پڑ جائے۔"

نوجوان طالب علم نے سچ مچ صرف ایک رخ سے سوچنا شروع کیا تھا۔ حقیقت کے دوسرے پہلو کی طرف سے اس نے نظریں چرا لی تھیں۔ مگر وہ دوسرا رخ ایک حادثے کی شکل میں جلد ہی اس وقت سامنے آیا جب سمندر کے منصوبہ بند گرد اب نے مضرت رساں خس و خاشاک کو پر امن ساحل پر لا پھینکا اور شہر کا شہر زہریلے کانٹوں کی چبھن سے لہولہان ہو اٹھا۔

ایک دن اس کے گھر پر پتھر اؤ ہو گیا۔ سارے بے زبان پودے بے رحم پیروں تلے روند دیئے گئے۔ پھر اسی کے محلے کے چند لڑکے اسے گریبان سے پکڑ کر باہر کھینچ لائے اور اس کی ماں بہنیں محض چیخ چیخ کر رحم کی دہائی دیتی رہ گئیں۔

"کیوں بے؟ ہماری ذات کی لڑکی پر نظریں ڈالتا ہے۔۔۔"

موٹی سی گالی دینے والے اپنے ہم محلہ نوجوان کی طرف اس نے حیرت اور خوف سے دیکھا۔ تب اسے پتہ چلا کہ محبت کا رشتہ کسی ذات، فرقہ، دھرم، زبان یا علاقے کو نہیں دیکھتا، یہ بے اختیار اور پاکیزہ رشتہ تو بہت معصوم اور بڑا نازک ہوتا ہے یوں جیسے کچے دھاگے سے بنا ہوا ہو۔ ذرا سی کھینچا تانی اسے ان گنت ٹکڑوں میں بانٹ دیتی ہے۔ مگر اس وقت گلاب کی اس سے محبت ایک گالی بن گئی تھی اور جب لاتوں، گھونسوں اور ٹھوکروں سمیت وہ گالی اسے گولی کی طرح آ کر لگی تو اس کے جسم اور اس کی روح پر بے شمار گھاؤ ابھر آئے۔

گلاب کی حوصلہ افزائی، اس کی ہمدردی اور اس کی ڈھیروں تسلیاں بھی اس کے اندرونی زخم کو مندمل نہ کر سکیں۔ تشدد میں گھرے حالات کے بھنور سے وہ کبھی نکل نہ سکا۔ آخر کار ایک دن اس نے شہر

چھوڑ دینے کا فیصلہ کر لیا۔ اس فیصلے پر گلاب کی آنکھوں میں آنسو بھر آئے۔ مگر اس کا دل نہیں پسیجا، بلکہ وہ چراغ پا ہو کر کہنے لگا:

"کیوں؟ اس شہر نے میری خدمات کا مجھے کیا صلہ دیا؟ محبت کے پھولوں کے جواب میں نفرتوں کے پتھر برسائے مجھ پر۔ بے پناہ توہین، بے شمار طعنے اور نچلے درجے کے شہری کا خطاب دیا ہے اس نے مجھے۔ تب تو یہاں میرے قیام کا جواز ہی نہیں پیدا ہوتا۔"

گلاب اسے روکتا ہی رہ گیا مگر وہ سب کچھ چھوڑ چھاڑ کر سمندر پار چلا گیا۔ پھر اس نے وہ سب کچھ پا لیا جس کے حصول کا اس نے اپنے زمانہ طالب علمی میں خواب دیکھا تھا۔

اس کے باوجود اس کے دل کی کسک باقی رہی۔ رہ رہ کر اسے اپنی کسی اہم چیز کے کھو جانے کا احساس تڑپا جاتا۔ وہ سوچتا کہ کھونے اور پانے کے کھیل میں آدمی جس قدر کھو رکھتا ہے اس سے کہیں زیادہ اپنی کم مائیگی کے احساس سے دوچار ہوتا ہے۔ یہ کم مائیگی کا احساس ہی تو تھا جس کے باعث وہ صاحب دولت اور صاحب ثروت ہونے کے باوجود اپنے وطن میں قیام پذیر اپنی ماں اور اپنی بہنوں کی حفاظت نہ کر سکا اور وہ کئی سال بعد دوبارہ پھوٹ پڑنے والے خونی سیلاب کی نذر ہو گئیں۔

اسے گلاب کا مختصر خط ملا تھا۔

"تمہاری ماں اور بہنوں کے اجتماعی قتل کے وقت میں ان کے پاس ہی تھی۔ مگر آہ اس کے باوجود میں انہیں بچا نہ سکی، جس کے باعث اب تم سے آنکھیں ملانے کا مجھ میں حوصلہ باقی نہیں رہا۔ یہ وطن اب واقعی تمہاری سکونت کے قابل نہیں رہا میرے گل! میں نے تم سے اتنی شدید محبت کی ہے کہ تمہیں ذرا سا نقصان پہنچتے ہوئے بھی نہیں دیکھ سکتی لہذا اب تم یہاں کبھی نہ آنا، کبھی مت آنا گل!"

نوجوان صدر اچانک خاموش ہو گیا تو جیسے وہ سب اس کی کہانی کے سحر سے نکل آئے۔ ابھی وہ پوری طرح سنبھلے بھی نہ تھے کہ دھاکہ ہو گیا، نوجوان صدر کہہ رہا تھا:

"اور اب میں اپنے وطن واپس لوٹ رہا ہوں۔"

"کیا؟" وہ سب بوکھلا کر چیخے۔

"ہاں، اب کہیں جا کر مجھ پر یہ حقیقت روشن ہوئی ہے کہ تربیت اور حالات ایسا کردار نہیں بناتے

جس کی لوگ لگاتار تعریف یا اس پر متواتر تنقید کریں بلکہ اصل کردار تو زندگی کے اس مقصد سے بنتا ہے جو ہم نے اپنے لیے بنا لیا ہو۔ اہم بات یہ نہیں کہ ہمیں وطن سے، اہل وطن سے کیا مل رہا ہے بلکہ غور طلب امر یہ ہے کہ ہم وطن کو، اپنے سماج کو کیا دے رہے ہیں؟ زندگی کو ہماری ذات سے کیا حاصل ہو رہا ہے؟"

نوجوان صدر کچھ لمحے رکا پھر بولا:

"محبت کا بے لوث رشتہ جب ذات، زبان اور علاقے کے فرق کو نظر انداز کرتے ہوئے اپنے محبوب کی سلامتی کا آرزومند ہو سکتا ہے تو اپنے ہم وطنوں کو فتنہ فساد کے منجدھار میں پھنسے دیکھ کر ہم کیوں اور کیسے الگ تھلگ رہ سکتے ہیں؟ ہمارے سینوں میں دفن محبت کیوں بیدار نہیں ہوتی؟"

"مگر۔۔۔ مگر آپ کا تو اب وہاں کوئی نہیں رہا۔" ان میں سے کسی کی کمزور سی آواز آئی۔

جواب میں نوجوان صدر نے بلند حوصلہ لہجے میں کہا:

"مانا کہ سب کچھ تباہ ہو چکا ہے، گلاب کے پودے میں گلاب کم کھلے ہیں اور کانٹے بے شمار، لیکن ہم نت نئی پھوٹتی کونپلوں کے وجود سے بے خبر ہیں۔ ہمیں اسی لیے اس پودے کی آبیاری کرنا ہے کہ ابھی امید کی کونپلیں زندہ ہیں۔"

"بجا فرمایا۔" محفل کی ایک بزرگ ہستی کا چھٹتا لہجہ گونجا۔

"مگر ان کونپلوں کی صحیح نشو و نما اور سرد و گرم موسموں سے ان کے بچاؤ کی زائد اور نازک ذمے داری کا بوجھ اٹھانے کے لیے کیا ہم تیار ہیں؟"

اور سب لوگ ایک دوسرے کی طرف دیکھتے رہ گئے۔

☆ ☆ ☆

بیسویں صدی (دہلی): نومبر - ۱۹۹۳ء

اداس رات کا چاند

۔۔۔ علم کی اصل معراج تک پہنچنا تو بجائے خود ایک بڑا واقعہ ہے ۔۔۔ دنیاوی اسنادات کا حصول محض ایک ذریعہ ہے۔ پھر اصل کو چھوڑ کر نقل پر کیوں توجہ مرکوز کی جاتی ہے؟ اگر اسنادات کا انبار عمر میں اضافے کی دلیل نہیں تو پھر میرے رشتے کے لیے گھر پر تشریف لائیں وہ چند خواتین، میری تعلیم کے متعلق جانکاری حاصل کرتے ہی کیوں ایک دوسرے کی جانب کنکھیوں سے تکنے لگی تھیں؟ کیوں ان میں سے ایک نوجوان لڑکی نے بلا جھجھکے مجھ سے یہ سوال کیا کہ میں نے میٹرک کس عمر میں پاس کیا تھا؟

آج غالباً چودھویں کی شب ہے۔ چاند اپنے شباب پر نظر آرہا ہے، چاروں طرف روشنی کی دبیز چادر بچھی ہوئی ہے۔ مگر اس خوابناک ماحول پر اداسی کا سناٹا چھایا ہے۔ نہیں، یہ سونا پن ماحول کی دین نہیں، یہ خاموشی تو شاید میرے من پر غالب ہے۔

یہ اداس چاند، یہ تنہائی، یہ ویرانی اور یہ میرا اکیلا وجود۔

ایسے میں عموماً میری سوچیں بکھرنے لگتی ہیں۔ میری ذات کرچیوں میں تقسیم ہونے لگتی ہے اور میری سمجھ میں نہیں آتا کہ اپنے مثبت رجحانات کو منفی خیالات میں تبدیل ہونے سے کیسے باز رکھوں؟ متعین راہ سے انحراف کرتے، لڑکھڑاتے قدموں کو کس طرح روکوں؟

ہمت و حوصلہ دلانے کے لیے بس ایک ذریعہ دستیاب ہے: قلم! جو اخلاقی قدروں سے آزاد معاشرے کو صحیح سمت چلانے کے لیے مقدور بھر جدوجہد کر رہا ہے، سماج کے ٹھیکیداروں کو ان کی اوقات بتا رہا، ان کی اونچی اڑانوں کی بے ترتیبی کا حساب کر ارہا ہے۔ مگر ردِ عمل کا غبار جب میری اکیلی ذات پر اترتا ہے تب مجھے خاموش کرا دیا جاتا ہے، بلند پرواز طائر کے گویا پر ہی کاٹ کر رکھ دیئے جاتے ہیں۔ اس پر طرہ یہ کہ مجھے آہ کرنے کی بھی اجازت نہیں۔ یہ زنگ آلود روایتوں کی زنجیر کی ایک کڑی ہے یا سماج کے اجارہ داروں کا کوئی خود ساختہ اصول؟

اس جیتے جاگتے خود غرض معاشرے میں صنفِ نازک کا تعلیم یافتہ ہونا کتنی قدر رکھتا ہے بھلا؟ کیسے کیسے خطابات سے اسے نوازا جاتا ہے؟ مغرور، تند مزاج، غیر متحمل، کم قوت برداشت کی حامل اور تو اور "بڑی عمر کی تعلیم یافتہ لڑکی"؟

بی۔اے، ایم۔اے، ایم۔فل، بی۔ایڈ، ایم۔ایڈ، پھر چائلڈ سائیکالوجی کا ڈپلوما۔۔ ان تمام تعلیمی لیاقتوں کے صلہ میں ملا کیا ہے مجھے؟ محرومیاں، بے حساب محرومیاں۔۔۔طنز وطعن کے بے شمار تیرو نشتر۔۔۔

زندگی کے اس موڑ تک جہاں عورت ذات کی تکمیل ہوتی ہے، جب اسے اپنے بچپن کا گھر چھوڑ کر اپنے حقیقی آشیانے کی طرف روانہ ہونا پڑتا ہے، جہاں تک پہنچنا حیاتِ انسانی کی فطرت کا تقاضا ہے، میرے قدم اس مقام تک رسائی پانے سے معذور کیوں ہیں؟ کیوں؟

وجہ یا پھر وجوہات کا مجھے کوئی اندازہ نہیں۔ کیا زیادہ تعلیم بھی کسی لڑکی کی شادی میں رکاوٹ بن سکتی ہے؟ کوئی بھی ذی شعور اسے کوئی معقول وجہ نہیں مان سکتا۔

اس چاند سے، اس حسین چاند سے، جس کی روشنی و ٹھنڈک سے میری طرح نجانے کتنے مزید لوگ فیض یاب ہو رہے ہیں، یہ سوال کیوں نہیں کیا جاتا کہ وہ اتنی فرحت بخش روشنی کیسے بکھیر رہا ہے؟ ٹمٹماتے ستاروں کے درمیان خصوصیت برقرار رکھنے والے چاند سے ہم یہ کیوں نہیں پوچھتے کہ اس نے فلک پر اپنی انفرادیت کیسے قائم کی؟

علم کی اصل معراج تک پہنچنا تو بجائے خود ایک بڑا واقعہ ہے۔۔۔ دنیاوی اسنادات کا حصول محض ایک ذریعہ ہے۔ پھر اصل کو چھوڑ کر نقل پر کیوں توجہ مرکوز کی جاتی ہے؟ کاغذات کے ٹکڑوں کی تعداد عمر میں اضافہ کی دلیل کیونکر بنتی ہے؟

اگر اسنادات کا انبار عمر میں اضافے کی دلیل نہیں تو پھر میرے رشتے کے لیے گھر پر تشریف لائیں وہ چند خواتین، میری تعلیم کے متعلق جانکاری حاصل کرتے ہی کیوں ایک دوسرے کی جانب کنکھیوں سے تکنے لگی تھیں؟ کیوں ان میں سے ایک نوجوان لڑکی نے بلا جھجھکے مجھ سے یہ سوال کیا کہ میں نے میٹرک کس عمر میں پاس کیا تھا؟

کیا آج عمر کا اندازہ تعلیم کے پیمانے سے لگایا جا رہا ہے؟

کیا ان جہاندیدہ خواتین کو یہ خوف لاحق تھا کہ میں ان کے معمولی گریجویٹ لڑکے کو حقیر سمجھوں

گی؟ ایسی فکری جہالت کی انتہا پر افسوس کرنا تو درکنار میں اسے اپنی سوچ کا معمولی سا عنصر بنانے سے بھی قاصر ہوں۔ لیکن میرے والدین ضرور متفکر ہیں۔

میں جانتی ہوں کہ متوسط طبقے کے گھرانوں میں اکثر و بیشتر ایسے ہی معاملات درپیش ہوتے ہیں۔ جیسے جیسے لڑکیاں جوانی کے موڑ پر پہنچنے لگتی ہیں ویسے ویسے والدین کی پریشانیوں میں اضافہ ہونے لگتا ہے۔ اخبار میں ضرورتِ رشتہ کا کوئی کالم کوئی اشتہار نظر سے چھوٹ نہیں پاتا۔ دفاترِ پیامات کے مسلسل چکر لگتے ہیں۔ محلہ کی مشاطاؤں کی غیر معمولی آؤ بھگت شروع ہو جاتی ہے۔

میرے ساتھ بھی تو یہی ہوا ہے۔

پہلے پہل جو رشتہ آیا، وہ میری تعلیمی قابلیتوں کو مدِ نظر رکھتے ہوئے آیا تھا۔ خود لڑکے کے پاس بھی ڈگریوں کی فوج تھی، بی۔ ٹیک، ایم۔ بی۔ اے، پی۔ ایچ۔ ڈی اور بھی نجانے کون کون سی۔۔۔ لیکن جب ان خواتین کو پتا چلا کہ میں ایم۔ ایڈ کی ڈگری رکھتے ہوئے بھی گھر پر خالی بیٹھی ہوں تو حیرت و تعجب کا اظہار کرتے ہوئے نفیس میک اپ اور جاذب نظر لباس میں ملبوس خاتون نے مہذب انداز میں کہا:

"اوہ۔۔۔ مگر ہم تو سمجھ رہے تھے کہ آپ کی بیٹی کوئی معقول جاب کر رہی ہو گی۔"

تب امی جان نے انہیں آہستہ سے سمجھایا کہ ہمارے خاندان میں لڑکی کا نوکری کرنا معیوب خیال کیا جاتا ہے اور انہوں نے میرے شوق اور میری لگن کو دیکھتے ہوئے مجھے اتنی تعلیم دلائی ہے۔ یہ سن کر ان میں سے ایک تیز و طرار لڑکی کے ہونٹوں سے دھیمے سروں ایک جملہ انگریزی میں پھسل پڑا:

"ہو نہہ، نہ جانے کس دقیانوسی خاندان سے پالا پڑا ہے؟"

پتا نہیں کیوں میری سوچیں منتشر ہونے لگیں۔ کیا مالی فوائد کے حصول کے لیے ہی ہمیں تعلیم کی راہ پر لگایا جاتا ہے؟ اپنے ظاہر و باطن کو نکھارنے کے لیے علم کا حصول محض دقیانوسیت کا تمغہ حاصل کرنے کے مترادف ہو گیا ہے؟ کیا ہم تعلیم برائے روزگار کے زمانے میں جینے لگ گئے ہیں؟

ادھر میں اپنی سوچوں میں گرفتار ہوں ادھر میرے والدین میرے رشتے کی تلاش میں مسلسل سر گرداں ہیں۔

لیکن آج۔۔۔ آج تو لگتا ہے وہ اس طویل تلاش سے جیسے تھک چلے ہیں۔ یوں تو میرے لیے کئی رشتے آتے ہیں، مگر جن کی نظر میری ڈگریوں پر تھی ان کی مانگ میں کافی لمبا چوڑا جہیز بھی شامل تھا اور جو میری شکل و صورت سے متاثر تھے وہ میری ڈگریوں کو دیکھ کر میری عمر کے تعلق سے تشویش کا شکار ہو جاتے تھے۔

لہذا میرے والدین نے اس پریشانی کا یہ حل نکالا ہے کہ آنے والوں کو میری تعلیم محض "بی۔اے" بتائی جائے۔ نہ رہے گا بانس نہ بجے گی بانسری۔

والدین کے اس فیصلے نے گویا میرے زخموں کے کچے ٹانکے کھول دئے۔ وہ رات بھر کی طویل محنت، تحقیقی مواد کے لیے کتب خانوں تک دوڑ دھوپ، اساتذہ اور ماہرینِ فن سے طول طویل مکالمے، سیمینار، مذاکروں اور مباحثوں کے نوٹس، ہم عصروں سے تبادلہ خیال، اخبار و رسائل میں تحقیقی و تنقیدی مقالوں کی اشاعت کا سرور۔۔۔ کیا ان تمام سچائیوں سے بھی مجھے منہ موڑ لینا چاہیے۔۔۔ کیا وہ قیمتی وقت میں نے یونہی ضائع کیا تھا؟

"کیا بنو گی؟"

مجھے یکایک اس سنجیدہ چہرے کا سوال یاد آیا، جو ہمیشہ مجھ سے ایک فاصلہ بنائے رکھنے کا نجانے کس سبب قائل تھا، مگر یونیورسٹی کے آخری دن کینٹین میں ساتھ چائے نوشی کرتے ہوئے اس نے بے ساختہ پوچھ لیا تھا۔

"کیا مطلب؟" میں نے حیرانی سے اسے دیکھا۔

"میرا مطلب ہے، مستقبل کے عزائم کیا ہیں؟" اس سنجیدہ چہرے کے ایک گوشے میں دبی مسکراہٹ کی ہلکی سی رمق ابھری اور معدوم ہوئی۔

"جو والدین چاہیں۔۔۔" میرے چہرے پر روایتی مسکراہٹ چھا گئی۔

میری مسکراہٹ کا اس نے کوئی جواب نہیں دیا۔ براہِ راست میری آنکھوں میں دیکھا اور کہا:

"نگاہ شوق و خیال بلند و ذوق و جود"

پھر میرے سراپے پر الوداعی نظریں ڈالیں اور "وِش یو آل دی بسٹ" کہہ کر رخصت ہو گیا۔

تقریباً دو گھنٹوں سے میں اپنے فلیٹ کی بالکنی میں کھڑی، ماضی کو یاد کرتے ہوئے خیالات و احساسات کے بہتے دریا میں ڈوبتی ابھرتی چلی جا رہی ہوں۔ میری نظریں دوبارہ مہتاب پر ٹک کر رہ گئی ہیں۔ کاش۔۔۔ کاش کہ میں بھی چاند ہوتی۔ وہ چاند جو ساری دنیا کے باشندوں کو اپنی چاندنی کے سحر میں جکڑ لیتا ہے۔ وہ ٹھنڈی اور فرحت بخش روشنی تو پھیلاتا ہے مگر نہ تو بدلے میں کچھ لیتا ہے، نہ ہی وہ اس خراج پر مغرور ہے۔ آخر لوگ اس سے یہ کیوں نہیں پوچھتے کہ ہم تک روشنی پہنچانے و پھیلانے کے اس کے پاس کتنے ذرائع ہیں؟ اور ان ذرائع کو حاصل کرنے میں اپنی عمرِ عزیز کے کتنے قیمتی سال اس نے صرف کیے ہیں؟

مگر پھر میں سوچتی ہوں کہ چاند کو بھلا ان سوالوں سے کیا غرض؟ اس کا کام تو روشنی پھیلانا ہے۔۔۔ تاریکیوں پر اجالے کو مسلط کرنے کی کوششیں کرنا ہے سو وہ اپنے وجود کے شوق و ذوق سے کرتا رہے گا۔۔۔ ؏

نگاہ شوق و خیال بلند و ذوق وجود

مجھے اس سنجیدہ چہرہ کا آخری کلمہ جیسے ہی یاد آیا، میرے ذہن میں گویا روشنی کا جھماکا ہوا اور ایسا لگا جیسے شب چودھویں کا یہ خوبصورت ماہتاب مجھے اپنی تقلید پر اکسار ہا ہو۔ جہالت کی تاریکیوں میں گم افراد تک علم کی روشنی کی کرنیں پہنچانے کی ترغیب دلا رہا ہو اور کہہ رہا ہو کہ:

نگاہ شوق و خیال بلند و ذوق وجود

مترس ازین کہ ہمہ خاک رہگذر گردد *

☆ ☆ ☆

بتول (رامپور): نومبر – ۱۹۹۱ء

---

* ترجمہ: اگر تو نگاہِ شوق رکھتا ہے، تیرے خیال بلند ہیں اور تجھ میں ذوقِ وجود بھی ہے تو اس بات سے ڈرنے کی کوئی ضرورت نہیں ہے کہ یہ سب کچھ (زندگی) راستے کی گرد بن کر اڑ جائے گی۔ (مرنے کے بعد بھی تو فنا نہیں ہو گا)۔

بے حِس

"پایا! آپ تو رائٹر ہیں ناں۔ اس برننگ ٹاپک پر کہانی لکھ کر لوگوں کو پُش کیوں نہیں کرتے؟"

بیٹے کے مشورے نے گویا اس کی دکھتی رگ کو چھیڑتے ہوئے اس کے اندر سوئے فنکار کو یکلخت

جگا ڈالا تھا۔ وہ کچھ دیر سوچتی نظروں سے بیٹے کو تکتا رہا پھر شکستہ لہجے میں بولا:

"بیٹا! بعض خیالات ہمارے تحت الشعور میں چھپے رہتے ہیں جو شعور میں آنے سے اس لئے

کتراتے ہیں کہ انہیں بعض پابندیوں کا خوف ہوتا ہے۔"

آدمی کو ہر بات گمبھیر اس وقت تک لگتی ہے جب تک کہ وہ اسے محسوس کرتا رہے اور جب محسوس کرنا چھوڑ دے تو لاتعداد الجھنیں بھی منہ تکتی رہ جاتی ہیں۔ اس نے بھی یہی سوچا تھا کہ ہر افسردہ اور تکلیف دہ خبر پر زیادہ توجہ دینا چھوڑ دے گا چونکہ اس کا پیشہ خود اس رویے کا متقاضی تھا۔ اسے معلوم تھا کہ مسیحائی کا فرض انجام دینے والے جب انسانی جسموں کی چیر پھاڑ کرتے ہیں تو نہ ان کے ہاتھ کانپتے ہیں اور نہ ہی وہ اعصابی کمزوری کا شکار ہوتے ہیں۔ جب کہ صحافی ہونے کے ناتے روٹی بلکتی انسانیت کے روح فرسا واقعات وہ وہ زیادہ ترستا یا پڑھتا ہے پھر کیوں کر وہ اپنی جذباتیت پر قابو نہیں پا سکتا؟ یہی کچھ سوچتے ہوئے اس نے یکسو ہو کر صحافت کے میدان میں اپنی ذمے داری نبھانا شروع کی۔ رفتہ رفتہ وہ اپنے کام میں ڈوبتا گیا۔

مصروفیت کی لجلجی دلدل میں دم بدم دھنستے ہوئے البتہ ایک مفکر کا یہ مقولہ وہ ضرور فراموش کر گیا کہ جب آدمی بے حسی کے شکنجے میں گرفتار ہوتا ہے تو اسے اس کا مطلق پتا نہیں چلتا۔ یہ بے حسی کا کمال ہے کہ وہ ظاہر نہیں ہوتی حتی کہ اس بندے پر بھی ظاہر نہیں ہوتی جس پر طاری ہوتی ہے۔ بس لاشعوری عمل تھا یا کچھ اور کہ کام کے بڑھتے ہوئے بوجھ کے باوجود اس نے گھریلو فرائض اور حقوق کی ادائیگی سے منہ نہیں موڑا تھا۔ بیوی کے ساتھ چند خوشگوار لمحات بتانا اور اپنے اکلوتے بیٹے سے کچھ دیر معلوماتی گفتگو کرنا اس کا روز مرہ کا معمول تھا۔ بیٹے سے بات چیت کرتے ہوئے کبھی کبھی وہ حد سے گزر جاتا۔ اعلیٰ تعلیم کی ضرورت اور مقصد، قومی اور بین الاقوامی حالات اور مختلف ممالک کے سیاسی و سماجی منظر کا بیان اکثر و بیشتر اس کی بیوی کے غصے کا سبب بن جاتا۔ وہ چڑ کر کہتی:

"عجیب آدمی ہیں آپ بھی۔ اتنی معمولی سی بات نہیں سمجھتے؟ ساتویں جماعت کے ایک معصوم طالب علم کا ذہن اتنا کشادہ نہیں ہوتا کہ وہ آپ کی ساری باتیں سمجھے اور انہیں قبول کر سکے۔ دریا کو کوزے میں بند کرنے کے امحاورہ کتابوں میں ہی اچھا لگتا ہے۔"

"نہیں بیگم! ابتدائی عمر سے ہی اس قسم کی معلومات مہیا کرنا آج کے دور کے بچوں کے ذہنی ارتقا میں تعاون کے لیے لازمی ہے۔ یہ ایک ایسی بنیاد ہے جس کے بل بوتے پر وہ مستقبل کے مسابقتی امتحانات میں نمایاں کامیابی کے حقدار بنتے ہیں۔"

اس کا لہجہ ناصحانہ ہو جاتا اور اس کی بیوی "اونہہ" کہہ کر اپنے کاموں میں مشغول ہو جاتی۔ وہ اسی طرح اپنے بیٹے کے دل میں عصری معلومات کے حصول کی لگن پیدا کرتا رہا۔ بیٹے نے اپنی دلچسپی کے اظہار میں کئی سوالات اٹھائے۔ بعض جوابات اسے مطمئن کر جاتے تو بعض کی وضاحت پر وہ منہ کھولے اپنے باپ کی صورت تکتار رہتا۔ ایک دن وہ بے اختیار چونک پڑا۔ بیٹے نے سوال ہی کچھ ایسا کیا تھا۔

"پاپا۔ جنگ دو ملکوں کے درمیان ہوتی ہے یا ایک ہی ملک کے دو فرقوں کے بیچ؟"

"دونوں ہی صورتوں میں جنگ ممکن ہے مگر تم نے یہ سوال کیوں پوچھا؟"

یہ کہتے ہوئے اس کی نظروں کے سامنے اخبار کی وہ حالیہ تصاویر ابھر آئیں تھیں جو جنگ کی تباہ کاریوں کے پس منظر میں کم سن معصوم بچوں کی بے بسی اور بے مکانی کے دردناک مناظر اور انسانی ذہن کو جھنجوڑ دینے والے عنوانات سے مزین تھیں۔ اسی لمحہ بیٹے کا جواب اسے دوبارہ چونکا گیا۔

"میں نے اخبار میں پڑھا ہے کہ وہ لوگ جنگ کے ذریعے ملک کو آپس میں تقسیم کر لینا چاہتے ہیں۔ کیا یہ سچ ہے پاپا؟"

"ہاں بیٹا۔ ایسا تو ہو گا، ہی، جنگ کا کچھ تو نتیجہ نکلے گانا۔"

"مگر پاپا کیا تقسیم انصاف سے ہو گی؟"

اس بار بیٹے کے سوالیہ لہجے پر جو اب وہ صرف اس کا چہرہ تکتار رہا۔ بھلا وہ اپنے لڑکے کو کیسے سمجھاتا کہ سمندر کے قدیم اور روایتی قانون کے مطابق بڑی مچھلی، چھوٹی مچھلی کو نگل جاتی ہے اگرچہ بعض

اوقات بڑائی کی پیمائش صرف جسامت سے نہیں بلکہ ظاہری اور مخفی دو قسم کی تائیدی قوت سے بھی کی جاتی ہے۔

"ہم ان لوگوں کی کچھ مدد نہیں کر سکتے پاپا؟" اس کے بیٹے کے سوال میں آزردگی اور امید کے دئیے ٹمٹارہے تھے۔

"مدد؟ کیسی مدد؟" وہ بیٹے کے بھولپن پر دھیرے سے مسکرایا۔ "ہم ان لوگوں سے اتنی دور بیٹھے بھلا کیا کر سکتے ہیں؟"

"اوہ پاپا، کم سے کم ہم ان کی تکلیف کا دنیا کے سارے لوگوں کو احساس دلا کر پرابلم کا کوئی سلیوشن نکالنے پر بڑے ملکوں کو مجبور تو کر سکتے ہیں ناں؟"

بیٹے کا حوصلہ دیکھ کر وہ عجیب شش و پنج میں گرفتار ہو گیا۔ بڑے ممالک کے دہرے معیار کی دغاباز حکمت عملی اس کے معصوم بیٹے کی محدود عقل میں کیا خاک سماپاتی؟

"پاپا! آپ تو رائٹر ہیں ناں۔ اس برننگ ٹاپک پر کہانی لکھ کر لوگوں کو پش کیوں نہیں کرتے؟"

بیٹے کے مشورے نے گویا اس کی دکھتی رگ کو چھیڑ دیا تھا۔

کہانیاں لکھنا اس کا شوق تھا۔ ایک ایسے سیکولر سماج میں جس میں وہ جی رہا تھا، ناانصافی، تعصب، فرقہ وارانہ فساد اور ریاستی جبر کے علاوہ وہ جو کچھ دیکھتا، جن واقعات کا مشاہدہ کرتا، انہیں بڑی مشاقی سے اپنے خیالات و نظریات کے سہارے کاغذ پر بکھیر دیتا تھا۔ آہستہ آہستہ اس کی تخلیقات اپنے منفرد انداز از تحریر کی بدولت ادبی حلقے میں مقبول ہوتی گئیں۔ انسانی زندگی کے حقائق کو بے نقاب کرنا ایک زمانے میں اس کا اولین مقصد تھا مگر پیشہ ورانہ مصروفیات کی سختی نے اس کے اندر کے تخلیق کار کو تھپک تھپک کر سلا دیا۔ میدان صحافت میں اب اس جیسے اقلیتی طبقے کے صحافی کا ایک معتبر نام تھا، ایک قابل قدر مقام تھا۔ اس لیے سنبھل سنبھل کر زندگی گزارنا اس کی مجبوری بن گئی۔ محض جذباتی قسم کی کہانیاں لکھ کر اپنے مخصوص صحافتی حلقے میں بنیاد پرست، قدامت پسند اور جانبدار جیسے خطاب سے پکارا جانا اسے گوارا نہیں تھا۔ جس معاشرے اور جس ماحول میں وہ زندگی کی محتاط

سانسیں لے رہا تھا اس کے خیال میں مصلحت پسندی وہاں کا ترجیحی تقاضہ تھی۔

بیٹے کے مشورے نے یکلخت اس کے اندر سوئے فنکار کو جگا ڈالا۔ وہ کچھ دیر سوچتی نظروں سے بیٹے کو دیکھتا رہا پھر شکستہ لہجے میں بولا:

"بیٹے! بعض خیالات ہمارے تحت الشعور میں چھپے رہتے ہیں جو شعور میں آنے سے اس لیے کتراتے ہیں کہ انہیں بعض پابندیوں کا خوف ہوتا ہے۔"

اس کی بات اس کے لڑکے کے پلے نہیں پڑی۔ اس نے بیٹے کے کندھے پر تھپکی دی۔ "خیر! اب اپنے بستر پر جاؤ۔ رات بہت زیادہ بیت گئی ہے۔" لڑکا اسے عجیب نظروں سے دیکھتا اپنے کمرے کی طرف بڑھ گیا۔

ایک دن جب وہ تھکا ہارا دفتر سے لوٹا تو اس کی بیوی نے ایک بڑی خوشخبری سنائی۔ اس کے بیٹے کی بنائی ہوئی تصویر نے ریاستی سطح کے پینٹنگ مقابلے میں اول درجہ حاصل کیا تھا۔ وہ اپنے بیٹے کی مصوری کی صلاحیت سے خوب واقف تھا لیکن اسے قطعی اندازہ نہیں تھا کہ اتنی کم عمری میں وہ اس قدر ترقی کر جائے گا۔ فخر سے پھولا سینہ لیے وہ اپنے بیٹے کے اسکول جا پہنچا۔ اسکول کے پرنسپل نے یہ بتاتے ہوئے اس کی خوشی دو بالا کر دی کہ اس کے بیٹے کی تصویر بچوں کی مصوری کے عالمی مقابلے میں بھی شرکت کے لیے منتخب ہو گئی ہے۔

"چلڈرنس پین شڈ بی فیل گلوبیلی۔" [Children's pain should be feel globally] (بچوں کے درد کو عالمی سطح پر محسوس کیا جانا چاہیے)

یہ کہتے ہوئے پرنسپل نے تصویر اس کے سامنے رکھی اور جماعت سے اس کے مصور بیٹے کو بلا بھیجا۔ اس نے تصویر پر بغور نظر دوڑائی۔

سیاہ آسماں کے پس منظر میں عجیب الخلقت چہرے دانتوں کی نمائش کر رہے تھے۔ پیش منظر میں ملتجی صورت لیے بے رونق آنکھوں کا ایک کمزور لاغر سا بچہ ایک ہاتھ پھیلائے، برہنہ بدن کھڑا تھا۔ اس

کے ہاتھ پر گلوب سے مشابہ کشکول رکھا تھا۔ کشکول پر کرۂ ارض کا ایک رخ نقش تھا۔ نقشے پر ایک محدود دھے میں سرخ رنگ تھوپا گیا تھا اور اسی جگہ سے لالی ٹپک ٹپک کر نیچے گر رہی تھی۔ لڑکے کے پاؤں سرخ رنگ کے دریا میں گویا ڈوبے ہوئے تھے اور تصویر کا عنوان تھا:

"بی فار بلڈ، بی فار بوسنیا، اینڈ وہاٹ نکسٹ؟"

[B for Blood, B for Bosnia, and what next?]

دیکھتے دیکھتے اچانک اسے محسوس ہوا جیسے وہ خود بھی تصویر کے عجیب الخلقت چہروں میں شامل ہو گیا ہو۔ کھسیانی ہنسی ہنس رہا ہو، بے بس قہقہے لگا رہا ہو، لاچاری کی مجبور مسکراہٹ کا اظہار کر رہا ہو۔

برسوں بعد دفعتاً اس کی پر سکون طبیعت میں بھونچال آیا اور پاس کھڑے اپنے لڑکے کے شانے پکڑ کر اسے جھنجھوڑتے ہوئے برافروختہ انداز میں وہ چلانے لگا:

"میں بے حس نہیں ہوں۔۔۔ سمجھے تم۔ میں بے حس نہیں ہوں!!!"

☆ ☆ ☆

دوشیزہ (کراچی): اکتوبر – ۱۹۹۴ء

کرن

جی ہاں میری موت ہو چکی ہے اور میرے مخصوص پلنگ پر میری میت رکھی ہوئی ہے۔ پلنگ کی پائنتی کی طرف میرے چار بیٹے کھڑے ہیں جو بظاہر تو اپنی بہنوں کو، اپنی بیویوں کو تسلی دے رہے ہیں مگر ایسا کرتے کرتے خود ان کی آنکھوں سے آنسو بہہ نکلے ہیں۔ میں ان آنسوؤں کی حقیقت سے واقف ہوں مگر آپ کو بتا نہیں سکتا۔ آخر بتاؤں بھی کیسے کہ اس وقت ان کی آنکھیں تو برسات کا منظر پیش کر رہی ہیں مگر دل اندر ہی اندر تدفین، فاتحہ سیوم، چہلم اور دیگر رسومات پر ہونے والے خرچے کا حساب لگانے میں مصروف ہیں۔

میں مر چکا ہوں۔

جی ہاں میری موت ہو چکی ہے اور میرے مخصوص پلنگ پر میری میت رکھی ہوئی ہے۔ پلنگ کے سرہانے میرے اعزہ و متعلقین کھڑے آنسو بہائے جا رہے ہیں۔ میں کس کس پر نظر دوڑاؤں؟ یہ میری بیٹیاں ہیں جو میرے انتقال کی خبر سنتے ہی دور دراز کے شہروں سے سفر کر کے آ موجود ہوئی ہیں۔ میری زندگی میں تو شاید انہیں فرصت نہیں تھی جو لمحے دو لمحے کے لیے آ کر مجھ سے مل جاتیں۔ اور آج وہ ملاقات نہ کرنے خود سے شکوہ کرتے ہوئے ہچکیوں کے ساتھ اشک بہا رہی ہیں۔ میں جانتا ہوں یہ ان کے حقیقی آنسو ہیں ڈھونگی نہیں۔

پلنگ کی پائنتی کی طرف میرے چار بیٹے کھڑے ہیں جو بظاہر تو اپنی بہنوں کو، اپنی بیویوں کو تسلی دے رہے ہیں مگر ایسا کرتے کرتے خود ان کی آنکھوں سے آنسو بہہ نکلے ہیں۔ میں ان آنسوؤں کی حقیقت سے واقف ہوں مگر آپ کو بتا نہیں سکتا۔ آخر بتاؤں بھی کیسے کہ اس وقت ان کی آنکھیں تو برسات کا منظر پیش کر رہی ہیں مگر دل ہی اندر تدفین، فاتحہ سیوم، چہلم اور دیگر رسومات پر ہونے والے خرچے کا حساب لگانے میں مصروف ہیں۔

اپنی بیٹیوں کے پیچھے میرے کئی عدد نواسے نواسیاں پوتے پوتیوں کا ہجوم ہے۔ ان سبھی کے چہرے کا تاثر کافی غمناک ہے۔ یہ تو ظاہری تاثر ہے، ان کے باطن میں کیا پک رہا ہے، یہ میں آپ کو بتانے کی ہمت نہیں کر سکتا۔

لڑکیاں تو خیر ایک دوسرے کے گلے سے لگیں سچے دل سے آنسو بہا رہی ہیں مگر لڑکے ۔۔۔؟ ان

کے چہروں میں پوشیدہ جھجھلاہٹ سے اندازہ ہو رہا ہے کہ وہ اس روایتی رونے دھونے کے خاتمے کے منتظر ہیں تا کہ انہیں جلد سے جلد باہر اپنے دوستوں کی محفل میں جانے کا موقع ملے۔

بہر حال میری میت کے اطراف کھڑا ہر کوئی اپنے آنسوؤں کی سوغات لٹانے پر کمر بستہ ہے۔ نہیں، ٹھہریئے۔۔۔ یہ میرا سب سے چھوٹا چھ سالہ پوتا منو ہے۔ اس کی آنکھوں میں کوئی آنسو نہیں بلکہ وہ تو سبھی کے چہروں کو حیرانگی سے تک رہا ہے۔

بالآخر میری تدفین ہو گئی ہے۔ سب ہی لوگ مٹی سے قبر برابر کر رہے ہیں اور پھر فاتحہ کے بعد وہ لوگ قبرستان سے باہر نکلنے لگے ہیں۔ اچانک قبرستان میں ایک چھوٹے سے بچے کے رونے کی آواز گونجتی ہے جو دم بدم تیز ہوتی جا رہی ہے۔

"نہیں۔۔۔ میں گھر نہیں جاؤں گا۔۔ آپ میرے دادا ابا کو یہاں اکیلا چھوڑ کر نہیں جا سکتے۔ میں ان کے بغیر گھر نہیں جاؤں گا۔۔۔"

ہچکیوں کے درمیان ننھی معصوم آواز ابھر رہی ہے جو میرے سب سے چھوٹے پوتے منو کی ہے۔ یکایک میری روح بری طرح بے چین ہو گئی ہے۔ میں اپنے لاڈلے پوتے کو تسلی دینا چاہتا ہوں، اس کے آنسو پونچھنا چاہتا ہوں، اسے سمجھانا چاہتا ہوں۔ لیکن پھر مجھے اپنی مجبوری کا خیال آ جاتا ہے کہ میرا تو اس جیتی جاگتی دنیا سے اب کوئی تعلق نہیں رہا۔۔۔!

آج ثواب جاریہ کے نام سے میرے گھر تمام خاص و عام، اہل محلہ، دوست احباب اور عزیز و اقارب کو دعوت دی گئی ہے۔ اس دعوت کا اہتمام میرے چاروں بیٹوں نے مل کر کیا ہے اور واقعی انہوں نے اس کا اہتمام دل کھول کر کیا ہے۔ آخر انہیں محلہ اور ذات برادری میں اپنے نام و نمود کی فکر جو ہے۔

جو لوگ میری زندگی میں مجھ جیسے پابندِ مذہب شخص سے ملنے سے گریز کرتے تھے وہ بھی آج اس دعوت میں شرکت کی خاطر چلے آئے ہیں۔ فارغ ہونے والے شرکا کی ایک کثیر تعداد اپنے پیٹوں پر

ہاتھ پھیر کر ایک طویل ڈکار لیتے ہوئے باہر نکل رہی ہے۔ ان سب کی زبانوں پر دعوت کے پر لطف ہونے کا تذکرہ ہے۔

میں دنگ رہ گیا ہوں۔ غریبوں، بے کسوں، لاچاروں اور فقیروں میں کھانا بانٹنے کے بجائے شکم سیروں کو ہی دعوت دی گئی ہے۔ اس کا ثواب مجھے بھلا کہاں پہنچے گا؟ اس بے جا اسراف اور تزک احتشام سے الٹا مجھ پر گناہ کا بوجھ بڑھنے کا اندیشہ ہو رہا ہے کہ اپنی اولاد کو دی جانے والی میری تربیت کیا ایسی ہی ناقص رہی؟ میں انہیں اس کام سے روکنے کی کوشش کرنا چاہتا ہوں۔ میری روح بے چینی سے پھڑ پھڑا رہی ہے۔

اسی وقت میر انتھا پوتا منو ایک بھکاری کو ساتھ لیے اسی دیگ کے پاس چلا آیا ہے جس کی نگرانی اس کا باپ یعنی میر ابیٹا کر رہا ہے۔ بھکاری کے چہرے سے کئی دن کے فاقوں کا تاثر جھلک رہا ہے۔

اچانک میرے بیٹے کے ڈانٹنے کی آواز ابھرتی ہے جو بھکاری کو بھاگ جانے کا حقارت آمیز اشارہ کرتے ہوئے ننھے منو کو گھر کے اندر دھکیل رہا ہے۔ میری روح پر بوجھ کچھ اور بڑھ گیا ہے۔

لیکن میرا پوتا دوسرے دروازے سے باہر نکل آیا ہے۔ وہ مایوس لوٹتے بھکاری کو اپنے پاس بلا رہا ہے۔

"یہ۔۔۔ یہ پچھلی کچھ عیدوں سے جمع کی ہوئی میری عیدی کے پیسے ہیں۔ دادا ابا کہتے تھے، خیرات کرنا ہو تو ایک ہاتھ سے ایسا دو کہ دوسرے ہاتھ کو اس کی خبر نہ ہو۔ اور میں یہ سب دادا ابا کی طرف سے دے رہا ہوں۔ دعائیں بھی ان ہی کو دینا۔۔۔"

اتنا کہتے ہوئے میرے پوتے کی آواز رندھ گئی ہے اور وہ ایک ہاتھ پیچھے کیے دوسرے ہاتھ سے اپنی جیب سے ڈھیر سارے پیسے نکال کر بھکاری کے ہاتھ میں تھمانے لگا ہے۔

بھکاری کی آنکھوں میں حیرت ہے، تعجب ہے اور چند بے نام جذبات بھی کروٹیں لے رہے ہیں۔ اس کی زبان سے اچانک دعاؤں کی برسات ہونے لگی ہے۔

اور۔۔

اور میری روح ان مہکتی پھواروں سے شرابور ہو کر گھپ اندھیرے میں یکایک چمک اٹھی کرن کی طرف چل پڑی ہے۔

☆ ☆ ☆

اخبار نوجوان (دہلی): اپریل ⁄ مئی- ۱۹۹۰ء

درد لا دوا

"افوہ۔۔۔ تم ہمیشہ منفی انداز میں سوچتے ہو۔۔۔"

"ہاں! جب معاشرہ انحطاط پذیر ہو، جب ظلم اور ناانصافی حد سے گزرنے لگے، جب حق و سچائی کا منہ بند کر دیا جائے۔۔۔ تب، ہاں تب ہی فنکاروں کا درد و غم، تلخ و ترش طنز و نشتر کی شکل میں قلم سے بصورت لہو ٹپکنے لگتا ہے۔۔۔ اور جسے تم منفی سوچ کہتی ہو، منفی اندازِ فکر کا نام دیتی ہو۔۔۔"

لوگ کہتے ہیں کہ میں افسانہ نگار ہوں، نئی نسل نئے زمانے کا نمائندہ۔ پیار و محبت سے لبریز دلگداز، سبق آموز کہانیوں کی تخلیق کرنے والا۔ حالانکہ میں الفاظ کے توتا مینا نہیں اڑاتا کہ مفہوم کا آئینہ ٹکڑوں میں بٹ جائے۔ اور نہ ہی گنجلک علامات و استعارات کا اینٹ گارا جوڑتا ہوں کہ کوئی اسے بدعنوان سیاستدان کا عالیشان محل سمجھے تو کوئی کسی مذہبی پیشوا کی متبرک خانقاہ۔ میں نے تو بس جذبات و احساسات سے دن بدن بے گانہ ہوتی اس اندھیری دنیا میں محبت، الفت، اپنائیت اور یگانگت کا چھوٹا سا دیا جلانے کی کوشش کی ہے۔

لیکن آج میں ان کوششوں سے اکتا گیا ہوں۔ اپنے ان افسانوں کا جائزہ لیتے ہوئے مجھ پر شدید قسم کی بیزاری چھا گئی ہے۔ وہی صنفِ سخت و صنفِ نازک کی چھیڑ چھاڑ، وہی عشق و عاشقی کی تکرار، وہی سیاسی و سماجی پابندیوں اور ثقافتی اقدار کا دباؤ۔ میرا قلم غالباً اسی ایک نکتہ پر ساکت و جامد ہو کر رہ گیا تھا۔ یا جیسے کسی سود خور مہاجن نے سیاہ دولت کو حلال کرنے اپنی کثیر منزلہ عمارت کی پیشانی پر "ھذا من فضل ربی" والا بورڈ ٹانگ دیا ہو۔

ایک دن جب نیند سے جاگا تو دیکھا کہ میرے سامنے خون میں ڈوبی ایک لاش پڑی تھی۔ ایک اندوہناک واقعہ جس کے باعث میں اپنے ایک عزیز دوست سے محروم ہو گیا۔ وہ میرا رفیق، میرا ہمدم و ہمدرد جس نے ساری زندگی انسانیت کی خدمت کو اپنا نصب العین بنایا تھا، ایک دن کسی انسان ہی کے ہاتھوں موت کے گھاٹ اتار دیا جائے گا، ایسا میں نے کہاں سوچا تھا؟

نہیں نہیں۔ اس پیکرِ خلوص کو قتل کرنے والا کوئی انسان نہیں ہو سکتا، وہ تو کوئی وحشی تھا جس کی درندگی کا میرا معصوم دوست شکار ہو گیا۔

ان دنوں شہر ایک بار پھر پر تشدد ہنگاموں کی لپیٹ میں آگیا تھا۔ عوام بیشمار اندیشوں میں گرفتار خوف و ہراس کے عالم میں اپنے اپنے گھروں میں مقید تھے۔ اس دن میں اپنے لان میں بیٹھا فون پر اپنی منگیتر سے گفتگو میں مصروف تھا۔ اچانک اسی لمحے میں نے ایک درد ناک چیخ سنی۔ میں بے تحاشا دوڑ کر دروازے سے باہر نکلا۔ پھر میری آنکھوں نے جو خون آلود منظر دیکھا وہ ہمیشہ کے لیے میرے دماغ میں نقش ہو کر رہ گیا۔ میرا نہایت قریبی و عزیز دوست پیٹ میں دھنسے خنجر کو تھامے شدید کرب کے عالم میں سڑک پر جھکتا چلا جا رہا تھا۔ اور شکاری درندے کا دور دور تک کچھ پتا نہ تھا۔

پھر میرا دوست لاپروائی، مجبوری اور خود غرضانہ مصلحت کا شکار ہو کر نہایت بے بسی کے عالم میں دنیا سے چل بسا۔

"کوئی ہے؟ ارے بھائی کوئی تو ساتھ آؤ اسے اسپتال لے جانے۔۔۔"

پڑوسیوں اور راہگیروں کی لاپروائی ہی تو تھی جو میرے مسلسل آواز دینے اور تعاون مانگنے کے باوجود ایک زخمی انسان کی مدد کے لیے آگے آنے سے ہچکچاتے رہے۔

جب اپنے زخمی دوست کو بمشکل تمام خود اپنے ہاتھوں پر اٹھا کر میں ایک قریبی ڈاکٹر کے مطب پہنچا تو وہاں ایک دوسرا صدمہ میرا منتظر تھا۔ ڈاکٹر نے پتا نہیں کس مصلحت کے تحت میرے قریب المرگ دوست کا معائنہ کرنے کے بجائے اسے شہر کے سرکاری اسپتال لے جانے کا مشورہ دیا۔ اور یوں درد و غم سے دوچار میرے ذہن سے وہ مقولہ سدا کے لیے محو ہو گیا کہ ڈاکٹر انسانیت کے مسیحا ہوتے ہیں۔

گھائل دوست کو اٹھائے جب میں اپنے سرکل کے تھانے پہنچا تو قانون کے ایک بالا دست نے مجھ سے پوچھ گچھ شروع کر ڈالی۔ میں اسے یہ سمجھاتا ہی رہ گیا کہ جناب، خنجر زنی کے شکار اس شخص کو پہلے اسپتال پہنچانے کا بند و بست تو کریں، مگر قانون بھی شاید اپنے اصولوں کی وجہ سے مجبور تھا۔ اس کے بعد۔۔۔ بروقت طبی امداد نہ ملنے کے سبب میرا دوست ہمیشہ کے لیے میرا ساتھ چھوڑ گیا۔

اسی کے ساتھ میرا ذہن بھی بدل گیا۔ نظریات تبدیل ہوگئے۔ خیالات و احساسات میں انقلاب آ گیا۔

مجھے اپنے قلم کی حرمت کا خیال رکھنا چاہیے۔ عشق و محبت کی لایعنی بھول بھلیوں میں بھٹکانے والے خیالی قصے کہانیوں سے پرہیز کرنا ہوگا۔ میدانِ ظلمات میں ظلم و جبر، لاپروائی و ناانصافی، تعصب و تشدد کے خلاف سینہ ٹھونک کر اترنا ہوگا۔ زندگی کے حقیقی مسائل کی عکاسی کرتے ہوئے سوالات قائم کرنے ہوں گے، اس جیتے جاگتے خود غرض معاشرے کے بے شمار ناسوروں کا آپریشن کرنا پڑے گا۔

جب میں انہی سوچوں میں غلطاں اپنی منگیتر سے ملاقات کی خاطر طے شدہ وقت پر ساحلِ سمندر پہنچا تو وہ بے چینی سے میری منتظر تھی۔

"کیا بات ہے، بہت دیر کر دی۔۔۔؟" اس نے تیزی سے دریافت کیا۔

"ہاں! میں اپنے قلم کا عرفان حاصل کرنے میں غرق ہو گیا تھا۔۔۔"
میں نے کھوئے کھوئے سے لہجے میں جواب دیا۔

"ہاں، مجھے انتقام لینا ہے اس معاشرے کے ان افراد سے جو قانون کے بالا دست کہلاتے ہیں، انسانیت کے مسیحا ہوتے ہیں، جو میدانِ سیاست کے حاکم ہیں۔۔۔ مجھے ان سب کے خلاف قلم سے جہاد کرنا ہے۔۔۔"

میرا یہ نیا روپ میری منگیتر کے لیے شاید حیرت انگیز تھا حالانکہ وہ اس واقعہ سے بخوبی آگاہ تھی جو نہ صرف میری زندگی پر اثر انداز ہوا تھا بلکہ اس نے میرے زاویۂ فکر و نظر میں انقلابی تبدیلی لا دی تھی۔ اس نے ٹھہرے ہوئے لہجے میں کہا:

"تم ہمیشہ ایک ہی رخ سے اور شدت کے ساتھ کیوں سوچتے ہو؟ دنیا میں ایسے انسانوں کی بھی کمی نہیں جو بے غرض، بے ریا اور خلوص و ہمدردی کے پیکر ہوتے ہیں۔ اسی طرح انسانیت کا درد رکھنے والے ڈاکٹروں کی بھی قلت نہیں۔ پھر تم یہ بھی جانتے ہو کہ پانچوں انگلیاں برابر نہیں ہوتیں۔۔۔"

"زخمی انسانیت کے علاج کے لیے یہ قدیم محاورہ اب کچھ ناکافی اور غیر موثر سا ہوتا جا رہا ہے۔۔۔" میں نے تمسخر سے جواب دیا۔

"افوہ۔۔۔ تمہارا منفی طرزِ فکر شاید کبھی نہیں بدلے گا"۔ اس نے جھلا کر کہا۔

"ہاں۔ جب معاشرہ انحطاط پذیر ہو، جب ظلم و ناانصافی حد سے گزرنے لگے، جب حق و سچائی کا منہ بند کر دیا جائے، تب۔۔۔۔ ہاں تب ہی فنکاروں کا درد و غلم، تلخ و ترش طنز و نشتر کی شکل میں قلم سے ٹپکنے لگتا ہے۔ جسے تم منفی سوچ کہتی ہو، منفی اندازِ فکر کا نام دیتی ہو۔۔۔" میر الہجہ ابھی تک برہم تھا۔

"خیر چھوڑو۔۔۔" اس کے لہجے میں بیزاری تھی۔

"ذرا ادھر تو دیکھو۔ ڈوبتے سورج کا منظر کتنا حسین و دلکش نظر آ رہا ہے" اس نے دور افق کی جانب اشارہ کیا۔

میں نے دیکھا سورج آہستہ آہستہ سمندر میں ڈوبتا جا رہا ہے۔ افق پر لالی ابھر آئی تھی۔ "تم اسے آفتاب کہتی ہو تو کہو۔ لیکن میں اسے انسانیت کا نام دیتا ہوں۔ غروب ہوتی ہوئی انسانیت، رو بہ زوال ہوتے اقدار، اپنی پہچان کھوتے ضمیر۔۔۔ اسی وجہ سے تو آسمان کا رنگ سرخ ہے۔ جو رنگ آج اس دھرتی پر ابھر آیا ہے وہ سرخ ہی تو ہے۔۔۔ لہو کا رنگ بھی لال ہوتا ہے۔"

میں نے اسے دیکھا جو ابھی تک اسی دلآویز مگر پر فریب منظر میں گم تھی۔ اور اس خوبصورت منظر کا عکس اس کی آنکھوں میں بھی جھلملانے لگا تھا۔ میں نے غور سے اس کی آنکھوں کا مشاہدہ کیا۔ مجھے لگا کہ ایک سورج ادھر غروب ہونے کو بے تاب ہے اور ایک آفتاب ان آنکھوں میں طلوع ہوتا جا رہا ہے۔ اس طلوع ہوتے خورشید کا نزدیکی سے مشاہدہ کرنے میں اس کے چہرے پر جھکتا چلا گیا۔ خود فراموشی کے عالم میں ہم دونوں وہیں کھڑے ایک دوسرے کو دیکھتے رہے۔ نگاہوں ہی نگاہوں میں ہم نے نجانے کتنی ہی گفتگو کر ڈالی۔ وداع ہوتے وقت ایک بار پھر ہم نے ساتھ جینے اور مرنے کی قسم کھائی اور اپنی اپنی راہ ہو لیے۔

رات کی باغی خاموشی میں اپنا تازہ ترین افسانہ میں نے مکمل کیا جس کا پلاٹ مجھے اپنی منگیتر سے ملاقات کے دوران سوجھ چکا تھا۔ پھر جب میں نے اپنی آخری ناقدانہ نظریں افسانے پر ڈالیں تو یکا یک چونک اٹھا۔ بلکہ چونکنے سے زیادہ جھلاہٹ کے کسی تیز رو جھٹکے سے گویا میر او جو دہل گیا۔ عالمِ طیش میں مجھے پتا ہی نہ چلا کہ کب میں نے کاغذ کے پرزے پرزے کیے اور ڈسٹ بن کی نذر کر ڈالے۔

سگریٹ کے پے درپے کش کے بعد ذہن کچھ اعتدال پر آیا تو نا گاہ ڈسٹ بن میں ٹھنسے ٹکڑوں پر نظر گئی۔ کاغذ کے پرزوں پر ابھرے کچھ الفاظ منہ چڑا رہے تھے۔

جھگی کا شہزادہ۔۔ شیش محل کی مہ پارہ۔۔ سماجی تفاوت۔۔ اقتصادی تصادم۔۔ انہونی۔۔ ملاپ۔۔۔۔ اور پھر وہ ہنسی خوشی رہنے لگے !!

☆ ☆ ☆

الحسنات (رامپور) : فروری – ۱۹۹۳ء

ایک وائلن محبت کنارے

"آپ نے جھوٹا وعدہ کیوں کیا۔۔۔؟ آپ اچھی طرح جانتے ہیں کہ یہ مہینے کے آخری دن ہیں اور ہمارے ہاتھ میں اتنے پیسے نہیں ہیں کہ جمی کو ایک اچھا وائلن دلوایا جائے۔ دو تین مہینے پس انداز کرنے کے باوجود بھی ہمارے پاس اتنی رقم نہیں آ سکتی کہ جمی کے لئے کوئی معقول و مناسب وائلن خرید سکیں۔"

"مایوس کیوں ہوتی ہو۔۔۔؟ خدا پر بھروسہ رکھو، وہ کوئی نہ کوئی راہ نکال ہی دے گا اور ہم اپنے جمی کو دیر سے ہی سہی مگر وائلن ضرور خرید کر دیں گے۔ میں نہیں چاہتا تھا کہ جمی کا معصوم سا دل یہ سوچ کر ٹوٹ جائے کہ ہم لوگ اس کے لئے کوئی چھوٹا سا وائلن خریدنے کی استطاعت بھی نہیں رکھتے۔ خدا نے چاہا تو جمی جلد ہی اپنے ذاتی وائلن کے ہمراہ اسکول کے آرکسٹرا میں شامل ہو گا۔۔۔ اور میرے بیٹے کو بھرپور داد ملے گی۔۔۔ تم نے دیکھا وہ کتنا خوبصورت بجاتا ہے۔۔۔ خوبصورت اور شاندار۔۔۔"

"ضرورت ہے۔۔ایک وائلن کی۔۔۔کفایتی دام پر۔۔۔ربط پیدا کریں، فون نمبر۔۔۔"

عموماً ایسے اشتہارات پڑھنے کی میری عادت نہیں، مگر جانے کیسے اس مختصر اشتہار نے مجھے اپنی طرف متوجہ کر لیا۔ شاید کہ "وائلن" اور پھر "کفایتی دام" جیسے الفاظ نے ہی مجھے کچھ سوچنے پر مجبور کر دیا تھا۔ اور میں چشمہ کے شیشے صاف کرتے ہوئے سوچتا چلا گیا۔ ماضی کی دھندلی دھندلی یادوں پر سے کہر کا دبیز پردہ آہستہ آہستہ ہٹنے لگا۔

یہ ان دنوں کی بات ہے جب ہم لوگ مالی مشکلات میں گرفتار تھے۔ ہمارے چھوٹے سے خاندان کی ضروریات زندگی کو پورا کرنے کے لیے صرف ایک ہی فرد کے کاندھوں پر سارا بوجھ تھا۔۔۔ اور وہ تھے میرے پاپا۔ اپنے زمانے کے وجیہہ اور جاذب نظر شخصیت کے مالک، چھ فٹ کے قریب نکلتا ہوا قد اور چوڑا چکلا سینہ۔ وہ میرے آئیڈیل تھے اور میں نے انہی کے نقش قدم پر چلنے کو اپنا شعار بنا لیا تھا۔ خاندانی شرافت تو ان میں کوٹ کوٹ کر بھری ہوئی تھی۔ اس کے علاوہ وہ خلیق اور ملنسار قسم کے شخص تھے، دوسروں کی مقدور بھر مدد کرنے اور ان کے دکھ درد کو بانٹنے والے۔

مگر۔۔۔اسی کے ساتھ وہ خود دار بھی تھے۔ انہوں نے کبھی کسی کے سامنے اپنی شدید ترین پریشانیوں کے باوجود ہاتھ نہیں پھیلایا اور اپنے اہل خانہ کو بھی خودداری اور عزت کا دامن تھامے رہنے کی تلقین کرتے رہتے تھے۔

ہمارا خاندان چھ افراد پر مشتمل تھا۔ پاپا، ممی، دادی ماں، مجھ سے بڑی دو جڑواں بہنیں، جینی اور جیسی اور میں یعنی جمّی۔ جب ممی کو محسوس ہونے لگا کہ پاپا کی آمدنی ہم لوگوں کی ضروریات زندگی کو پورا کرنے میں ناکافی ہو رہی ہے تب انہوں نے پاپا کا ہاتھ بٹانے کا ارادہ کیا، اور پاپا کی مخالفت کے باوجود وہ

اپنے کام میں تن من دھن سے مصروف ہو گئیں۔ وہ سلائی کڑھائی میں ماہر تھیں، اس لیے گھر پر ہی انہوں نے محلے کی خواتین کے کپڑوں کی سلائی کا کام مناسب معاوضے پر شروع کیا۔ ایک سلائی مشین تو ہمارے ہاں پہلے ہی سے موجود تھی اور ممی اسی پر کام کیا کرتی تھیں۔ اس طرح ہماری مالی مشکلات کچھ کم ہونی شروع ہوئیں، مگر پھر بھی مہینہ کے آخر میں پاپا اور ممی اکثر پریشان نظر آتے تھے۔

انہی دنوں میں چھٹی سے ساتویں جماعت میں آیا۔ جینی اور جیسی میٹرک میں جانے والی تھیں، ہم لوگ ایک ساتھ صبح نو بجے اسکول کو روانہ ہوتے اور شام چار بجے ہماری واپسی ہوتی۔

سب سے پہلے میری ان جڑواں بہنوں کو موسیقی سے لگاؤ پیدا ہوا تھا اور پھر پتہ نہیں کیسے انہوں نے پرانے کاٹھ کباڑ سے موسیقی کے آلات ڈھونڈ نکالے، جینی کو پاپا کا وائلن مل گیا تھا اور جیسی نے دادا جان کے پیانو کو کھوج نکالا تھا۔ وائلن اور پیانو اتنے عرصے کاٹھ کباڑ میں رہنے کے باوجود بھی خراب نہیں ہوئے تھے۔ معمولی مرمت کے بعد میری بہنوں نے انہیں استعمال کے قابل بنالیا۔ اس طرح ہر شام کی چائے کے بعد ہمارے گھر میں سریلی دل لبھاتی موسیقی گونجنے لگی۔ پاپا، ممی اور دادی ماں پہلے تو حیران رہ گئے پھر پاپا کو جیسے اپنی جوانی کے دنوں کی یاد آئی اور انہوں نے وائلن کے تاروں کو چھیڑتی جینی کے ہاتھوں سے وائلن لے کر خود اسے بجانا شروع کر دیا۔ پاپا کے مشاق ہاتھوں سے ایک خوابناک اور موہنی دھن تخلیق ہوئی اور سارے ماحول پر ایک نشہ طاری ہو گیا۔ خصوصاً جینی اور جیسی تو بے خود ہو کر ٹکٹکی باندھے پاپا کو ہی تک رہی تھیں جو اپنی ساری توجہ وائلن کے تاروں پر مرکز کئے نم آنکھوں سے ماضی کے سنہرے دنوں کی یادیں تازہ کئے جا رہے تھے۔

جینی اور جیسی نے ضد کر کے پاپا کو ہر روز وائلن اور پیانو کا درس دینے پر راضی کر لیا اور جلد ہی وہ دن بھی آ گیا جب میری دونوں بہنیں ان سازوں کو بجانے میں کافی مشاق ہو گئیں۔

اس یاد گار دن کو میں کیسے بھلا سکتا ہوں۔ وہ ہمارے اسکول کی سالانہ تقریب کا یوم تھا، اسٹیج کو خوبصورت دلآویز انداز میں سجایا گیا تھا اور اسکول کا خود اپنا آرکسٹرا اسٹیج پر موجود تھا۔ انہی میں میری

دونوں بہنیں بھی شامل تھیں، جینی نے وائلن تھاما ہوا تھا اور جیسی اپنے مخصوص پیانو پر جھکی ہوئی تھی۔ اپنی بہنوں کو اسٹیج پر دیکھ کر مجھے ایک انوکھے فخر کا احساس ہوا۔ اور پھر دیکھتے ہی دیکھتے میں خیالوں کی دنیا میں گم ہوگیا۔

میں نے دیکھا کہ اپنی بہنوں کی جگہ میں خود موجود ہوں۔ اور اپنے ہاتھوں میں ایک وائلن تھامے ہوا ہوں۔ یعنی کہ میرا اپنا وائلن! نیا، شاندار اور جگمگاتا ہوا۔

میں نے آہستگی سے تاروں کو حرکت دی اور وائلن سے ایک رسیلی اور شیریں دھن پھوٹ پڑی جو آہستہ آہستہ ہال کی ساری فضا پر چھاتی چلی گئی، تمام لوگ دم بخود ہو کر اس دلکش دھن کی پر اسرار آواز میں گم ہوگئے۔

اچانک ایک زور دار آواز گونجی اور میں اپنے خیالوں کی دنیا سے یکایک باہر نکل آیا۔ اسٹیج پر اناؤنسر کھڑا پروگرام شروع ہونے کا اعلان کر رہا تھا اور اعلان ختم ہوتے ہی ایک کم عمر اور نازک سی لڑکی نے ڈرم پر چوٹ لگائی اور ایک دھماکے سے آرکسٹرا اسٹارٹ ہوگیا۔ پھر باری باری چند لڑکوں اور لڑکیوں نے نغمے پیش کئے۔

سامعین میں جن میں اسکول کے تمام طلبا، ان کے سرپرست اور اساتذہ شامل تھے، کسی کو یہ احساس تک نہ ہو سکا کہ پورا آرکسٹرا نو آموز طلبا پر مشتمل ہے۔ وہ سب چونکے تو تب جب کلچرل سکریٹری نے پروگرام کے ختم ہونے کا شکریہ کے ساتھ اعلان کیا اور پھر پورا ہال تالیوں کی گڑگڑاہٹ سے گونج اٹھا۔

"کسی دن۔۔ ہاں ایک دن میں بھی اس آرکسٹرا میں شامل رہوں گا، اپنے خوابوں کے اس چہیتے وائلن کے ساتھ۔۔۔ اور تب۔۔۔۔ میری بہنوں کی آج جس طرح حوصلہ افزائی کی گئی ہے بالکل اسی طرح میری ستائش میں بھی لوگ تالیاں پیٹنے لگ جائیں گے۔"

پاپا، ممی اور بہنوں کے ساتھ گھر واپس لوٹتے ہوئے میں نے اپنے چھوٹے ذہن سے بہت آگے تک جھانک لیا۔ اور پھر میں زیادہ دن تک خود پر قابو نہ رکھ سکا۔ یوں ایک شام پاپا سے کہہ بیٹھا:

"پاپا۔۔۔۔ میں بھی وائلن بجاؤں گا۔ مجھے بھی ایک وائلن لا دیجئے نا پلیز۔" ممسی سی صورت بنائے میں نے التجا آمیز انداز میں پاپا کی جانب نظریں دوڑائیں۔

پاپا کے بجائے جینی اور جیسی میری بات سن کر اچانک ہنس پڑیں۔

"ہاہاہا۔ جمی وائلن بجائے گا۔۔ اور کچھ دنوں بعد وائلن کے تاروں کا پتہ ہی نہ چلے گا۔"

جینی نے ہنستے ہوئے میری موٹی موٹی انگلیوں پر چوٹ کی، دوسری طرف جیسی نے کہیں سے پڑھا ہوا ایک محاورہ دہرایا: "یہ منہ اور مسور کی دال"۔

اور وہ دونوں پھر قہقہہ لگا کر ہنس پڑیں۔

پاپا نے جلد ہی میرے چہرے پر چھائی بے کلی کو محسوس کر لیا اور انہوں نے ڈانٹ کر دونوں کو چپ کرا دیا۔

"ادھر آؤ تو سہی بیٹے"۔ انہوں نے مجھے مدھم آواز میں قریب آنے کا اشارہ کیا، اور جب میں ان کے قریب پہنچا تو وہ کہنے لگے :

"جمی بیٹے۔ کیا تمہیں وائلن بجانا بھی آتا ہے؟"

"کیوں نہیں پاپا، بالکل آتا ہے۔" میں جلدی سے بول اٹھا۔ "جینی کی غیر موجودگی میں اکثر آپ کا وائلن بجاتا رہوں ہوں پاپا۔ اور مجھے اس کی اچھی پریکٹس ہے پاپا۔۔۔۔"

بے خیالی میں مجھے یاد ہی نہ آیا کہ جینی پاس ہی موجود ہے اور یوں چوری چھپے اس کا وائلن استعمال کرنے کا راز آشکار ہونے پر وہ غصہ میں بھی آ سکتی ہے۔

اور پھر سچ مچ جینی کا پارہ چڑھ گیا۔

"یو ایڈیٹ، ڈیم فول۔۔ تم نے بغیر اجازت میرے وائلن کو ہاتھ لگانے کی جرات کیسے کی جمی؟ ۔۔ پاپا، اس نے بڑی غلطی ہے اور اس کی سزا ملنی چاہئے جمی کو۔۔۔"

غصہ میں جینی مجھے مارنے کو آگے بڑھے ہوئے انداز میں سہمے ہوئے میں پاپا کے پیچھے جا چھپا۔ پاپا نے سمجھا بجھا کر جینی کا غصہ سرد کیا اور مجھے نصیحت کی کہ آئندہ سے جینی کی اجازت کے بعد ہی وائلن سے استفادہ کروں۔ میرا دل یہ سوچ کر بجھ گیا کہ پاپا نے مجھے نیا وائلن خرید کر دینے کی بات پر غور ہی

نہیں کیا۔

مگر یہ میری بھول تھی، پاپا نے میری بات کو ہمیشہ یاد رکھا تھا، وہ کوشش میں تھے کہ کسی طرح چند ڈالرز اکٹھے کر کے مجھے نیا وائلن دلوا دیں۔ اس کا پتہ مجھے ایک رات چلا۔ اس رات میں جینی سے اجازت لے کر اس کا وائلن بجا رہا تھا۔ جینی اور جیسی مل کر اپنا ہوم ورک کر رہی تھیں۔ میں اپنی ہی دھن میں مشغول پوری یکسوئی سے ایک نئی دھن کی تخلیق میں مصروف تھا۔ فضا میں وائلن کے دلکش سُر ارتعاش پیدا کر رہے تھے۔ آخر جب میں نے بجانا ختم کر کے وائلن اپنی جگہ واپس رکھا تب تالیوں کی آواز گونجی۔ میں نے چونک کر نظریں اٹھائیں تو دروازے میں پاپا اور ممی کو کھڑے پایا۔ دونوں کے چہرے پر مسرت چھائی ہوئی تھی۔

"فائن ورک۔۔ گڈ اولڈ بوائے۔۔ ویری فائن۔۔ بہت اچھے۔" انہوں نے میری پرجوش تعریف کی۔

اور میرا سینہ اپنی تعریف سے کچھ انچ پھول گیا۔ میں نے فخریہ انداز میں دونوں بہنوں کو دیکھا جو خود بھی مجھے حیرانی سے تک رہی تھیں۔

"اب تو تمہارے پاس تمہارا اپنا وائلن ہونا چاہئے۔ بگ بوائے۔۔" پاپا نے ہنستے ہوئے میری پیٹھ تھپتھپائی۔

اور میں بے تابی سے بول اٹھا۔ "تو پھر میرا اپنا وائلن کب آئے گا پاپا؟"

"ضرور آئے گا بیٹے۔۔ اور جلد ہی۔۔۔" پاپا نے میرے چہرے پر چھائی ہوئی خوشی کو محسوس کیا تو خود بھی مسکراتے ہوئے جواب دیا۔ میں نے تائیدی انداز میں ممی کی طرف دیکھا تو وہ صرف مسکرائیں اور خاموشی سے میرے گال تھپتھپاتے ہوئے کچن میں چلی گئیں۔

"آپ نے جھوٹا وعدہ کیوں کیا جیری؟ آپ اچھی طرح جانتے ہیں کہ یہ مہینے کے آخری دن ہیں اور ہمارے ہاتھ میں اتنے پیسے نہیں ہیں کہ جمی کو ایک اچھا وائلن دلوایا جائے۔ دو تین مہینے پس انداز کرنے کے باوجود بھی ہمارے پاس اتنی رقم نہیں آ سکتی کہ جمی کے لیے کوئی معقول و مناسب وائلن

خرید سکیں۔"

کچن سے گذرتے ہوئے اتفاقیہ طور پر میرے کانوں میں ممی کی دکھ بھری آواز پڑ گئی اور نہ جانے کیسے ممی کی آواز میں شامل اس دکھ کی لہر کو میں نے اپنے سینے سے اٹھ کر آنکھوں کی طرف جاتے ہوئے محسوس کیا۔

پاپا کہہ رہے تھے۔

"مایوس کیوں ہوتی ہو جنیفر؟ خدا پر بھروسہ رکھو، وہ کوئی نہ کوئی راہ نکال ہی دے گا اور ہم اپنے جمی کو دیر سے ہی سہی مگر وائلن ضرور خرید کر دیں گے۔ میں نہیں چاہتا تھا کہ جمی کا معصوم سادہ یہ سوچ کر ٹوٹ جائے کہ ہم لوگ اس کے لیے کوئی چھوٹا سا وائلن خریدنے کی استطاعت بھی نہیں رکھتے۔ خدا نے چاہا تو جمی جلد ہی اپنے ذاتی وائلن کے ہمراہ اسکول کے آرکسٹرا میں شامل ہو گا۔ اور میرے بیٹے کو بھرپور داد ملے گی، جنیفر تم نے دیکھا وہ کتنا خوبصورت بجاتا ہے۔۔ خوبصورت اور شاندار۔۔۔"

پاپا کی آواز میں فخر کا احساس شامل تھا، میں نے چاہا کہ چیخ کر کہہ دوں:

"نہیں پاپا۔۔ مجھے اتنی جلدی وائلن خرید کر مت دیجیے۔ مجھے اس کی اتنی شدید ضرورت نہیں ہے۔ میں بس جینی کے ہی وائلن سے کام چلا لوں گا۔ میں نہیں چاہتا کہ اس کو خریدنے کے بعد ہم کچھ اور مالی پریشانیوں میں مبتلا ہو جائیں۔ ابھی تو آپ کو ہم لوگوں کی اسکول کی فیس دینی ہے، نئی جماعت کی کتابیں خریدنی ہیں اور بھی کئی گھریلو اہم ضروریات ہیں۔۔ اور۔۔۔ اور میرا چھوٹا بھائی بھی تو اس دنیا میں آنے والا ہے نا۔۔۔ تب تو پاپا، اخراجات بہت بڑھ جائیں گے۔۔ آپ ایک فضول سی شے کے لیے اپنے پیسے ضائع نہ کریں پاپا۔"

مگر میں یہ سب کچھ کہہ نہ سکا اور خاموشی سے اپنے کمرے میں آ کر بستر پر لیٹ گیا۔ آنسو نہ جانے کب تک تکیے کو بھگوتے رہے اور میں نیند کی آغوش میں جا پہنچا۔

ایک ہفتہ بعد کی شام کا ذکر ہے کہ آفس سے لوٹتے ہوئے پاپا کے چہرے پر خوشی چھائی ہوئی تھی، انہوں نے آتے ہی ممی کو خوشخبری سنائی۔ پاپا کی ایک ہفتہ چھٹی کی درخواست منظور ہو چکی تھی اور انہیں اپنی فیملی کے ساتھ چھٹیاں گزارنے نیو یارک جانے کا ایک طرفہ کرایہ بھی مل گیا تھا۔

نیویارک میں ہمارا انٹھیال تھا اور ممی چاہتی تھیں کہ ان کی چوتھی ڈیلیوری وہیں پر ہو۔ اس طرح دوسرے ہی دن ہم لوگ اپنے پاپا کے ساتھ نیویارک میں اپنے نانا کے گھر موجود تھے۔ البتہ دادی ماں اور ہماری قابل اعتماد ہاؤس میڈ جو لیا گھر کی حفاظت کی خاطر وہیں رہ گئی تھیں۔

ممی کی ڈیلیوری بخیر و خوبی ہو گئی۔ اس دنیا میں قدم رکھنے والا مینا میرا چھوٹا بھائی تھا۔ میری، جینی اور جیسی کی خوشی کی کوئی انتہا نہ تھی۔ ہم لوگوں نے اسے جونی کا نام دیا تھا اور ہمیشہ اسے گود میں لے کر اس سے کھیلتے رہتے۔ نیویارک آئے ہوئے چھٹا دن تھا، اور ہمیں واپس اپنے شہر جانے میں بمشکل ایک دن باقی رہ گیا تھا کہ پاپا اس شام مجھے ساتھ لے کر اپنے ایک پرانے دوست کے گھر گئے۔ بڑا نفیس اور شاندار بنگلہ تھا، یہ بھی اندازہ ہوتا تھا کہ اسے بنے کافی عرصہ ہو گیا ہو گا۔ میں نے پرشوق نظروں سے لان کا جائزہ لیا، جگہ جگہ مختلف پھولوں کی کیاریاں تھیں، سبز نرم گھاس، جس پر چل کر ہم دروازے تک پہنچے تھے، لگتا تھا حال ہی میں تراشی گئی ہو، ایک طرف بید کی میز اور کرسیاں پڑی تھیں جن پر فوم کے گدے بچھے تھے۔

کال بیل کی آواز پر دروازہ کھلا اور پاپا سے کچھ زیادہ عمر کا ایک بھاری بھر کم شخص دروازے میں کھڑا نظر آیا، وہ پاپا کو دیکھتے ہی بے قابو ہو کر آگے بڑھا اور اپنی بھاری آواز میں یہ کہتے ہوئے پاپا سے گرمجوشی سے مصافحہ کرنے لگا۔۔۔

"اوہ یو، جیری۔۔۔ہیپی ٹو میٹ یو اگین۔ [Oh you Jerry, Happy to meet you again]"

پاپا کے بشاش چہرے اور اس آدمی کے گرمجوشانہ رویے سے یہ اندازہ لگانا دشوار نہ تھا کہ ایک زمانے میں وہ دونوں بہت گہرے دوست رہے ہوں گے۔

پاپا نے لان میں بیٹھنے کا ارادہ ظاہر کیا اور ہم تینوں آہستہ قدمی سے لان میں بچھی کرسیوں کی جانب بڑھ گئے۔ چلتے چلتے پاپا اچانک پلٹے اور مجھے کاندھوں سے پکڑ کر آگے کرتے ہوئے اپنے دوست کو مخاطب کیا:

"ہاں تو جیکسن۔۔ یہ ہے جمی۔۔ جس کا میں نے تم سے خط میں ذکر کیا تھا۔۔۔ اور بیٹے، یہ تمہارے انکل جیکسن ہیں۔۔" آخری جملہ پاپا نے میری جانب دیکھتے ہوئے ادا کیا تھا۔

"اوہ۔۔۔ اچھا! ہیلو پیارے نوجوان۔۔۔"

مصافحہ کرتے ہوئے میں نے دیکھا کہ اس شخص کی آنکھوں کی چمک غیر معمولی ہو گئی تھی۔

اور پھر وہ دونوں میرے وجود کو فراموش کر کے باتوں میں مصروف ہو گئے۔ میں بے مقصد سایو نہی آس پاس نظریں دوڑاتے ہوئے سوچنے لگا کہ آخر پاپا مجھے اپنے ساتھ یہاں کیوں لے آئے ہیں؟

تھوڑی دیر بعد پاپا کے ساتھ میں بھی چونک پڑا۔ سامنے سے ملازم چائے کے ساتھ لوازمات کی ٹرے لیے چلا آ رہا تھا۔ کوئی ایک گھنٹہ کی بات چیت کے بعد پاپا رخصت ہونے کے لیے اٹھ کھڑے ہوئے۔ تبھی اچانک انکل جیکسن کو کوئی خیال آیا اور وہ پاپا سے "ابھی ایک منٹ" کہہ کر اندر چلے گئے۔ ان کی واپسی پر میں نے دیکھا کہ انکل کے ہاتھوں میں پلاسٹک کا ایک بڑا سا کیس تھا۔ میرے قریب پہنچ کر وہ رکے۔

"جمی۔۔ مائی ینگ لیڈ۔۔ میں نے تمہارے متعلق تمہارے پاپا سے بہت کچھ سنا ہے اور یہ بھی کہ اپنا ذاتی وائلن رکھنے کی تمہیں شدید خواہش ہے، تو یہ ہے وہ۔۔۔ پرائز۔۔۔ جو تمہارے پاپا کی ہدایت پر میں تمہیں پیش کرنے کی مسرت حاصل کر رہا ہوں۔" یہ کہہ کر انہوں نے میرے ہاتھوں میں وہ کیس تھمایا اور پھر پاپا سے مخاطب ہوئے:

"۔۔ اور جیری۔۔ تمہاری ہدایت پر میں نے یہاں کی تمام دکانیں چھان ڈالیں، بالآخر یہ خوبصورت وائلن کفایتی داموں پر دستیاب ہو گیا۔ اس کی قیمت ہے صرف پانچ ڈالر۔۔۔"

قیمت سن کر پاپا نے بے یقینی سے انکل کو دیکھا، اور مجھے یوں محسوس ہوا جیسے انکل اپنی نظریں چرا گئے ہوں۔

"یقین کرو جیری۔۔ میں نے جمی کے لیے اسے صرف پانچ ڈالر میں خریدا ہے۔" وہ نیچی نظریں کیے کہہ رہے تھے۔

پاپا کی آنکھوں میں نہ جانے کیوں آنسو کے دو قطرے آ موجود ہوئے۔ انہوں نے بھیگی آنکھوں سے

انکل کو دیکھتے ہوئے پانچ ڈالر ان کے ہاتھ پر رکھے اور پھر میری طرف پلٹے۔

ادھر میری بے چینی قابلِ رحم تھی۔ بے تابی سے میں نے کیس کھولا اور میرے چہرے پر دھنک کے کئی رنگ چھا گئے۔ اندر ایک سنہرے رنگ کا بے حد خوبصورت وائلن رکھا تھا۔

بے حد خوشنما

جاذبِ نظر

لاجواب۔۔۔

میں نے نفاست اور نزاکت سے اسے اپنے ہاتھوں میں لیا اور اس کے تاروں پر آہستگی سے انگلیاں چلائیں۔ ایک نہایت ہی سریلی آواز وائلن سے برآمد ہوئی تھی۔ خوشی سے بے قابو ہوتے دل کے ساتھ میں نے پاپا کی آواز سنی۔

"جمی۔۔ اٹ از اے گفٹ۔۔ اے گفٹ آف لو ٹو یو۔" (جمی یہ تحفہ ہے۔۔ تمہارے لیے محبت کا ایک تحفہ)

میں نے پاپا کی بات کو سمجھنے کے انداز میں سر ہلا دیا۔ بالآخر میری تمنا پوری ہو گئی، میں نے اپنے خوابوں کے چہیتے وائلن کو پا لیا تھا۔ مجھے بہت بعد میں ممی سے معلوم ہوا کہ انکل جیکسن ایک زمانے میں نیو یارک کے ایک مشہور وائلن نواز تھے۔ ہر پارٹی میں شہر کی قابلِ قدر ہستیاں ان کو فخریہ دعوت دیتی تھیں جس میں انکل اکثر اپنے فن کا مظاہرہ کرتے تھے۔ پاپا نے انہیں خط لکھا تھا کہ میرے لڑکے جمی کو بھی وائلن بجانے کا بہت شوق ہے۔ تم کہیں سے اس کے لیے ایک کم قیمت وائلن فراہم کر سکو تو میں تمہارا بہت شکر گزار رہوں گا۔

پتہ نہیں اس وائلن کی اصل قیمت کیا تھی؟ ایک سستا وائلن بھی ان دنوں پچیس تیس ڈالر میں ملا کرتا تھا۔ جب کہ انکل جیکسن کا دیا گیا وائلن تو نہایت خوبصورت اور مضبوط سنہرے رنگ کے صنوبر کی لکڑی کا بنا ہوا تھا۔ بہرحال میں نے زیادہ غور نہیں کیا، مجھے تو بس اپنے شوق کی خاطر اپنا وائلن چاہئے تھا، جس کا آج میں مالک تھا۔ جینی اور جیسی بھی میرے وائلن کو دیکھ کر رشک کیا کرتی تھیں۔ جینی نے تو کئی بار جھجکتے ہوئے مجھ سے میرا وائلن مانگا اور میں نے ہمیشہ فراخدلی سے اسے دیا بھی۔

ہوتے ہوتے اسکول کا سالانہ دن پھر آگیا۔ جینی اور جیسی کا اسکول میں یہ آخری دن تھا چونکہ اس کے بعد انہیں اعلیٰ تعلیم کے لیے کالج میں داخلہ لینا تھا۔ حسبِ سابق اس مرتبہ بھی اسکول کا آرکسٹرا اسکولی لڑکے لڑکیوں کی جانب سے ہی ترتیب دیا گیا تھا۔ میں دیگر لڑکوں کے ساتھ اپنے پیارے وائلن کے ہمراہ دوسری صف میں اپنا مخصوص آرکسٹرا جیکٹ پہنے موجود تھا جبکہ جینی اور جیسی سینئر طلباء کی حیثیت سے پہلی صف میں تھیں۔

جوش جذبات سے میرا چہرہ سرخ ہوا جا رہا تھا، مجھے یوں محسوس ہو رہا تھا جیسے تمام دیکھنے والوں کی نظریں میری ہی جانب لگی ہوں۔ چونکہ یہ میرا پہلا اسٹیج شو تھا، اس لیے میرے بدن پر ہلکی ہلکی کپکپی طاری تھی۔

مجھے یقین تھا کہ پاپا اور ممی کی نظریں مجھ پر ہی جمی ہوں گی جو اپنے چہیتے وائلن کے سہارے بڑی امید کے ساتھ ایک دنیا سے ستائش و تحسین کے کلمات سننے کو بے چین و بیقرار تھا۔

آرکسٹرا کب شروع ہوا اور کب ختم؟ اس کا مجھے پتہ ہی کیسے چلتا؟ میں نے سگنل ملتے ہی اپنے پیارے وائلن کو جو بجانا شروع کیا تو بے خود ہو کر اپنی ہی دھن میں ڈوب کر بجاتا چلا گیا، چونکا تو اس وقت جب اسکول کے چند لڑکے مجھے اپنے ہاتھوں پر اٹھائے مسرت آمیز نعرے لگا رہے تھے۔ اس دن مجھے اسکول کے عمدہ و بہترین وائلن نواز کا خطاب دیا گیا۔ اور یوں مجھے اپنی صلاحیتوں کا صلہ مل گیا۔

اور پھر۔۔۔

وقت کا پنچھی اپنی اڑانیں بھر تا رہا، اس دوران نہ جانے کتنے ہی واقعات رونما ہو گئے۔ میرا چھوٹا بھائی جونی پولیو کا شکار ہو کر ہمیں روتا بلکتا چھوڑ کر چلا گیا۔ ادھر میں اسکول کے وائلن بجانے والوں کی قیادت کرتے کرتے جینی سے بھی زیادہ اونچے درجے پر جا پہنچا تھا۔ پھر جینی اور جیسی کے گریجویٹ ہوتے ہی پاپا اور ممی نے ان کے لیے موزوں ہمسفر ڈھونڈ کر انہیں گھر سے وداع کر دیا۔ چند سال بعد میں نے بھی گریجویشن مکمل کر لیا۔ اس کے بعد میں نے اپنے چہیتے وائلن کو اس کے مخصوص کیس میں بند کیا اور ایک نئی ہنگامہ خیز دنیا میں داخل ہو گیا جو میرے لیے اپنا دامن پھیلائے برسوں سے

منتظر کھڑی تھی۔

فوج کی دو سالہ ٹریننگ، نوکری اور پھر شادی، شادی کے بعد لگاتار چار بچے، دو لڑکے اور دو لڑکیاں۔ مجھے تو گزرتے وقت کا پتہ ہی نہ چلا۔

کچھ اور سال گزر گئے، میرا چہیتا وائلن میرے ساتھ ہی سفر کرتا رہا۔۔۔ اپنے کیس میں بند ہو کر۔ اور میں نے ہمیشہ اس کی حفاظت کی، کیونکہ میں اپنے چہیتے وائلن کی اہمیت اور تاریخ سے بخوبی واقف تھا۔ میں اسے اب بھی چاہتا تھا اور ہمیشہ دل میں یہ وعدہ کیا کرتا تھا کہ جلد ہی اسے بجاتے ہوئے پھر سے لطف اندوز ہوں گا۔

مگر زندگی کافی تیز اور ہنگامہ خیز ہو گئی تھی۔ اور پھر نئی نسل کو تو ان پرانی چیزوں میں کوئی دلچسپی نہیں تھی۔ میرے بچوں میں سے کسی نے بھی اس وائلن کی قدر و قیمت جاننے کی کوشش نہیں کی، نہ وہ اسے ہاتھ لگانے پر راضی ہوئے۔ ان کے لیے تو ٹیپ ریکارڈ اور ریکارڈ پلیئر ہی بہت تھے۔ بھرپور آواز میں تیز ترین موسیقی کے ریکارڈز لگاتے اور ڈانس کے نام پر نہ جانے کیا کچھ جسم کو توڑتے مروڑتے رہتے۔ میرے چھوٹے لڑکے نے بتایا کہ اسے بریک ڈانس کہتے ہیں، میری تو کچھ سمجھ میں نہ آ سکا۔ بس ایک ٹھنڈی سانس لے کر رہ گیا۔ مجھے یوں محسوس ہوا جیسے جنریشن گیپ (Generation gap) بہت بڑھ گیا ہو۔

ایک کے بعد ایک چاروں بچوں کی شادیوں سے میں سبکدوش ہوا اور وہ سب آزاد پنچھیوں کی طرح اپنے بچپن کا گھر چھوڑ گئے۔ پاپا اور ممی کا تو میرے آخری لڑکے کی پیدائش کے بعد ہی انتقال ہو چکا تھا اور بچوں کی شادیوں کے ایک سال بعد میری رفیق حیات بھی مجھے اس دنیا کی تنہائیوں کو بھگتنے کے لیے اکیلا چھوڑ گئی۔

اور اب۔۔۔

میں نے بمشکل تمام ماضی کی یادوں سے پیچھا چھڑایا اور حال میں آ موجود ہوا۔۔۔ اب میری نظروں کے سامنے اخبار کا وہی اشتہار ہے۔

اخبار کو احتیاط سے قریب رکھتے ہوئے میں آہستگی سے بڑبڑا اٹھا: "مجھے اپنے چہیتے وائلن کو ڈھونڈنا چاہئے۔"

پندرہ منٹ تک کھوج لگانے کے بعد آخر کار نعمت خانے کی الماری کے عقب میں مجھے اپنے بچپن کی آنکھوں کا تارا نظر آگیا۔ میں نے کیس پر سے دھول صاف کی اور پھر اسے کھول کر اندر سے وائلن کو نکال لیا۔ میری بوڑھی انگلیاں وائلن کی سنہرے رنگ والی صنوبر کی لکڑی پر پھسلنے لگیں، میں نے اس کی خوبصورتی اور جاذبیت کو برسوں بعد ایک بار پھر دل سے محسوس کیا۔ اس کے تاروں کو مضبوط کرنے اور تیل سے انہیں صاف کرنے کے بعد میں نے اسے پہلے چوما اور پھر سینے سے لگا کر تاروں پر اپنی بوڑھی مگر ہنر مند انگلیوں کا دباؤ بڑھا دیا۔

اور۔۔۔۔

جیسے کوئی معجزہ رونما ہو گیا۔ میرا چہیتا وائلن اپنی مخصوص سریلی آواز میں بج اٹھا تھا۔ میں نے اپنی پسندیدہ دھنیں بجانی شروع کیں جو میری یاد داشت سے آج تک بھی محو نہ ہوئی تھیں۔ نہ جانے کب تک میں اپنے وائلن کے ساتھ مصروف رہا، کب تک اسے بجاتا رہا۔ کب تک اپنے آنسوؤں کی سوغات لٹاتا رہا۔ مجھے تو بہتے وقت کا پتہ ہی نہ چلا۔

ایسے ہی لمحوں میں مجھے پاپا کی یاد آئی جنہوں نے میرے شوق کو پروان چڑھانے میں میری مدد کی۔ میری چاہت میں میری ہر ضرورت کا خیال رکھا۔ میری خاطر اپنے اصولوں سے ہٹ کر دوسروں سے میرے لیے ایک کم قیمت وائلن دلانے کا تذکرہ کیا۔ مجھے یاد نہیں کہ میں نے کبھی اس بات پر پاپا کا شکریہ بھی ادا کیا تھا یا نہیں؟

پاپا کے حوالے سے مجھے انکل جیکسن کی یاد آئی۔ ان کے ریمار کس یاد آئے اور وائلن کی قیمت بتاتے ہوئے پاپا سے نظریں چرانے کا انداز بھی یاد آیا۔ آخر کار یادوں سے چھٹکارا پاتے ہوئے میں نے وائلن کو اس کے کیس میں بند کیا، اخبار اٹھا کر فون تک پہنچا اور اس اشتہار میں دیئے گئے فون نمبر ڈائل کئے۔

چند ہی گھنٹوں بعد ایک پرانے ماڈل کی کار میرے گھر کے سامنے آ کھڑی ہوئی۔ تیس پینتیس برس کی عمر کا ایک شخص کال بیل بجا رہا تھا۔۔۔

"میں دعا کر رہا تھا کہ کاش کوئی ایک آدمی ہی سہی۔۔ میرے اشتہار کا تو جواب دیدے۔ میری لڑکی ایک وائلن خرید کر دینے کے لیے بہت اصرار کر رہی تھی۔"

اس شخص نے میرے وائلن کا معائنہ کرتے ہوئے کہا۔ اس کے پیچھے اپنی بلوری آنکھیں گھماتی ہوئی ایک خوبصورت نازک سی آٹھ دس سالہ لڑکی کھڑی تھی۔ وائلن دیکھتے ہی وہ بے قابو ہو کر آگے بڑھی اور اپنے باپ کے ہاتھوں سے اسے چھین لیا۔ گھٹنوں کے بل بیٹھتے ہوئے اس نے دلنشیں انداز میں وائلن تھاما اور اپنی پتلی پتلی انگلیاں اس کے تاروں پر چلا دیں۔

وائلن سے نکلی ہوئی مدھر، مدہوش کن اور سریلی دھن کمرے کی ساکت فضا کو خوشگوار بنا گئی اور۔۔۔ لڑکی کے چہرے پر دنیا جہاں کی مسرتیں چھاتی چلی گئیں۔ اس نے وائلن کو سینے سے لگا لیا اور عجیب سی نظروں سے اپنے باپ کو دیکھتی ہوئی ان کی ٹانگوں سے لپٹ پڑی۔

اس شخص نے ایک طویل سانس چھوڑتے ہوئے میری طرف دیکھا۔

"کیا لیں گے آپ اس کی قیمت۔۔؟؟" اس کا لہجہ سوالیہ تھا۔

مجھے اپنے وائلن سے تخلیق کی گئی بے شمار دھنوں کا خیال آیا جس کے معاوضے کے طور پر میں ایک خاصی بڑی رقم حاصل کرنے کا حقدار تھا۔

مگر خدا جانے کیسے میرے منہ سے نکل پڑا:

"پانچ ڈالر۔۔۔"

"کیا۔۔؟ کیا آپ یقین سے کہہ رہے ہیں؟"

اس آدمی کے حیرت سے دیکھنے کا انداز مجھے پاپا کی یاد دلا گیا۔

"جی ہاں۔۔ یقیناً۔۔۔"

اور پھر۔۔ اتنا کہنے کے بعد۔۔۔

خود فراموشی کی حالت میں میرے منہ سے ایک جملہ پھسل پڑا جس کی بازگشت آج تک میرے
کانوں میں سنائی دیتی رہتی ہے ۔۔۔۔
"اِٹ اِز اے گفٹ ۔۔۔ اے گفٹ آف لَو!"
(یہ ایک تحفہ ہے ۔۔۔ محبت کا تحفہ !)

☆ ☆ ☆
(مرکزی خیال انگریزی سے ماخوذ)
نور (رامپور): مئی - ۱۹۸۹ء

کہتی ہے خلقِ خدا!

(منتخب افسانوں پر فیس بک قارئین؍ قلمکاروں کے تبصرے)

فیس بک گروپ کیو آر کوڈ	فیس بک گروپ	تعداد تبصرے	افسانہ عنوان	نمبر شمار
	اردو افسانہ	۱۰	تیری تلاش میں	(۱)
	اردو افسانہ	۷	راستے خاموش ہیں	(۲)
	ثالث ادبی فورم	۱۲	سوکھی باؤلی	(۳)
	عالمی اردو فکشن	۱۲	کرن	(۴)
	عالمی اردو فکشن	۱۳	خلیج	(۵)

(1)افسانہ : تیری تلاش میں

فیس بک گروپ : اردو افسانہ (10 تبصرے)(اپریل-2017ء)

1: حسن امام [Hasan Imam](کراچی، پاکستان)

مکرم نیاز صاحب کے افسانے کے ابتدائی جملے اتنی ہنر مندی اور دیدہ وری سے تخلیق کیے گئے ہیں کہ ان کو پڑھنے کے فوراً بعد ذہن میں تجسس کی فضا پیدا ہو کر افسانے کو مکمل کرنے کے لیے بیقرار کر دیتی ہے اور یہی ایک لکھاری کی کامیابی ہے۔ ان کا اسلوب سادہ اور عام فہم ہے، انہوں نے بیانیہ کو فوقیت دی ہے۔ اگر چہ اس افسانے میں تاریک پہلو کو بیان کیا گیا ہے جس سے یاسیت اور قنوطیت کا احساس ہوتا ہے لیکن اس کا ہر گز یہ مطلب نہیں کہ انہوں نے جان بوجھ کر ایسا کیا ہے۔ آج کے معاشرے میں اخلاقی قدریں جس طرح پامال ہو رہی ہیں اور انسانی اقدار جس انحطاط کا شکار ہے اس کی عکاسی بڑی خوبصورتی سے کی گئی ہے۔ اس اعتبار سے اگر دیکھا جائے تو مجھے وہ معاشرے کے نباض بھی لگتے ہیں اور عکاس بھی۔

2: ڈاکٹر ریاض توحیدی کشمیری [DrReyaz Tawheedi Kashmiri](جموں و کشمیر)

افسانے کا پلاٹ اچھا ہے۔ کہانی کی بنت بھی ٹھیک ہے۔ لیکن کہانی میں صرف انسانی کردار کے یک رخی پہلو کو نشانہ بنایا گیا ہے بلکہ انسان کے خود غرضانہ پہلو پر ہی فوکس کیا گیا ہے۔ اگر چہ مادیت پرست سوچ کے حامل افراد کی مطلبی سوچ کی اچھی عکاسی کی گئی ہے لیکن ماں باپ کی توقعات کو اسی ترازو میں تولنا تو منفی جذبات کو بھڑکانے کے متراد ف نظر آ رہا ہے۔ بہر حال مجموعی طور پر افسانہ ٹھیک ہی نظر آ رہا ہے۔

3: کامران غنی صبا [Kamran Ghani Saba](پٹنہ، بہار)

بہت ہی عمدہ افسانہ ہے۔ ایک عام سے موضوع کو مکرم نیاز صاحب نے بہت ہی خوبصورتی سے فکشن کا روپ عطا کیا ہے۔ آج کے دور میں بے غرض محبت کی تلاش کا انجام اس افسانہ میں پیش کیا گیا ہے۔ مجھے حیرت ہے کہ مکرم نیاز صاحب نے فکشن کی دنیا سے کنارہ کشی کیوں اختیار کر رکھی ہے؟

4: الیاس گوندل [Alyas Gondal](گوجرانوالہ، پاکستان)

افسانہ پڑھتے ہوئے کہیں بیچ میں مجھے یہ خیال آیا کہ راوی جس غیر مشروط (unconditional) محبت اور تعلق کی تلاش میں ہے وہ اسے اپنی ماں کی آنکھوں میں ضرور مل جائے گی، لیکن جب افسانہ وہاں تک پہنچا تو مایوسی ہوئی۔ اس حوالے سے یہ ایک لامتناہی کھوج ہے کیونکہ افسانے کے اختتام پر راوی خود ایک ویسا ہی کردار بن چکا ہے جیسے اسے ملتے رہے۔ اور پھر وہی رونا دھونا جو اب کی بار راوی کے بیٹے کے حصے میں آئے گا۔۔۔ لکھا بہت خوبصورت اور رواں اسلوب۔

۵:محمد عباس[Muhammad Abbas](لاہور، پاکستان)

اچھا افسانہ ہے اور عمدہ پیرایہ اپنایا گیا ہے۔ بے غرض محبت کی تلاش جدید عہد کا ایک عام موضوع ہے اور عام موضوع پہ اچھا افسانہ نکال لینا قابلِ تعریف ہے۔ افسانہ جو دکھانا چاہتا تھا پوری طرح دکھا دیتا ہے اور کہیں بھی کمزور نہیں پڑتا۔ معاشرہ لین دین کے اصولوں پر ہی چلتا ہے۔ جو لوگ اس حقیقت کو جوانی میں تسلیم نہیں کرتے، وہ لوگ جب خود دوسروں کے محتاج ہوتے ہیں، تب ان پر اس معاشرتی اصول کی حقیقت کھلتی ہے۔

۶:صدف اقبال[Sadaf Iqbal](گیا، بہار)

افسانے میں غضب کی برجستگی ہے۔ افسانہ نگار کی فکری گہرائی، ان کا مشاہدہ اور الفاظ پر گرفت افسانے سے مترشح ہے۔ کردار اور تکنیک کی نیرنگی بھی ہمیں متوجہ کرتی ہے۔ اس افسانے میں گہری فکر کے ساتھ انسانی ہمدردی اور انسان دوستی کے بے پناہ جذبے کا احساس ملتا ہے۔ افسانہ ہر اعتبار سے اچھے افسانوں میں شمار کیا جا سکتا ہے۔

۷:رشمی[Rashmi Rshmi](لکھنؤ، اتر پردیش)

بہت ہی خوبصورت اور عمدہ افسانہ ہے۔ زندگی کے تلخ حقائق پیش کرنے کے ساتھ ساتھ سچی منظر کشی کی گئی ہے۔۔۔ زندگی کے تلخ تجربات پر مبنی ہے جس میں کردار کی کشمکش کو پیش کیا گیا ہے۔ بہت ہی عمدہ پلاٹ ہے اور اسلوب میں دلکش روانی ہے۔۔۔ مجموعی طور پر ہم کہہ سکتے ہیں کہ یہ افسانہ جدیدیت اور مابعد جدیدیت کے تناظر میں پیش کیا گیا ہے جس میں فرد اپنی ہی تلاش میں ایک عجیب کشمکش کے ساتھ مبتلا ہے۔۔۔

۸:خورشید طلب[Khurshid Talab](بوکارو اسٹیل سٹی، جھارکھنڈ)

مکرم نیاز صاحب کو پہلی بار پڑھنے کا اتفاق ہوا ہے اور ان کے افسانے نے مجھے چونکا دیا ہے۔ اسلوب سے لے کر ٹریٹمنٹ تک داد کا مستحق ہے۔ مکرم نیاز صاحب کے یہاں تازہ کاری کے علاوہ فنی پختگی بھی ہے۔ موضوع کے ساتھ انہوں نے پورا پورا انصاف کیا ہے۔

۹:شازلی خاں[Shazli Khan](الہ آباد، اتر پردیش)

شاندار افسانہ ہے، افسانے کے پلاٹ کی بنت بھی عمدہ ہے، طرزِ تحریر و اسلوب کی روانی قابلِ تعریف ہے۔ عہدِ حاضر کے بے شمار موضوعات میں سے ایک عام سا موضوع ہے پھر بھی مصنف نے اس موضوع کی پیش کش کمال فنکاری سے کی ہے اور موضوع کا حق ادا کر دیا ہے۔ افسانہ فکر کو مہمیز کرنے کے ساتھ ساتھ انسان دوستی اور ہمدردی جیسے آفاقی جذبے کو نمایاں کرتا ہے۔

10: محمد احسان الاسلام [Mohammad Ehsanul Islam] (پورنیہ، بہار)

ایک ایسے کردار کا قصہ جو دوسروں سے بے لوث محبت اور بے پایاں خلوص کا ہمیشہ سے خواہاں ہے مگر خود اس بات سے ناواقف کہ محبت اور خلوص قربانی اور ایثار مانگتے ہیں۔ ایک خود غرض انسان۔۔۔ ضعیف باپ کی مدد، بہن کی شادی اور بھائی کے مستقبل سے لاپرواہ اور گریزاں۔ ڈیوٹی یاد دلائے جانے پر اسے اس میں صرف دوسروں کی خود غرضی اور سودے بازی ہی نظر آتی ہے۔ ایسے ان گنت کردار ہمارے آس پاس نظر آتے ہیں بلکہ خود ہمارے اندر بھی زندہ ہیں۔ مختلف کرداروں کی یکے بعد دیگرے آمد اور مکالمے افسانے کی طوالت میں اضافہ کا سبب بنے ہیں۔ شاید ایسا کچھ ضروری بھی رہا ہو۔ بہر حال بیانیہ کی روانی نے طوالت سے پیدا شدہ اکتاہٹ کو کم کیا ہے۔

☆ ☆ ☆

(2)افسانہ:راستے خاموش ہیں

فیس بک گروپ:اردو افسانہ(7 تبصرے)(مارچ-2015ء)

1:(مرحومہ)ڈاکٹر خورشید عبد السلام[اَمواج الساحل](الوکرہ، قطر)

پردیس بھگت جو رہے ہیں۔ پردیسیوں کے کئی مسائل ہیں جن میں سے ایک یہ بھی ہے کہ بندہ خود کو تنہا پاتا ہے۔ نہ یہاں اسے کوئی پہچانتا ہے نہ وہاں۔ پردیس کے لوگ کہتے ہیں تم یہاں کے باسی نہیں ہو۔ باہر سے آئے ہوئے ہو۔ وطن کے کہتے ہیں اب تم پہلے کی طرح کے نہیں رہے، بدل گئے ہو۔۔ تم نے دوسرے ملک کی تہذیب کو اپنا لیا ہے۔۔۔۔ میں تو اکثر کہتی ہوں کہ ہم تو۔۔۔نہ ادھر کے رہے نہ ادھر کے رہے۔ وطن کے لوگ تمام فیصلے اس کو مد نظر رکھے بغیر خود ہی کرتے ہیں۔۔۔ مگر پیسے لینے کے وقت اسے یاد کرتے ہیں اور سمجھتے ہیں کہ اس پر بڑا احسان کرتے ہیں۔

2:خاقان ساجد[Khakan Sajid](راولپنڈی، پاکستان)

کرشن چندر اردو کے سرخیل افسانہ نگاروں میں سے ایک تھے مگر افسانے میں تقریر کرنے کی عادت نے ان کے بظاہر بہت عمدہ افسانوں کو زک پہنچائی۔ بیدی نے ان کے افسانوں پر تبصرہ کرتے ہوئے افسوس سے لکھا تھا:'میرا یار کہیں تو رکا ہوتا۔۔۔'اس افسانے کے خالق کو میرا پہلا مشورہ تو یہی ہے افسانے میں تقریر سے پرہیز کریں۔ دوسری تجویز یہ دوں گا کہ افسانہ لکھنے کے بعد اس کی بھرپور کاٹ چھانٹ کریں۔ ایک جملہ اور لفظ بھی زائد نہیں ہونا چاہئے۔ مثلاً پہلا پورا پیراگراف اگر میری نگاہ میں زائد ہے۔ اسے کاٹ کر دیکھئے۔ افسانے کی صحت پر کوئی اثر نہیں پڑے گا۔ بہر حال پردیس میں جا بسنے والوں کا احوال اور ان کا المیہ آپ نے عمدگی سے بیان کیا۔ نظر ثانی سے افسانہ مزید بہتر ہو سکتا ہے۔

3:شاہد جمیل احمد[Shahid Jamil Ahmad](گوجرانوالہ، پاکستان)

تحریر مباحثہ، مکالمہ اور تاثر کے انداز میں لکھی گئی ہے۔ بے شک موضوع اچھا ہے، اپنے اپنے ماحول تئیں کرداروں کی بات، دلائل اور گفتگو میں وزن ہے لیکن تحریر میں کہانی پن کا عنصر نہ ہونے کی وجہ سے تحریر قاری کی دلچسپی کے ساماں سے تہی محسوس ہوئی۔

4: عادل فراز [Adil Faraz] (لکھنؤ، اترپردیش)

افسانہ کا موضوع نیا نہیں تھا۔ مکرم نیاز کی تقریر زیادہ اہم ہو گئی جس کے بیچ افسانہ کہیں کھو سا گیا۔ لیکن اگر دیکھا جائے تو یہی تقریر اس افسانہ کے موضوع کو پایۂ تکمیل تک پہنچاتی ہے۔ کہیں ناکہیں یہ ان کا داخلی کرب بھی بیان کرتا ہے۔

5: فرحین جمال [Farheen Jamal] (واٹرلو، بلجئیم)

راستے خاموش ہیں، ایک اچھا افسانہ۔ دیار غیر سے واپس آنے والوں کو اپنے ہی ملک کا ہر راستہ اجنبی لگتا ہے، کیوں؟؟ اس لئے کہ ان کا تعلق اپنی مٹی سے ٹوٹ جاتا ہے، چہروں پر پہچان کی وہ چمک نہیں رہتی جو اپنے ملک سے سانجھے رہنے والوں کے لئے ہوتی ہے، اس لئے کہ مٹی سے جڑے رشتے بہت مضبوط ہوتے ہیں۔ ایسا نہیں کہ عزیز رشتہ دار بھول جاتے ہیں بے وطنوں کو، بلکہ ان کے ربط ضبط کی شدت میں کمی آ جاتی ہے اور پھر ان کے اپنے ڈھیروں مسائل۔ بیچارے چلا وطن لوگ جن کا کوئی بھی وطن نہیں۔

6: عشرت ناہید [Ishrat Naheed] (لکھنؤ، اترپردیش)

غریب الوطنوں کے احساسات کو عیاں کرتا خوبصورت افسانہ۔ اور خوبی کی بات یہ کہ مصنف نے جب اسے تحریر کیا اس وقت دیار غیر کا ذائقہ بھی نہیں چکھا تھا۔

7: آلِ حسن خان [Ale Hasan Khan] (قائم گنج، اترپردیش)

افسانہ اپنے مضمون اسلوب اور زبان کے اعتبار سے مکمل ہے۔ جہاں آدمی بہت کچھ پاتا ہے وہیں وہ بہت کچھ کھوتا بھی ہے۔ پانے پر مسرور ہے تو کھونے کا ملال ہی اس کی پریشانی کا سبب ہے۔

☆ ☆ ☆

(3)افسانہ:سوکھی باؤلی

فیس بک گروپ:ثالث ادبی فورم(12 تبصرے)(جون-2021ء)

1:پروفیسر نجمہ محمود[Najma Mahmood](علیگڑھ،اتر پردیش)

عصری معنویت لیے ہوئے ایک انتہائی سبق آموز اور عبرتناک علامتی، انقلابی کہانی۔ مشکل یہ ہے کہ بے جڑ کے پودے اپنی جڑوں سے کٹے ہوئے ہیں سوکھی باؤلی بنے ہوئے ہیں۔ ان کو اپنی مادری زبان نہیں آتی وہ اس کہانی سے سبق کیسے لیں گے؟ ہم تو پہلے ہی convinced ہیں۔ اس کہانی کو نئی نسل تک پہنچایا جائے ورنہ خونِ جگر سے لکھی یہ کہانی صدا بہ صحرا رہ جائے گی۔ اسے یوٹیوب پر وائرل کر دیا جائے۔

2:سید کامی شاہ[Sayed Kami Shah](کراچی،پاکستان)

بہت خوبصورت اور پر معنی افسانہ جس میں رمز و کنایہ بھی ہے اور علامت و استعارہ بھی۔ مصنف نے بڑی خوبی کے ساتھ یہ سارا منظر نامہ ترتیب دیا ہے جو دلچسپ بھی ہے اور فکر انگیز بھی۔

3:عاکف محمود[Akif Mahmood](چکوال، پاکستان)

اس افسانے میں سوکھی باؤلی کا علامتی استعمال مزے کی چیز ہے۔ جہاں باؤلی سوکھنے سے گھر بھر پانی کی لوٹ مار میں مصروف ہے۔ وہیں ایک سوکھی باؤلی دو گھونٹ پانی کی منتظر ہی رہتی ہے، کبھی مل گیا کبھی نہ ملا۔ اندیشے اسے گھر کے باہر سے پانی لانے پر مجبور کر دیتے ہیں، یہ المیہ ہے۔ یہاں دادی کا سوکھی باؤلی ہونا اور سوکھی باؤلی کا لائف سائیکل ایک دوسرے میں مدغم ہو کر افسانے میں ایک لطف آشنائی کا باعث بنتے ہیں۔

4:ابرار احمد صدیقی[Abrar Ahmad Siddiqui](مدھوبنی، بہار)

مکرم نیاز صاحب کا خوبصورت افسانہ "سوکھی باؤلی" پڑھ کر طبیعت خوش ہو گئی۔ یہ پانی اور پیاس کے موضوع پر لکھی گئی ہے۔ غلام عباس، احمد ندیم قاسمی جیسا طرزِ بیان عہدِ ماضی کے افسانوں کی یاد دلا گیا۔ وہ دور جب کہ علامتی اور تجریدی افسانے سے قاری نابلد تھے اور ایسے ہی دلکش افسانے لکھے اور پڑھے جاتے تھے۔ دلچسپ پیرائے میں لکھی ہوئی کہانی میں عمل اور مکافاتِ عمل کا بھی ذکر ہے جو دادی جان کے ساتھ پیش آئے اور آج کا سچ بھی یہی ہے۔ آج

بھی سماج اور خاندان ایسے ہی حالات سے گزر رہے ہیں۔ بزرگوں کے ساتھ نئی نسل کا رویہ کتنا غیر مناسب ہوتا ہے اور بزرگوں کو کیسے نظر انداز کیا جاتا ہے اور ان کے دلوں کی جو حالت ہوتی ہے اسے افسانہ نگار نے بہت عمدہ سلیقے سے پیش کیا ہے۔ زبان و بیان بھی نہایت عمدہ ہے اور قاری پر کہانی کا مکمل سحر طاری رہتا ہے۔ اس میں اولاد کی خود غرضی پر بہترین طریقے سے روشنی ڈالی گئی ہے۔ اس جیسے افسانوں کی آج پہلے سے بھی زیادہ ضرورت ہے کیونکہ اس میں نئی نسل کے لیے ایک پیغام بھی ہے اور نصیحت بھی، جو آج اپنے بزرگوں کو ایک لمحے کے لیے بھی برداشت کرنا نہیں چاہتی۔ افسانہ دادی جان کے عہدِ ماضی کی یاد گار ہے اور خود ان کے لیے ایک آئینہ بھی۔ افسانے ایسے ہوں جو قاری کے لیے دوا کا کام کریں نہ کہ ایسے جو انہیں اور بھی ذہنی خلجان میں مبتلا کر دیں۔ ایسے ہی خوبصورت افسانے قاری کے لیے باعثِ سکون ہوتے ہیں اور پریشانیوں کے اس دور میں غم غلط کرنے کا نسخہ بھی۔

5: فریدہ انصاری [Farida Ansari] (مالیگاؤں / دوحہ، قطر)

زندگی کی حقیقت بیان کرتا افسانہ۔ قلم نے جیسے دادی کے درد میں ڈوب کر لکھا ہو۔ کہتے ہیں مکافات عمل اس دنیا میں ہی مل جاتا ہے۔ دادی نے مزدوروں سے زیادتی کو اپنے بہترین دنوں میں ہی بدل دیا تھا لیکن گویا کچھ پانی کے چھینٹے ہنوز باقی تھے جن میں ان کی عمر رسیدہ زندگی گویا ڈوب گئی۔ بجز ایک افسانہ لیکن ایک بھرپور علامت دور حاضر کی، قاری کے آگے رکھ دی کہ جب تک باؤلی میں پانی رہتا ہے اسے سبھی یاد رکھتے ہیں اور جب باؤلی خشک ہوتی چلی جاتی ہے اس کی وقعت کم سے کم ہوتی چلی جاتی ہے۔ بالکل دادی کی طرح کہ جیسے ان کا وقار، ان کا دبدبہ تھا، بڑھاپے میں وہ رخصت ہوا اور حال یہ کہ کسی کو بھی اتنا خیال نہیں کہ ایک باؤلی رکھنے والی کے پاس اپنی نجی ضروریات کے لئے پانی نہیں اور وہ گھر سے دور میونسپلٹی کے نلکے سے پانی لانے پہنچ گئی کہ وہ اب بھی کسی کی محتاج نہیں بننا چاہتی تھیں۔ ایک غیور دادی کی آپ بیتی کو بڑی عمدگی سے کینوس پر پینٹ کیا۔ سلیس انداز از بیاں، مکالمے چست، منظر نگاری خوب۔

6: مقصود حسن (کولکاتا)

یہ افسانہ دراصل ناپید ہوتی ہوئی انسانی قدروں کا نوحہ ہے۔۔۔ گزرتے ہوئے وقت کے ساتھ ہماری تہذیب، اپنوں کے لئے ہمدردی، دلوں کی سادگی اور انسانی رشتوں کی پاسداری بھی آہستہ آہستہ خود غرضی اور مادی ترجیحات کے سامنے دم توڑ چکی ہیں۔۔۔ ان باتوں کو بڑے فنکارانہ انداز میں افسانے میں پرویا گیا ہے۔ اس طرح یہ افسانہ ہمیں اندر سے جھنجھوڑ دیتا ہے۔ افسانے کا عنوان بہت معنی خیز ہے اور اس کی زبان و بیان کی جتنی بھی تعریف کی جائے، کم ہے۔۔۔ زندگی سے بھرپور، چست اور فلسفیانہ مکالموں نے افسانے کو دو آتشہ بنا دیا ہے۔

7: رفیع حیدر انجم [Rafi Haider Anjum] (ارریہ، بہار)

بیشتر اچھی کہانیاں زندگی کی کشمکش، جدوجہد اور انتشار سے جنم لیتی ہیں۔ مکرم نیاز کی یہ کہانی "سوکھی باؤلی" قلت آب کے تصادم سے ابھری ہے جو آگے چل کر انسانی نفسیات کے اس نقطۂ عروج تک پہنچ جاتی ہے جو ہمارے سماج کے اجتماعی لاشعور کا حصہ ہے۔ کہا جاتا ہے کہ آنے والی صدی میں حصول آب کے لئے جنگ ہوگی۔ ابھی تو اس کی ابتدائی جھلک شہروں، قصبوں اور گاؤں میں دیکھنے کو مل رہی ہے۔ مگر یہ کہانی محض پانی کے قضیے کو ڈیفائن نہیں کرتی ہے بلکہ حیات انسانی کی بے بضاعتی، ناقدری اور ناآسودگی کو بھی اپنے متن میں سمیٹے ہوئے ہے اور جو نسلاً گزشتہ سے پیوستہ چلا آرہا ہے۔ ایک ناموہوم سی تسلی کی بات یہ ہے کہ قدما کی آنکھوں کا پانی سلامت تھا اور انہیں اپنے انجانے خطاؤں کا احساس ہو جایا کرتا تھا۔ مگر اب یہ پانی خشک ریت کے ڈھیر میں جذب ہو چکا ہے اور خوابیدہ احساس ندامت کو بیدار کرنے میں ناکام ہے۔ اب ہماری آنکھیں نم نہیں ہوتیں خواہ گھر کے بزرگوں کو اسٹور روم کا ایک حصہ ہی کیوں نہ بنا دیا جائے۔ افسانہ نگار کے چند سیلف اسٹیٹمنٹ اور تکرار خیال کے جملوں کو درگزر کر دیا جائے تو افسانہ اپنے پیشکش، اسلوب اور ٹریٹمنٹ سے متاثر کرنے میں کامیاب ہے۔

8: ڈاکٹر فریدہ بیگم [DrFareeda Begum] (گلبرگہ، کرناٹک)

"سوکھی باؤلی" عنوان بھی معنویت رکھتا ہے اس افسانہ کے درون باؤلی جو کبھی میٹھا پانی سے سب کو سیر اب کر خوشیاں دیا کرتی اب سوکھ گئی تو اہل خانہ کی نظر میں متروک ہو جاتی ہے۔ دور حاضر میں تہذیبی اقدار کا زوال بزرگوں کو قابل اعتنا سمجھا جا رہا ہے۔ سادہ بیانیہ اسلوب میں لکھا گیا افسانہ ہے۔ لیکن کہیں کہیں افسانہ نگار کا دخل متاثر کر رہا ہے۔ ایک بھر پور خاندان نسل در نسل اخلاقی اقدار۔۔۔ زوال کا شکار۔ دادی کو ایک بالٹی پانی کا، محتاج کیا گیا۔ باریک بینی سے غور کیا جائے تو دادی کا مکافات عمل کا اظہار بھی ہوتا ہے۔ معاشرہ میں بزرگوں کی اہمیت ختم اور نئی نسل بہت ہی چالاکی کے ساتھ انہیں نظر انداز کرتی ہے۔ اہل خانہ کی نظر میں جب بزرگ بوجھ بن جائیں تو ان کا حال دادی ماں جیسا ہو گا۔۔۔ سوکھی باؤلی علامتی انداز میں اپنا پیغام پہنچانے میں کامیاب ہے۔ معاشرہ پر گہرا طنز ہے کہ نئی نسل بزرگوں کو نظر انداز کر انہیں بیکار کی شئے تصور کرتے ہیں۔۔۔ اکثر و بیشتر ہمارے اطراف موجود ہے اس کا تدارک کیا جائے۔

9: آسیہ رئیس خاں [Aasiya Raees Khan] (نوی ممبئی، مہاراشٹر)

عنوان معنی خیز اور بہت اچھا ہے۔ یہ موضوع آج بھی اتنا ہی ریلیٹیبل ہے جتنا برسوں قبل تھا۔ مصنف نے اسے سادہ مگر دلچسپ انداز میں لکھا ہے۔ زبان و بیاں اور روانی کے ساتھ افسانہ قاری کو آخر تک باندھے رکھتا ہے۔ منظر نگاری بھی عمدہ ہے۔

10: ڈاکٹر ریاض توحیدی کشمیری [DrReyaz Tawheedi Kashmiri] (جموں و کشمیر)

افسانے کی کہانی اور اسلوب سے عیاں ہے کہ مکرم نیاز صاحب لکھنے کے فن سے واقف ہیں۔ میرے خیال میں یہ سب سے اہم خوبی قرار دی جا سکتی ہے کہ کوئی انسان کسی فن کا فنی شعور رکھتا ہو۔ افسانے کی کہانی بغیر کسی ابہام کے واضح پیغام سناتی ہے اور افسانے میں ابتدا، وسط اور اختتام کے فنی لوازمات کا خاص خیال رکھا گیا ہے۔ اب موضوع کی بات کریں تو افسانہ تین موضوعات کی عکاسی کرتا ہے۔ ابتدا قلتِ آب (Scarcity of water) کے مسئلے سے ہوئی ہے۔ جس طرح افسانے میں دکھایا گیا ہے وہ ہندوستان کے ان علاقوں کی عکاسی کرتا ہے جن میں نصف ریاستوں کے بیشتر خطے پانی کے بحران (Water crises) کے شکار ہوتے ہیں۔ اسی بحران کو لوجک بنا کر ایک بڑے خاندان کی ایک عمر رسیدہ خاتون "دادی جان" کی کہانی شروع ہو جاتی ہے۔ یعنی اب افسانے میں عمر رسیدہ افراد کے تئیں اولاد یا افرادِ خانہ کی عدم توجیہی کا مسئلہ کھڑا کیا گیا ہے اور آخر پر جب دادی اماں گھر سے باہر جا کر پانی کی خاطر نکلتی ہے تو یہ مسئلہ افسانے میں افرادِ خانہ کے لئے تحفظِ اِنا (Ego protection) بن کر دکھایا گیا ہے۔ یعنی کہانی کا اختتام دوسری باتوں کے علاوہ یہ بھی ظاہر کر رہا ہے کہ اَنانیت یا ہٹ کر عزت کی بجائے حل تو یہ ڈھونڈنا چاہیے تھا کہ دادی اماں کے تئیں عدم توجیہی کا ازالہ ہو جاتا لیکن یہاں پر بچے اور بہوئیں اس کو اپنے وقار کے مجروح ہونے کا مسئلہ بناتے ہیں۔ یہاں تک تو سبھی چیزیں ٹھیک ہیں۔ اب سوال ابھرتا ہے کہ کیا یہ افسانہ فنی، تکنیکی اور موضوعاتی سطح پر اپنی عصری معنویت یا ریڈنگ ویلیڈیٹی کا تاثر چھوڑ رہا ہے کہ نہیں تو کئی قارئین کے لئے اچھا تاثر چھوڑتا ہے کیونکہ ایسے مسائل آج بھی ہمارے سماج میں موجود ہیں اور کئی قارئین کو غالباً کچھ زیادہ متاثر نہیں کر رہا ہو گا کیونکہ پتہ نہیں افسانہ کب لکھا گیا ہے اور اب تو بیشتر قارئین نئے نئے موضوعات کو ہی پسند کرتے ہیں۔ فنی طور پر دیکھیں تو افسانہ کہانی کے اسلوب کی عکاسی کرتا ہے جبکہ اس میں پورا افسانہ بنانے کی گنجائش موجود ہے۔ اب موضوعاتی برتاؤ کی بات کریں تو ابتدا میں افسانہ کسی اور مسئلے کی طرف قاری کی توجہ کھینچتا ہے جو کہ ایک اہم سوشل ایشو ہے اس کے بعد مسئلہ کچھ اور قسم کا سامنے آتا ہے اور پانی کا مسئلہ صرف علت تک ہی محدود رہتا ہے جس کی وجہ سے پلاٹ کی ساخت مناسب موضوعاتی برتاؤ میں بکھر سی گئی ہے اور قاری جو ابتدائیہ پڑھ کر کہانی سے توقع رکھتا ہے وہ انجام تک پوری نہیں ہو جاتی۔ میں سمجھتا ہوں کہ دو مسائل میں سے ایک ہی پر اگر موضوعاتی اور فنی ارتکاز کیا جاتا تو افسانے کا وحدت تاثر متاثر کن تاثر چھوڑنے میں کامیاب ہو جاتا۔

11:1 اسما حسن [Asma Hassan] (اسلام آباد / کولون، ہانگ کانگ)

موضوع اس وقت ثانوی حیثیت اختیار کر لیتا ہے جب ندرت، بیانیہ کو "ٹچ" کرتی ہے۔ اگر تو کسی بھی قسم کے انوکھے انداز نے تحریر میں اتنی چاشنی پیدا کر دی ہے کہ قاری متجسس ہوئے بغیر نہیں رہ پایا تو یقیناً تحریر کی کامیابی ہی مانی جائے گی۔ زیرِ نظر افسانے کا ابتدائیہ پڑھتے ہوئے "کرشن چندر" کا افسانہ "پانی کا درخت" یاد آ گیا۔ آپ کلاسیکل

انداز از لے کر چلتے ہوئے نصف حصہ کو بھی سنبھال جاتے ہیں تو بیانیہ میں "لڑ کھڑاہٹ" بیدار نہیں ہوتی اور اس افسانے کا خاصہ رہا کہ چھوٹی موٹی "نوک پلک" سنوارنے کے علاوہ کوئی ایسے "سپیسز" دکھائی نہیں دیے جو بیانیہ میں "رخنہ" ڈالتے ہوں۔ کبھی کبھی مصنف "کلیور / ہوشیار" رہتے ہوئے قاری کو چکما دیتا ہے اور کہانی کہتے کہتے کئی نئے موڑ لے لیتا ہے ایسی صورت حال میں بیانیہ "تہہ دار" ہوتا چلا جاتا ہے جو کہ تحریر کو اکہری سطح سے اٹھان دے دیتا ہے ۔۔ یہاں پر بیانیہ مکمل طور پر تہہ دار تو نہیں مگر اس کے قریب قریب ہلکی سی پرت کے ساتھ ضرور ملتا ہے۔ میرے نزدیک یہ صفت ہے۔ دو تین قسم کے مسائل کا احاطہ کرتا ہوا یہ افسانہ انجام تک پہنچ کر ایک بھرپور تاثر کے ساتھ قاری کو متاثر کرتا ہے۔ اور موضوع عام ہوتے ہوئے بھی خاص بن جاتا ہے۔ میں یہاں پر "سوکھی باؤلی" کو "دادی" ہی مان رہی ہوں۔ ایک عمر رسیدہ عورت جو اپنا بوجھ اٹھانے سکے اس کے لیے اس سے بہترین مثال ہو نہیں سکتی۔ جب بدن سوکھ کر لکڑی بننے لگتے ہیں تو جسم پر رینگنے والے کیڑے بھی اکڑ کر چلتے ہیں تب ہی تو معاشرتی اقدار کھو کھلی ہو کر ایسی کہانیوں کو جنم دیتی ہیں۔ مکرم صاحب کو پہلے بھی پڑھ چکی ہوں۔ اچھا لکھنے والوں میں سے ہیں۔ اس افسانے نے بھی متاثر کیا البتہ چھوٹی موٹی توجہ سے بیانیہ کو مزید گندھا ہوا بنایا جا سکتا ہے۔ گنجائش موجود ہے۔ کچھ اضافی جملوں کی مدد سے اور کچھ حذف کرنے سے ۔

12:(مرحوم) پروفیسر حسین الحق [Hussain Ul Haque] (گیا، بہار)

سوکھی باؤلی ٹھیک ٹھاک افسانہ ہے۔ جھوٹی عزت، ذاتی مفاد، نا تربیت یافتہ نوجوان خون کا اچھال، اور اس کی بنیادی وجہ یہ کہ بزرگوں نے اپنی ذمہ داری کما حقہ پوری نہیں کی۔ منظر نامہ غالباً کسی انتہائی دیہی اور کوردہ علاقے کا جہاں اب تک گھروں میں "باؤلی" کھودی جاتی ہے، جب کہ کنویں کا رواج بھی اب آہستہ آہستہ کم ہوتا جا رہا ہے۔ کہانی کا قصہ صرف یہ ہے کہ میونسپل ٹیپ سے پانی لینے کے لئے آپا دھاپی مچتی ہے اور اس میں ایک دادی گر جاتی ہیں یا انہیں چوٹ لگتی ہے مگر اس واقعے کے، اپنے بیان میں، انجام کو پہنچنے تک، مکالموں اور نصیحتوں کے جو کلی پھندنے ٹانکے گئے ہیں، ان سے اگر افسانے کو نجات دے دی جائے تو میرے خیال میں افسانہ زیادہ نکھر کر سامنے آئے گا۔

★ ★ ☆

(4)افسانہ: کرن

فیس بک گروپ: عالمی اردو فکشن (12 تبصرے)(فروری-2022ء)

1: ڈاکٹر ریاض توحیدی کشمیری [DrReyaz Tawheedi Kashmiri](جموں و کشمیر)

افسانہ "کرن" کی اصلاحی کہانی پڑھ کر سرسید احمد خان کا اصلاحی نوعیت کا افسانہ "گزراہوا زمانہ" کی کہانی یاد آ ئی جس میں روشنی کی ایک کرن کے ساتھ ہی ایک خوبصورت لڑکی کی نمودار ہوتی ہے اور کردار کو بتاتی ہے کہ وہ نیکی ہے یعنی نیکی کا بدلہ روشنی اور اس افسانے کا عنوان "کرن" بھی میت کو راحت پہنچاتی ہے جب اس کا پوتا ایک غریب کو خیرات دیتا ہے۔ مطلب جو کچھ بھی اللہ کی رضا کے لئے غرباء اور ضرورت مندوں کو دیا جائے وہ اللہ کے ہاں قبول ہے اور اسی کی جزا راحت کی صورت میں ملے گی۔ افسانے میں ایک تو لڑکیوں کی والد کے تیئں فطری شفقت اور لڑکوں کا جاہ و حشمت کی خاطر امیروں کو کھانا کھلانا اور دوسری جانب معصوم پوتے کا دل سے آنسو بہانا وغیرہ دکھایا گیا ہے۔ ایک طرح سے پوتا بھی نیکی کی کرن بن کر سامنے آرہا ہے کہ دوسرے لوگ اب دنیا کے ہو کر رہ گئے ہیں اور دین و انسانیت کا سبق بھول گئے ہیں۔ افسانہ آسان اسلوب میں اپنا پیام پہنچانے میں کامیاب نظر آتا ہے۔

2: رفیع حیدر انجم [Rafi Haider Anjum](ارریہ، بہار)

اس موضوع پر تقریباً اسی ٹریٹمنٹ کے ساتھ ہر زبان میں متعدد افسانے/کہانیاں لکھی گئیں ہیں مگر پھر بھی یہ موضوع افسانہ نگاروں کو بار بار لکھنے پر اکساتا ہے۔ کچھ ایسے انسانی اقدار ہیں جن کے زوال آمادہ ہوتے ہوئے رجحانات پر بار بار توجہ دینے کی اشد ضرورت ہے اور میں تو یہی کہوں گا کہ مکرم نیاز صاحب نے یہ افسانہ لکھ کر وقت کی ایک اہم ضرورت کو پورا کیا ہے۔ یہ موضوع راست بیانیہ اور سلاست کا متقاضی ہے، اس کا بھی انہوں نے بجا طور پر خیال رکھا ہے۔

3: حسن امام [Hasan Imam](کراچی، پاکستان)

اس مختصر سے افسانے کے کئی پہلو ہیں مثلاً بیٹیاں بیٹوں کے مقابلے میں باپ سے زیادہ پیار کرتی ہیں، بیٹے ایسی تکلیف دہ صورت حال میں بھی دکھاوے پر توجہ دیتے ہیں جب کہ ان کے چہروں پر جھنجھلاہٹ کے آثار ہیں، پڑوسیوں کو صرف اچھا کھانے سے دلچسپی ہے جب کہ صرف چھ سالہ پوتا اپنے دادا کی محبت میں سرشار ہے اور ان کی آخرت کے لیے اپنی جمع پونجی بھی خیرات کر دیتا ہے۔ پوتے کا رویہ اس لیے فطری ہے کہ اسے ابھی دنیا کی ہوا نہیں لگی۔ فی زمانہ ایسے مواقعوں پر زیادہ تر ایسی ہی صورت حال دکھائی دیتی ہے اور اس تلخ حقیقت کو مصنف نے سادہ سے اسلوب میں

عمدگی سے پیش کیا ہے۔

4: باسط آذر [Basit Azar] (چنیوٹ، پاکستان)

مکرم صاحب ایک صاحبِ دانش و علمی شخصیت ہیں۔ ان سے فنِ عدل کی توقع تھی جو پوری نہیں ہو رہی۔ یوں لگتا ہے کہ کسی کشف القبور جیسی کتاب کے دو صفحات پیش کر دیے گئے ہو۔ عدل کی بات ان معنوں میں ہے کہ فنِ تبلیغ کا بالک نہیں ہے۔ ہم آج کل ان گنت مضامین پڑھتے ہیں جن میں پیچیدہ قسم کے تنقیدی و تخلیقی نظریات و افکار قلمبند ہوتے ہیں۔ وہ سبھی تخلیق کے لیے لکھے جاتے ہیں۔ ان سے نہ سہی بہت آسان مضامین میں بھی یہ بات بہت سادہ الفاظ میں کئی عشروں سے بتائی جا رہی ہے کہ ایسی تحاریر شاید فکشن کے زمرہ میں نہیں آتیں (شاید لفظی رعایت ہے)۔ سب سے اہم بات اگر رائٹر نے فکشن بھی ایسے ہی "پیش" کرنا ہے کہ کئی بار کے لکھے ہوئے کو ہی دہرانا ہے تو میں نہیں بہت سے اہم نام اس کو رد کرتے ہیں۔ بارتھس نے سارا سین (ساغاغین فرنچ) تخلیق کو رد کر دیا تھا جبکہ اس کا رائٹر بالزاک جیسا اہم ترین نام ہے۔

5: محمود شاہد [Mahmood Shahid] (کڈپہ، آندھرا پردیش)

افسانہ کا آغاز "راوی" کی موت کے اعلان کے ساتھ ہوتا ہے۔ جب کہ افسانہ میں "افسانہ" مر گیا ہے اور "راوی" زندہ ہو گیا ہے۔

6: شہناز فاطمہ [Shahnaz Fatima] (لکھنؤ، اتر پردیش)

تمہیں خبر ہے کہ مرنے کے بعد کیا ہو گا :: پلاؤ کھائیں گے احباب فاتحہ ہو گا

بھی جواب نہیں ہے کیا زبردست منظر کشی کی ہے مکرم نیاز صاحب نے سارے رشتوں کی ظاہری و باطنی احساسات کا اس طرح آئینہ پیش کیا ہے کہ عجیب سا دل ہو گیا قلم کی حقیقت نگاری نے سارے محسوسات کو قاری کے اس طرح سامنے کر دیا کہ دل رو دیا۔ بالکل ایسا ہی تو ہوتا ہے اور یہ ننھے معصوم منو جیسے پوتے اپنے سچے دلی جذبات کا اظہار اسی طرح تو کرتے ہیں کیونکہ ان میں کوئی ریاکاری دکھاوا نہیں ہوتا ان کے دل ایسے ہی بے چین و مضطرب ہوتے ہیں اپنے دادا کے لیے۔ ان کے آنسو بہت پاکیزہ اور جذبات سے بھرپور ہوتے ہیں۔ ان سچے جذبات کی بہترین عکاسی کرتا ہوا افسانہ دل کو چھو گیا۔

7: اقبال حسن آزاد [Eqbal Hasan Azad] (مونگیر، بہار)

موضوع نیا تو نہیں مگر اہم ضرور ہے۔ افسانوی رنگ کی کمی محسوس ہوئی۔ اس پر نظرِ ثانی کی ضرورت ہے۔

8: نور العین ساحرہ [Noor Ul Ain Sahira] (ساہیوال، پاکستان)

مکرم نیاز صاحب نے افسانے کا موضوع بہت اچھا چنا ہے اور وہ عمدہ افسانے لکھتے ہیں۔ یہ موضوع وقت کی ضرورت ہے جس پر بار بار لکھنا چاہیے مگر اس افسانے میں افسانوی ماحول عنقا ہے۔ ایسا لگتا ہے کوئی آپ بیتی سنا رہا ہے یا اصلاحی لیکچر دے رہا ہے۔۔۔ یہ پچھلی صدی کا افسانوی اسٹائل تھا اب اس میں کچھ تبدیلی کی اشد ضرورت ہے۔ نئے دور کے دو تقاضے ہیں۔ کوئی بھی موضوع کبھی پرانا نہیں ہوتا بس آپ نے لکھتے ہوئے اسے نئے طریقے سے لکھنا ہوتا ہے نئی نسل، نیا ماحول اور اس کے مطابق افسانے کی کرافٹنگ۔ افسانہ لکھنے کی بہت الگ الگ تکنیکس ہیں جب موضوع کلیشے ہو تو کم از کم تکنیک نئی ہونا ضروری ہے۔

9: ڈاکٹر لبنیٰ عالم زبیر [صدائے وقت میگزین](لاہور، پاکستان)

اک مردہ کی تخیلاتی آپ بیتی خوب لکھی گئی ہے۔ مکرم نیاز صاحب کی تحریریں نظر سے گزرتی رہتی ہیں۔ سلجھا ہوا اور سلیس لکھتے ہیں۔ افسانے کی خصوصیت اس کا کئی طرح سے بے عیب ہونا ہے۔ حالانکہ اس میں کوئی سسپنس نہیں نہ ہی کوئی کلائمکس ہے۔ پھر بھی یہ سادہ سا افسانہ جدید دور میں مصنفین کے ادائیگی فرض کی اک کاوش ہے۔ جو جاری رہنی چاہیے۔ بیٹیوں کو اکثر والدین سے محبت زیادہ ہوتی ہے اس کی اک اور وجہ ہمارے ہاں وراثت کے نام پر جہیز دے کر ان کو فارغ کر دیا جاتا ہے وگرنہ ان کا بھی وہی حال ہو جو بیٹوں کا ہوتا ہے۔ بحیثیت انسان محبت بیٹا یا بیٹی سے مشروط نہیں۔ ہاں یہ ضرور ہے کہ اکثر باپ بیٹیوں سے زیادہ پیار کرتے ہیں۔ تربیت میں کمی رہ جانے پر اگر مردہ کو حیرت ہے تو یقیناً کمی رہ گئی ہوگی۔ میت کے گھر کی، سوگ میں کئے جانے والی نمود و نمائش اور ڈھکوسلوں کی درست منظر نگاری کی ہے۔ لب لباب کے طور پر اختتام پر اصل دعا اور تکلفانہ دعا کا فرق بتا دیا گیا۔ پورے گھرانے میں صرف منو کو ہی نیکی کی توفیق ہوئی۔ جس کی وجہ سے مرحوم کو روشنی کی جانب اک قدم آگے بڑھنے کا موقع ملا۔ یاد دھکا ملا کہہ لیں۔ تحریر کے مقاصد میں سے یہ بات بھی اہمیت رکھتی ہے کہ نیکی اور دعوت کے اصل حقدار ہر وقت اہل خانہ یا رشتے دار ہی نہیں ہوا کرتے۔ اور دعا صرف الفاظ نہیں جو مانگنے سے مل بھی جائیں۔ علامتی افسانے کی بیٹھک میں مصنف کا مقصد کرن کو روشناس کروانا ہے کہ اصل دعا مرنے والے کے لئے کتنی اہمیت رکھتی ہے۔ باقی اسے کچھ نہیں پہنچتا۔ ہم اگر تحریر کو کثیر الجہت سمجھ کر پڑھیں تو ہمیں اس سے بہت کچھ سیکھنے کو ملے گا۔ راست بیانیہ اپنے آپ میں اک فن ہے جسے برقرار رکھنے کے لئے زبان اور انداز کو دلچسپ اور بے عیب رکھنا ہوتا ہے۔ زبردستی کوئی علامت یا استعارے استعمال نہیں کئے گئے۔ اور عنوان کو ہی پورٹرے کر دیا گیا جو کہ بہت اہم پہلو ہے۔

10: لبنیٰ غزل [Lubna Ghazal](کراچی، پاکستان)

افسانہ "کرن" ایک بہت تلخ حقیقت جس کا ادراک ہر ذی روح کو ہونا ہے۔ عموماً ایسا ہی ہوتا ہے جو اس میت نے سوچا کہ اس کے مرنے کے بعد اس کے عزیز و اقارب کیا سوچ رہے ہوں گے، کیا کریں گے۔۔ چند دن کا رونا دھونا اور

سوگ ہو گا اور اس کے بعد وہی شب وروز۔۔ اور پھر کوئی اسے یاد بھی نہیں کرے گا۔

"پتہ اے سانوں پچھوں کسے یاد وی نہیں کرنا::: بہت تا ہو یا کہن گے کہ ساریاں نے مرنا"

کہانی میں روانی اور دلچسپی ہے۔ بہت آسان اور سادہ انداز میں مصنف نے ایک میت کی کہانی بیان کی ہے۔ اور ساتھ ہی یہ حقیقت واضح کی ہے کہ "بچے من کے سچے"۔ بچوں کا پیار بے لوث اور بے غرض ہوتا ہے اور ایک واحد منو کو ہی دادا کے جانے کا حقیقی دکھ تھا۔ اور اس ننھے کا نیک عمل دادا کے لیے راہ نجات بنا۔ ہمیں اپنے پیاروں کے چلے جانے کے بعد ان کے لیے بہترین تحفہ ان کے کیے گئے اپنے نیک اعمال ہیں جن کی وجہ سے قبر کا عذاب ہٹا لیا جاتا ہے۔ اور اس کے لیے دعا اور صدقہ جاریہ جیسے اعمال جاری رہنے چاہئیں۔ مگر افسوس۔۔۔! ہم دنیاداری میں لگ کر بھول جاتے ہیں کہ ہمیں بھی مرنا ہے۔ اور ہمیں ان سارے مرحلوں سے گزرنا ہے قیامت تک۔۔۔ آج ہم اپنے والدین کے لیے صدقہ جاریہ بنیں گے تو کل ہماری اولاد بھی ہمارے لیے نجات کا ذریعہ بنے گی۔ بہت سادہ اور آسان انداز میں ایک عمدہ پیغام۔ ایک بات جو الجھن میں ڈالتی ہے وہ یہ کہ میت کی تدفین کے بعد میت کے حساب کتاب کا وقت شروع ہو جاتا ہے اور اس وقت اسے دنیا کی فکر کہاں ہوتی ہے۔ مصنف نے شاید اس وجہ سے اس خیال سے رو گردانی کی کہ قبر کا حال کوئی جنس و انس نہیں جان سکتا۔

11: مہتاب شہزادی [Mehtab Shahzadi] (لاہور، پاکستان)

مصنف کی کہانی کا کردار ثالثی نہیں رہا ہے جس نے اپنے خون یعنی بیٹوں اور بیٹیوں میں فرق قائم کر دیا ہے۔ اگر ظاہری ماتم کو دیکھنے کی بات ہے تو خشک آنکھیں زیادہ سیلاب رکھتی ہیں۔ بیٹے ہوں یا بیٹیاں، والدین تو بچوں کا سرمایہ ہیں۔ لیکن پوتے کی صورت میں ایک نئی روح کا اضافہ کیا گیا ہے جس کے افکار کہانی کے کردار اور جد امجد سے ملتے ہیں اور کہانی کو ایک اچھا جاری سبق آموز انجام دینے کی کوشش کی گئی ہے۔

12: شازیہ انور [Shazia Anwer] (پنجاب، پاکستان)

افسانہ 'کرن' ایک بہترین افسانہ جو بڑھاپے میں ایک فرد پر گزرنے والے احوال کو جزوی طور پر بیان کرتے ہوئے اس کے مر جانے کے بعد یا اس کے آخری وقت میں مختلف رشتوں کی حقیقت کو بہترین طریقے پر پیش کر رہا ہے۔ بیٹیاں جن کے پاس میکے کم آنے کی شکایت کا اظہار ہے، اس میں یہ کہنا چاہوں گی کہ کم آنا ان کی مجبوری بھی دو طرح سے ہوتی کہ سسرال کے دباؤ اور بھائی بھابیوں کی اکتاہٹ ان کے قدم میکے کی طرف آنا کم کر دیتے ہیں، وہ بہت حوالوں سے مجبور ہوتی ہیں۔ بہر کیف معاشرتی رویوں کو بہت اچھے طریقے سے پیش کیا گیا ہے۔

☆ ☆ ☆

(5)افسانہ: خلیج

فیس بک گروپ: عالمی اردو فکشن (13 تبصرے)(دسمبر-2018ء)

(افسانہ مقابلہ کی شرط کے مطابق یہ افسانہ مصنف کے نام کے بغیر پیش کیا گیا تھا)

1: عاکف محمود[Akif Mahmood](چکوال، پاکستان)

مجھے مصنف کا اسلوب ساختہ یا مصنوعی نہیں لگتا، محسوس یہ ہوتا ہے کہ مصنف کوئی وسیع المطالعہ شخص ہے۔ انجام میرے محسوسات کو تقویت دے رہا ہے کہ جہاں تفہیم ابہام کے بل پھیر میں تیزی سے گم ہو رہا ہے۔ یہ ایڈیٹس کمپلیکس کے موضوع میں ایک تنوع کو شامل کرکے لکھا گیا افسانہ ہے۔ لڑکی کی صورت میں ماں کی ممتا بھی دکھائی گئی ہے۔ یہ کردار طوائف سے ہی کیوں ادا کروایا گیا، اس کی منطق سمجھنے میں ناکام رہا ہوں۔

2: شفقت محمود[Shafquat Mahmood](کراچی، پاکستان)

خلیج – عدم توازن کا شکار عمدہ افسانہ۔ نفسیاتی الجھنوں میں مبتلا ایک شخص کا قصہ جسے شرافت سے نفرت ہو گئی تھی کیونکہ وہ شرافت کو بزدلی گردانتا تھا۔ اس کا باپ بھی ایک شریف آدمی تھا، لہذا ادونوں کے درمیان خلیج تو حائل ہونی ہی تھی۔ شرافت سے نفرت، خاندانی اصولوں کو توڑنے کی خواہش اور جنسی تشنگی کی تسکین کے لیے وہ "پڑھا لکھا باغی" کوٹھی سے نکلا تو کوٹھے جا پہنچا۔ مگر یہاں بھی اسے اپنی ہم مزاج کسی پڑھی لکھی لڑکی کی تلاش تھی جو حسنِ اتفاق سے مل بھی گئی۔ ایک بہت پر معنی افسانہ جو ایک خاص پر سپیکٹو سے لکھے جانے کے سبب قدرے غیر متوازن ہو گیا ہے۔ سبھی لوگ اس افسانے کو راست بیانیہ سمجھ رہے ہیں جبکہ میں ایسا نہیں سمجھتا۔ اس بات پر غور کیجیے کہ باپ کو کسی اور کا سالا قرار دینا، جب کہ یہ کوئی سچی کہانی نہیں افسانہ ہے، جس میں ایسی بات کی ضرورت ہی نہیں تھی۔ مگر اس کلچر میں یہ ممکن ہے کہ جہاں دشمن سے نفرت اس سطح پر پہنچی ہوئی ہو کہ اس کے نام پر اپنے بچے کا نام رکھا جائے تاکہ دشمن کا غصہ اس کا نام لے کر بچے پر نکالا جائے۔ اب یہ سوچنا قاری کا کام ہے کہ مصنف سے کوئی لغزش ہوئی ہے یا کوئی فنکاری! اسی طرح باپ کے زندہ ہوتے ہوئے اس کی موت اور آخر میں جی مر جانے والی بات پر غور کیجیے تو یہ حقیقی اموات نہیں مجازی ہیں سو یہ راست بیانیہ کا افسانہ ہی نہیں ہے۔ میری سوچی سمجھی رائے یہ ہے کہ

یہ نیم علامتی افسانہ ہے۔ یہاں باپ حقیقی باپ نہیں۔ سواید بیٹے کو میپلیکس نہیں بتا۔ وراثت بھی حقیقی نہیں، بڑی حد تک علامتی ہے۔ طوائف بھی طوائف نہیں محبوبہ ہے، جس سے ناراض شخص اسے طوائف کہہ رہا ہے۔

3: نورالعین ساحرہ [Noor Ul Ain Sahira] (ساہیوال، پاکستان)

یہ افسانہ ایک ٹرائی اینگل پر منحصر ہے جس کے کرداروں میں (باپ، بیٹا، طوائف) شامل ہیں۔ ان میں بیٹے کا کردار بہت ہشیاری اور خوبصورتی سے بنایا گیا ہے۔ نئی نسل کو درپیش مسائل بہت خوبی سے بیان کیے گئے ہیں۔ جوان بیٹے اور باپ کے درمیان خلیج اور اس کا بیان پہلی بار نہیں دیکھا۔ یہ بغاوت یا وہ ہمارے معاشرے میں بہت تیزی سے پھیل رہی ہے اور فی زمانہ ہر دو کے درمیان فاصلہ بڑھتا ہی جارہا ہے۔ لڑکے کا خاندانی سٹیٹس، متن میں بیان کردہ مختلف سٹیٹمنٹس کی وجہ سے کچھ نامکمل / مشکوک سا ٹھہر تا ہے۔ رائٹر خود بھی نہیں جانتا وہ امیر ہے / غریب ہے / یا مڈل کلاس ہے۔ اسی لیے کئی جگہ پر اس حوالے سے مختلف اور متضاد بیان دے کر قاری کو بھی کنفیوز کر رہا ہے۔ رائٹر کو البتہ اس بات کے لیے خصوصی داد کہ وہ ایک کلیشے اور انتہائی پرانے موضوع کو جدید دور کے اس المیے سے بدلنے میں کامیاب ہو گیا۔ مجھے افسانہ پڑھتے ہوئے سیگمنڈ فرائڈ کی (Theory of Psychoanalysis) کافی یاد آتی رہی۔ اس افسانے کا سب سے مرکزی اور مثبت نکتہ، صرف ان مسائل ہی کا خوبی اظہار ہے جن سے ایک نوجوان کو گزرنا پڑتا ہے اور اظہار کی اجازت بھی نہیں دی جاتی۔ متن بتا رہا ہے کہ اس طوائف کا نام 'شبو' ہے لیکن وہ جان بوجھ کر بار بار محض ایک "لڑکی" کے نام سے پکاری جا رہی ہے۔ ایسا سہواً نہیں ہوا ہے بلکہ راوی نے بہت سوچ سمجھ کر کیا ہے۔ ایسا کر کے وہ طوائف کی اپنی زندگی میں حیثیت ثابت کرنا چاہتا ہے۔ بتانا چاہتا ہے کہ وہ اس کے لیے کسی جذباتی وابستگی کا سامان نہیں ہے۔ اس سے کوئی دلی تعلق بھی نہیں ہے۔ کوئی بھی پڑھی لکھی "لڑکی" اسے ری پلیس کر سکتی ہے کیونکہ اس کا مقصد "ساتھی کا حصول نہیں" بلکہ صرف اپنے باپ کی شرافت سے بغاوت کر کے انتقام لینا ہے۔ بس خود کو بہادر اور مرد ثابت کرنا ہے۔ لڑکا ذہنی طور پر بہت ٹوٹ پھوٹ کا شکار ہے اور بار بار لڑکی کو سمجھانے کی کوشش میں ہے کہ "جیتے جی مر جانا کیسا ہوتا ہے" لیکن وہ اس وقت تک ان احساسات کو سمجھ نہیں پاتی جب تک کہ خود ان کا شکار نہیں ہوتی۔ اسے بھی تب ہی مطلب سمجھ آتا ہے جب اس کا اپنے ہونے والے بچے کا تصوراتی ہیولا، بے بسی سے زندگی اور موت کی جنگ لڑ رہا ہے مگر اس کا باپ دوسرے کنارے پر "جیتے جی مر چکا تھا"۔ اس طرح افسانے میں یہ ایک لوپ بھی بن جاتا ہے۔ افسانے کا تھیم تو اچھا تھا مگر اچھی طرح نبھایا نہیں گیا۔

4: نعیم بیگ [Naeem Baig] (لاہور، پاکستان)

اچھی کوشش ہے، رواں بیانیہ میں مطالعہ کا رخنہ نہیں۔ لیکن موضوع کلیشیائی ہے ۔۔۔ مکالمے فکر کی یکسوئی کو کنفیوز کرتے ہیں ۔۔ اکیسویں صدی میں برتا جانے والا موضوع طوائف کے چنگل سے نکل کر سیکس ورکر اور اسکی معاشیات

میں بدل چکا ہے ۔۔۔ افسانوی تحریر میں مشاہدہ بے حد اہم ہوتا ہے۔

5: قیصر نذیر خاور[Qaisar Nazir Khawar](لاہور، پاکستان)

مصنف اپنی تحریر کا کوئی منطقی انجام نہیں کر سکا جیسے ہمیں 'Fathers and Sons' اور 'دیوداس' جیسے ناولوں اور 'پیڑیوں' کی رگڑ پر لکھی دیگر تحاریر میں نظر آتا ہے۔ اور وہ اسے مصنوعی ابہام میں چھوڑنے پر مجبور ہے کہ اسے اپنے ہی بنے جال سے نکلنے کا کوئی راستہ نظر نہیں آ رہا۔ مصنف ایک راست بیانیے کی تحریر میں خود بھی الجھا اور اپنے قاری کو بھی ابہام میں یوں ڈالے ہوئے ہے جیسے استعاراتی اور علامتی تحریر لکھ رہا ہو۔ مصنف اگر اس تحریر پر دوبارہ غور کرے اور اسے جھولوں سے آزاد کرے، اس مرکزی کرداروں (دیوداس اور شبو) کو revamp کرے تو یہ پیڑیوں کی خلیج پر ایک عمدہ افسانہ بن سکتا ہے۔

6: ڈاکٹر جمیل حیات (اٹک، پاکستان)

جنریشن گیپ کے المیے کا اظہار کرتی کہانی جو ایک دوسری کہانی میں ضم ہوگئی۔ باپ اور بیٹے کے خیالات اور احساسات میں واضح فرق کو مصنف نے بیان کیا ہے۔ لیکن ایک بات کی سمجھ نہیں آئی کیا مصنف یہ کہنا چاہتے ہیں کہ تعلیم شعور نہیں دیتی بلکہ فرسٹریشن پیدا کرتی ہے؟ ایک ایسے کردار کا المیہ جو باپ کی شرافت کو بزدلی سے تعبیر کرتا اور اپنے کتھارسس کے لیے طوائف کے پاس جاتا ہے۔ یہاں بیانیے میں غیر حقیقی عنصر نمایاں ہے۔ طوائف کے ہاں نہ تو کوئی جا کر گاڑھے فلسفے کی چاشنی سے لبریز گفتگو کرتا ہے اور نہ ہی طوائفوں کے پاس سر کو درد لگا دینے والی ایسی بے سروپا باتوں کے لیے وقت ہوتا ہے۔ یہی سنا گیا ہے۔ مصنف نے کردار کی نفسیاتی تحلیل کرنے کی کوشش کی ہے لیکن وہ یہاں اسے مؤثر پیرایۂ اظہار دینے میں ناکام ہو گئے ہیں۔ یوں یہ صرف بے سروپا باتوں کا مجموعہ بن کر رہ گیا ہے۔ کردار کا نام نہیں چنانچہ بار بار لفظ لڑکی کی تکرار بھی بری لگتی ہے۔ اختتام بھی گنجلک ہے۔ مصنف نے طوائف میں ممتا تلاش کرنے کی عمدہ کوشش کی ہے۔

7: باسط آذر[Basit Azar](چنیوٹ، پاکستان)

جیسا اور جتنا بھی سمجھ پایا ہوں مجھے تنوع اور نیا پن نظر نہیں آیا۔ کچھ جملے ڈائجسٹ ٹائپ ہیں۔ جیسے لڑکی کے خوابوں کا محل گرنا۔ جسمانی سکون عطا کرنا ہی اس کا پیشہ ہے مگر اس عمل سے بھی جب وہ خود پہل کر رہی ہے، اس کا محل ہر بار گر جاتا ہے اور وہ لڑکے سے فاصلے پر آ جاتی ہے۔ خیر موضوع کے مطابق تینوں کرداروں میں قربت کے باوجود ایک خلیج یا دوری کا کانسیپٹ دینے میں رائٹر کامیاب رہا ہے۔ اختتام میں ویری ایشن اور ابہام لانے میں کامیابی ہوئی ہے۔ الیکٹرا کمپلیکس کی شباہت اختتام میں موجود ہے۔ لڑکی کا تمام عمل اور اس کے خوابوں کا چکنا چور ہونا انتہائی کمزور بیان

میں ہے مگر اختتام پر اس کا گمان روتے ہوئے بچے سے منسلک ہونا ایڈیپس کے بجائے الیکٹرا کمپلیکس کی طرف زیادہ اشارہ کرتا ہے۔ لڑکا شاید اپنے باپ کے منہ پر وہ تمام زہر اگل آیا ہے اسے جگا کر، جس کی ہمت اس میں برسوں سے نہ ہو پائی تھی۔ باپ اور بیٹے کے درمیان رشتہ ختم ہونے کے بعد وہ صرف فرد ہے۔ باپ کی حیثیت کا ختم ہونا۔ ایک رشتے یا تعلق کی موت تھا۔ اختتام ایسی ہی موت کی طرف اشارہ کرتا ہے۔

8: ابصار فاطمہ [Absar Fatima] (سکھر، پاکستان)

مجموعی طور پہ مجھے افسانہ پسند آیا۔ رواں بیانیہ ہے، کردار نگاری اور منظر نگاری پختہ ہے اور زبان معیاری ہے۔ مرکزی خیال جنریشن گیپ ہے۔ جب ایک وقت پہ ہر نوجوان یہ خیال کرتا ہے کہ والدین غلط ہیں۔ پھر وقت گزرتا ہے اور وہ خود اپنے والدین کی جگہ کھڑا ہوتا ہے۔ جوانی میں ہر بات کو بزورِ بازو حل کرنے کا جوش ہوتا ہے اور بڑھاپے میں نیک نامی اوّلین ترجیح بن جاتی ہے۔ مسائل تب کھڑے ہوتے ہیں جب مصالحت کے وقت بھی زورِ بازو استعمال کیا جاتا ہے یا پھر حق بات کی جگہ نیک نامی کو ترجیح دی جاتی ہے۔ یہ دو انتہائیں جنریشن گیپ کو ہمیشہ ایک جتنار کھتی ہیں۔ کیوں کہ ہم عمر کے کسی بھی حصے میں اپنی ذات سے بڑھ کے سوچنے کی کوشش نہیں کرتے۔ یہ وہ معاشرتی رویہ ہے جس کی بنیاد پہ نئی نسل اپنی سوچ کی حمایت کرتی ہے اور پرانی نسل اپنی سوچ کی۔ کوئی بھی دوسرے کی جگہ آ کر اس کا نظریہ سمجھنے کی کوشش نہیں کرتا۔ دوسرے کے جذبات کو منطقی طور پہ پرکھتے رہتے ہیں۔ یہاں بھی ایک بیٹا ہے جسے بالکل اندازہ نہیں کہ باپ نے کیا زندگی گزاری، کیسے گزاری؟ جس جگہ وہ موجود ہے کیا قربانیاں دے کر موجود ہے اس لیے وہ اس بات سے از حد ناراض ہے کہ وہ ردِ عمل کیوں نہیں دکھاتا اس کے لیے ایسا شخص مردہ ہے۔ یہ کہانی سارے حالات کو بیٹے کے نظریے سے پیش کر رہی ہے۔ جس کی وجہ سے قاری کی زیادہ ہمدردی بیٹے کی طرف مڑ جاتی ہے۔ بنیادی طور پہ میں نئی نسل کو بینیفٹ آف نا تجربہ کاری دیتی ہوں کہ رابطہ کاری میں نقص کی بنیادی وجہ تجربہ کاروں کا بڑھ کے اس خلیج کو کم کرنے کی کوشش نہ کرنا ہے۔ کیوں کہ وہ اپنی نا تجربہ کاری کا وقت بھلا بیٹھتے ہیں کہ اگر اس وقت انہیں مناسب رہنمائی ملتی تو وہ ایسی غلطیاں نہ کرتے جن کے طعنے وہ نئی نسل کو دیتے ہیں۔ ہر جگہ یہ حال نہیں مگر عموماً گھروں میں یہی چلن ہے۔ اختتام کے لیے ایک واقعی ایک تبصرے سے اتفاق کروں گی کہ سادہ بیانیے سے ایک دم علامتی میں لے جانا افسانے کے اختتام کو کچھ کمزور کر رہا ہے۔

9: ہما فلک [Huma Falak] (لاہور / شٹوٹگارٹ، جرمنی)

دلچسپ افسانہ ہے جو آغاز سے ہی اپنی گرفت میں لے لیتا ہے۔ مکالمے دلچسپ رہے اور شرافت کے موضوع پر ہوئی گفتگو سے کافی حد تک اتفاق بھی کیا جا سکتا ہے۔ مجھے خلیج عنوان کے حوالے سے افسانے کا اختتام پسند آیا۔ نفسیات کی طالبہ نے اچھا نفسیاتی تجزیہ کر لیا اور مریض کے مرض کو بھی پا لیا۔ طوائف کے کردار میں کچھ مصنوعی پن

سادر آیا ہے۔ جانے کیوں آج کل کے افسانوں میں روایتی طوائفوں کا ذکر بھی اسی انداز میں کیا جاتا ہے۔ میرا ایسانہ کوئی تجربہ ہے نہ مشاہدہ، فلموں میں ہی طوائفوں کو دیکھا ہے۔ امراؤ جان، چندر مکھی یا مقدر کا سکندر میں ریکھا۔ مگر ان چند فلموں کو دیکھ کر طوائف کے موضوع پر قلم اٹھانے کی ہمت مجھ میں تو نہیں افسانہ نگار کی ہمت کو داد۔ مجموعی طور پر ایک اچھا افسانہ ہے یعنی اپنے زبان و بیان اور کچھ نظریات اور مکالموں کے حوالے سے، مگر ذہن کو جھنجھوڑ کر کوئی ایسا تاثر نہیں چھوڑتا جو دیر پا ہو۔

10:جی۔ حسین[G. Husain] (شیخوپورہ، پاکستان)

"کیا رکھا ہے اس پڑھائی میں؟۔۔۔۔ سفاک اور بد لحاظ وجود بر آمد ہوتے ہیں۔"

یہاں مصنف کاری ضرب لگا رہے ہیں اس پرانے چلے آ رہے تصور پر کہ پڑھا لکھا ہو گا تو عقلمند ہو گا، عقلمند ہو گا تو بردبار ہو گا، بردبار ہو گا تو مکالمہ بھی سنجیدگی سے کرے گا۔ مصنف آج کے تعلیمی معیار یا کوالٹی آف ایجوکیشن پر ضرب لگا رہا ہے یا عدم اطمینان کا اظہار کر رہا ہے۔ مصنف صاف بتا رہا ہے کہ آج کی تعلیم اس حد تک علم کا ذریعہ تو ہے کہ جس حد تک کوئی نوکری یا ملازمت مل جائے لیکن ہر طرح کی تہذیب و اخلاق سے عاری ہے۔ فاضل مصنف کی بات کو آگے لے کر چلوں تو ان سب کے پیچھے اس decaying process یا degradation of education in education میں سب سے پہلے حکومتی بے حسی نظر آتی ہے جو جنرل ضیاء کے دور سے شروع ہوئی۔ نصاب کو اعلیٰ دماغ سازی کی بجائے نوکری پیشہ سوچ اور خرد مندی کی بجائے جہل پیدا کرنے کے لیے بتدریج تبدیل کیا جاتا رہا۔ جامعات پر جماعت اسلامی کے اجارہ کے لئے سازشیں کر کے ان کی معتدل مزاج شکل کو تبدیل کر کے فاشسٹ ماحول پیدا کیا گیا۔ بہترین اساتذہ کو نکال نکال کر خرد دشمن ٹٹ پونجیے اور مفاد پرستوں کو پروموٹ کیا گیا۔ آج بھی ایم فل کی حد تک مجھے علم ہے سلیبس سے باہر جا کر تحقیقی مواد کو کاٹ دیا جاتا ہے اور جسمانی اور روحانی و نفسیاتی طور پر بیمار اساتذہ سے برے ترین سلوک کے سوا طلبہ و طالبات کو کچھ میسر نہیں آتا۔ میں اپنی بیٹی کے ایم فل کی پڑھائی کے دوران ایسے دل شکن تجربات سے گزرا ہوں۔ فاضل مصنف نے ایسے بے حس تعلیمی ماحول کی طرف خوب اشارے دئے ہیں۔ مزید ایک جملے کی کاٹ ملاحظہ فرمائیے: "گویا آدمی پڑھ لکھ کر آدمی نہ رہے، اخلاقیات کی مشین بن جائے۔ واہ۔۔"

لیجیے جناب! کون سے اخلاقی فلسفہ کی طرف اشارہ ہے؟؟؟ لا محالہ وہی جو ریاستی مشین چاہتی ہے۔ نہ کہ ایک حقیقی عالمی اخلاقیات اور خرد و دانش سے بھر پور ذہن جو جامعات سے نکلنے کے بعد انسانوں کے لیڈر بن سکیں!!! اگلی ہی سطر میں فاضل مصنف تعلیم کے گھٹیا معیار پر طنز کرتے ہوئے با قاعدہ گالی جڑ دیتا ہے۔ "ہو نہہ تعلیم، اس کی تو۔۔۔ بڑبڑاتے ہوئے اس کے منہ سے اچانک گالی نکلی۔۔۔۔"

ہمیں مصنف جابجامروجہ تہذیبی اور اخلاقی معیارات کو چیلنج کرتا نظر آتا ہے۔ بات وہی ہے کہ یہ افسانہ باپ بیٹے اور سیکس ورکر کی تکوین میں جاری نفسیاتی میکینکس کے علاوہ بہت کچھ ہے جس پر نظر کم جارہی ہے۔ یہ ملٹی ڈائمینشنل کہانی ہے۔ مصنف جگہ جگہ سماجی اقدار پر سوال اٹھا رہا ہے۔

11: محمد فاروق اکمل [Muhammad Farooq Akmal] (سیالکوٹ، پاکستان)

پہلی بات: مجھے لگتا ہے کہ کوٹھے سے پرے عام زندگی میں کردار اپنے باپ کا ہو بہو عکس ہے۔ وہ اپنی بزدلی، شرافت اور بے بسی پر کڑھتا ہے اور لڑکی کی صورت اس نے جیسے کسی سنسان پارک میں ایک بینچ تلاش کر لیا جس پر وہ جب چاہے بیٹھ کر اپنی ذات پر تبرا کر سکتا ہے۔ دوسری ضروری بات: ہمارا بنیادی کردار بظاہر کوئی بہت زیادہ خوشگوار شخصیت نہیں ہے۔ لیکن نفسیاتی طور پر الجھاؤ کا شکار ہونے کے باوجود قاری کے ہاں اس کے لیے کراہت سے زیادہ ہمدردی کے جذبات ابھرتے ہیں۔ یہ خاصیت کرسٹوفر مارلو کے ہاں ملتی ہے جہاں آپ اپنے کو-ولن سے empathize کر تا ہوا پاتے ہیں۔ آخری بات: ایک پسند آنے والا افسانہ جسے اگر فاضل مصنف چاہتے تو اور متاثر کن بنا سکتے تھے۔

12: کوثر بیگ [Kauser Baig] (حیدرآباد / جدہ، سعودی عرب)

واہ بہترین افسانہ، مجھے تو کسی منجھے ہاتھوں کی سوغات معلوم ہوتا ہے۔ لڑکی کی بازاری ہے تو کیا ہوا پڑھی لکھی ہے وہ بھی نفسیات کی طالبہ جو اس کی باتیں سنتی ہے تو وہ کیوں نہ سنائے؟ امراؤ جان ادا ہو یا ماہ لقاء چندا وہ لوگ بھی تو شعر و شاعری اور دلبستگی کے سامان کیا کرتی تھیں۔ اگر یہ اپنا حالِ دل سناتا ہے وہ سنتی ہے تو اس میں اعتراض کیسا، وقت کی قیمت بھی تو چکا رہا ہے۔ اس بات کی وضاحت کہیں نہیں ہے کہ وہ پیدا وار وہیں کی ہے ہو سکتا ہے وہ پہلی بار اس فعل سے مجبوراً گزر رہی ہو اور وہ پہلا گاہک ہو۔ میں نے پہلے زمانے کے لوگوں کو مروت اور شرافت میں پل پل مرتے دیکھا ہے۔ یہ نئے زمانے کی قوم جن میں برداشت نام کو نہیں مگر ایک بامروت والد کا فرمابردار بیٹا باپ کی نافرمانی سے بچنے باپ کی دل آزاری پر ڈانٹ سن کر چپ ہو جاتا ہے اور باپ کی بے عزتی پر غصہ سے پیچ تاب کھاتے اس لڑکی کے پاس آ کر دل ہلکا کر تا ہے۔ شریف لوگوں کو، بہن بہنوئی ہو یا بزنس پارٹنر سب ہی لوٹتے ہیں شرافت کا ناجائز فائدہ اٹھاتے ہیں جسے نیا گرم خون سہہ نہیں سکتا۔ بہت عمدگی سے اس بدلتے معاشرے کی تبدیلی کا اظہار کیا ہے۔ بیٹے کی بڑبڑاہٹ، غصہ اور لڑکی کا من میں من ہی من میں باتیں کرنا، اچھا لگا۔ "شریفوں کا شریف ہے وہ اور مجھے اس کی شرافت کا بھرم رکھنے کے لیے زندہ رہنا ہے۔ مر مر کے زندہ رہنا ہے"۔ واہ! بیٹے نے باپ کا بھرم رکھنے، اس سے کی جانے والی شدید محبت کے لئے، حقیقتِ حال باپ سے چھپا کر ہمیشہ کے لئے اس لڑکی کو اپنانے تیار ہو گیا۔ ایسی عورت کو بیاہ لا کر روز مر مر کر جینے تیار ہو گیا۔ اس سے اچھا انجام شاید کوئی نہیں ہو سکتا۔ خلیج پہلے باپ بیٹے کے متضاد خیالات کی، پھر

شادی اگر ہوئی تو لڑکی اور لڑکے کے بیچ بھی خلیج رہے گی، بہت عمدہ عنوان رہا۔

13: ارشد اقبال [Arshad Iqbal] (مراد آباد، اتر پردیش)

مجھے اِس امر سے غرض نہیں افسانہ کا موضوع کلیشے ہے، سیکس ورکر بھی سٹیریو ٹائپ ثابت ہوئی، لیکن تخلیق کو اپنے مجموعی حجم میں جو تاثر دینا چاہیے تھا، وہ کہیں معلوم نہیں ہوا۔ نصف سے زائد بیانیہ ناصحانہ طرز پر وضاحتوں پر مشتمل ہے حالانکہ اِس میں دو آراء نہیں کہ قلم کار کی گرفت حد درجہ مضبوط ہے۔ تجربہ کہتا ہے کہ بسا اوقات تخلیق کو زیادہ اچھا اور معیاری کرنے کی وجہ سے، وہ تخلیق قلم کار کی گرفت سے نکل جاتی ہے، جس سے افسانہ بو قلمونی ہو کر اپنا کینوس وسیع کر لیتا ہے۔ اِس افسانہ کی طوالت کا سبب بھی یہی ہے کہ افسانہ کا نصف سے زائد حصہ باپ کی شرافت پر تازیانوں میں نکل گیا، مزید برآں افسانہ میں جابجا تضادات موجود ہیں۔

☆ ☆ ☆

تعمیر ٹیوب

یوٹیوب پر مکرم نیاز کی طرف سے جاری کردہ
ایک تفریحی، سماجی اور ادبی اردو چینل ہے۔

youtube.com/c/taemeertube

یہ چینل مختصر، طویل دورانیہ کے آڈیو/ویڈیو کو گلابی اردو میں نشر کرتا ہے جو عام
موضوعات جیسے سماجی و ثقافتی رویے، شعر و ادب، کتب و رسائل، طنز و مزاح، فنون
لطیفہ اور سینما و تفریح کے ساتھ ساتھ تاریخ ہند بالعموم اور تاریخ حیدرآباد دکن
بالخصوص کا احاطہ کرتا ہے۔

یوٹیوب ولاگر : مکرم نیاز

بالی ووڈ نغمے

بالی ووڈ سینما کے مشہور و مقبول نغمے، اردو یونیکوڈ تحریر میں، ابتدا سے آج کے دَور تک، مع یوٹیوب ویڈیو لنک، فلمی تبصرے اور جائزے وغیرہ۔

songsinurdu.blogspot.com

بالی ووڈ سینما کی ایک انفرادیت اس کے نغمے، گیت اور موسیقی بھی ہیں۔ مشہور و مقبول بالی ووڈ فلمی نغموں کے آڈیو / ویڈیو آج سائبر دنیا میں جہاں دستیاب ہیں وہیں بصورت تحریر دیوناگری اور رومن رسم الخط میں مختلف ویب سائٹس پر بھی موجود ہیں۔ اردو رسم خط میں اس کمی کا خیال کرتے ہوئے یہ بلاگ بالی ووڈ کے فلمی نغموں کے لیے مختص کیا گیا ہے۔

بانی / تعمیر / تشکیل / تحقیق / تدوین / ترتیب: مکرم نیاز

اردو کارٹون دنیا

عصر حاضر کی نوعمر و نوجوان نسل کو اردو کی جانب راغب کرنے اور ان کی تعلیم و تربیت کے لیے انٹرنیٹ پر اردو زبان میں کارٹون اور کامکس کی اولین ویب سائٹ۔

www.urdukidzcartoon.com

کارٹونی کہانیوں میں بچوں کی فطری دلچسپی کے باعث، یہ ویب سائٹ انہیں رنگوں اور الفاظ کی شناخت، گفتگو کا سلیقہ، ذخیرۂ الفاظ میں اضافہ، مطالعہ کی جستجو، علم کی طلب، اخلاق و کردار کی درستگی، نیک و بد کی پہچان، دوست احباب سے سماجی روابط کی برقراری، فرصت کے وقت کا بہتر استعمال۔۔۔ جیسے بے شمار مرحلوں سے گزارتے ہوئے ان کی فطری صلاحیتوں کو ابھارتی اور سماج کا ایک ذمہ دار فرد بنانے میں کام آتی ہے۔

بانی ر تعمیر ر تشکیل ر ترجمہ ر تدوین ر ترتیب: مکرم نیاز

حیدرآباد اردو بلاگ

<u>میرا شہر لوگاں سے معمور کر</u>: حیدرآباد دکن سے پہلا تحریری اردو (یونیکوڈ) بلاگ، ایک حیدرآبادی کا روزنامچہ ۔۔۔۔ تاریخ و تمدن، تہذیب و ثقافت، تاثرات، تبصرے اور خیالات و نظریات۔ **آغاز: ۲۰۰۷ء**

urduhyd.blogspot.com

حیدرآباد دکن (انڈیا) سے تقریباً پندرہ (۱۵) سال سے جاری ایک منفرد آن لائن روزنامچہ، قدیم و جدید حیدرآباد کی تہذیب و تمدن، تاریخ و ثقافت، شعر و ادب، بدلتے حیدرآباد کا منظرنامہ، ایک حیدرآبادی کے قلم سے!

بانی/ تعمیر/ تشکیل/ تحقیق/ تخلیق/ ترتیب: مکرم نیاز

سوشیو ریفارمس سوسائٹی

کا پہلا ہدف شادیوں کو مشرکانہ رسم ورواج سے نکال کر سنت رسول ﷺ کے مکمل تابع کروانے کی کوشش کرنا ہے۔

تفصیلات کے لیے رابطہ فرمائیے:

یوٹیوب	واٹس ایپ	فیس بک

سوشیو ریفارمس سوسائٹی کی کتابیں (تصنیف ⁄ تالیف: ڈاکٹر علیم خان فلکی)

مکرم نیاز

کی اگلی تصنیف

یہ جو ہے حیدرآباد

(تعارفی و تحقیقی مضامین)

جلد منظر عام پر آ رہی ہے